ANTHOLOGIE
.. Hospitalière ..
.. et Latinesque ..

" *Inter pocula* ..... "

ANTHOLOGIE

HOSPITALIÈRE

& LATINESQUE

Anthologie
Hospitalière
et Latinesque

RECUEIL

de Chansons de Salle de garde,
anciennes et nouvelles, entre-lardées
de Chansons du Quartier Latin,
Fables, Sonnets, Charades, Elucu-
brations diverses, etc...

RÉUNIES PAR

COURTEPAILLE

PARIS

CHEZ BICHAT-PORTE-À-DROITE

—

1911

AVIS

Cet ouvrage n'est pas mis dans le commerce.

Il en a été tiré un nombre limité d'exemplaires (sur papier vergé et 50 sur papier de Hollande), réservés aux seuls sous-cripteurs.

Les exemplaires sur papier de Hollande seuls numérotés, de 1 à 50.

AVANT-PROPOS

✦ ✦

Applications de certains Proverbes :

I

L'homme heureux n'a pas de chemise.

⬧ Donc, pas de couverture illustrée à notre œuvre. ═══════════

II

A bon vin, pas d'enseigne.

⬧ Donc, pas de titre à tam-tam pour ce recueil. ═══════════

III

Les peuples heureux n'ont pas d'histoire.

⬧ Donc, pas de préface et peu d'annotations ou de notes historiques, ═══════════

IV

Un beau désordre est un effet de l'art.

❡ Donc, aucun classement respecté dans la confection de ce volume.

V

La parole est d'argent, mais le silence est d'or.

❡ Donc, pas de musique accompagnant nos chansons.

VI

La perfection n'est pas de ce monde.

❡ Nos lecteurs voudront donc bien excuser les fautes et erreurs qui peuvent encore se trouver dans ce recueil, heureux que nous sommes d'avoir pu réussir dans une telle entreprise.

SIMPLE EXPLICATION

———•○•———

Pour l'édification de ceux de nos lecteurs qui nous pourraient reprocher d'avoir dévié et de ne pas avoir respecté le *texte original* des chansons qui suivent, nous ne pouvons mieux faire que de citer ici un passage d'une lettre d'un de nos collaborateurs :

" ..... Comme vous avez pu remarquer, j'ai indiqué les variantes que je connaissais ; mais ne saurais dire quel est le texte original. Dans ces traditions de chansons, chacun y mettait ou retranchait, non pas à sa guise ou à sa fantaisie, mais, je crois, suivant l'inspiration du moment, quand un vers échappait.

" Parfois aussi, pour "corser", on devait ajouter un couplet. — Ainsi se transmettait une chanson, malléable par chacun, qui arrivait fortement différente de l'originale. —

" Je vous livre les miennes, sans vous affirmer le texte original, telles que je les ai reçues..... Dᵣ X... ".

Nos amis comprendront aussi les difficultés multiples que nous avons rencontrées pour arriver au but que nous nous étions proposé, et nous les remercions ici pour leur indulgence. — Indulgence que nous réclamons aussi de la part de certaines personnalités dont les noms peuvent figurer dans ce recueil; noms impossibles à supprimer — ou même à remplacer — sans défigurer ou estropier les chansons où ils se rencontrent. Que ces victimes de folle jeunesse ne fassent donc qu'en rire avec nous.

Nous avons conservé par devers nous un certain nombre d'autres chansons auxquelles manquaient des couplets. Si, par la suite, nous arrivons à les compléter et que d'autres élucubrations de même source et de même caractère nous parviennent, nous sommes, d'ores et déjà, prêt à les réunir pour en faire un second volume.

Parmi les chansons incomplètes en question, mentionnons :

LE RÉGIMENT

Air : *La Femme à Papa*

Tous les vits redressant la tête,
V'là qu'il s'avance, le régiment,
etc.....

LE CHANDELIER

Un jour que n'étant pas riche,
Me balladant sur le Boul'Mich,
etc.....

CHANSON DU PROFESSEUR GUYON

Air : *Barbari, mon ami.*

M'sieur l'Professeur Guyon travaill' dans la vessie ;
Il en extrait pierres et moellons,
etc.....

Et maintenant, merci à tous ceux qui, souscripteurs et collaborateurs, nous ont aidé à *accoucher* d'un pareil morceau de littérature. Sans vouloir prétendre qu'il servira de Bible aux générations futures, il montrera à celles-ci que leurs prédécesseurs trouvaient temps pour tout : travail et fantaisie.

————•→||←•————

PRÉPARATION AU CONCOURS

DE L'INTERNAT

Variante sur *Le Cygne* d'ALFRED DE VIGNY

Oh ! Trois fois malheureux, celui qui sur la Terre
Est soumis au labeur d'un concours trop austère !
Accablé de fatigue et rongé par l'ennui,
Au travail il s'acharne, et de jour, et de nuit.
Sa pensée inquiète, anxieuse et bornée,
Vers un unique but est sans cesse tournée ;
Terrible obsession et tourment incessant
Qui chaque jour s'aggrave et devient plus pressant.
Son cœur, à chaque instant, se remplit d'amertume,
Et de rage il voudrait jeter bien loin sa plume,
Mais il faut qu'il résiste et, docile au travail,
Il ne doit négliger aucun petit détail.
Toute distraction il faut qu'il la repousse ;
Il ne peut se livrer à la joie si douce
De rêver et d'aimer, ne fût-ce qu'un moment,
Car, forçat du travail, il s'y doit constamment !

Dr G. D.

3 Octobre 1889.

LE CANDIDAT A L'INTERNAT

Air : *Fualdès*.

Quoi d'plus malheureux au monde
Qu' l' candidat à l'internat ?
Jour et nuit, comme un forçat,
Il trim' d'un' manière immonde ;
Pour la calotte et l' tablier
Faut faire un fichu métier,

Tous les matins il se lève
Pour aller à l'hôpital ;
En route, sur l'impérial',
Toujours sans repos ni trêve,
Le pauv' bougr, s'acharne dessus
Son p'tit Fort ou son Reclus.

Il va-t-à la Conférence,
Sans manquer un samedi ;
Il compos' le jeudi ;
Il n'prend jamais de vacance ;
Il passe un mois, quéqu'fois deux
Sans s' fair' couper les cheveux !

Quelle triste perspective !
Pas moyen de vadrouiller !
Plus d' Moulin, plus de Bullier !
Faut même que l'on se prive
D' la petit' femm' dont l' bassin
Sert souvent de traversin.

A la dernière quinzaine
C'est l' terrible coup d' collier ;
Comme un ân' faut travailler ;
Ça fait vraiment de la peine
De voir ces braves jeun' homm's
S'abrutir au maximum.

A l'Assistance Publique,
Le jour du Concours enfin,
Dès onze heures du matin
Chacun d' son côté rapplique.
Ils sont pâl's, les malheureux,
Et tous plus ou moins foireux ?

Dans l'ignoble amphithéâtre
On les voit tous s'entasser ;
C'est maint'nant qu'il vont passer
Le moment le moins folâtre.
Quelques cris ; mais..... attention !
On va tirer la question !

Quelle minute angoissante !
Quel moment si solennel !
Un candidat, plonge, ô ciel !
Dans l'urne sa main tremblante ;
Il retire un numéro
Qu'il dépos' sur le bureau.

L' président, d'une voix grave,
Pleine de componction,
Dicte la composition :
" Queue et blennorrhagi' grave. "
Aussitôt une clameur
Immens' retentit en chœur.

Y en a qui se tir'nt des pattes
S' disant : — " Malheur ! Qué guignon !
" C'est pas encor ma question ! "
Les aut's se foulent la rate.
Y a pas d' bureau d'vant vous,
Faut écrir' sur les genoux.

Sainte-Assistance, O ma mère,
De tes enfants prends pitié !
Ils sont presque asphyxiés
Dans ce milieu délétère.
A l'heur' dite, les larbins
Vous tir'nt la copi' des mains.

Quoi d' plus con que les visites
Aux sept membres du jury ?
Ces farceurs-là vous souri'nt
Mais se fout'nt de vous ensuite.
Les r'commandations ?.... balec !
Ils se torch'nt le cul avec.

Les séances de lecture
Dur'nt pendant deux ou trois mois.
Quelle angoisse chaque fois !
C'est une horrible torture !
On craint de lir' le premier,
On n' veut pas lir' le dernier.

Pour continuer la lutte
Il faut préparer l'oral.
Çà fait peur c' qu'on en aval'
Des questions de dix minutes !
Enfin dans l'petit réduit
Le patient est introduit.

Encore un fichu quart d'hoire !
On n' pense guère à l'être aimé !
Heureux quand on est nommé
Titulaire ou provisoire !
Le concours est terminé,
Mais l' candidat est ruiné !

A ces travaux d'Hercule.
Il voit sa santé faiblir ;
Il a peine à s'rétablir.....
S'il n' fait pas du tubercule !
De longtemps, ô sort amer !
L' candidat n' peut plus bander !

MORALE :

Pèr's et mères de famille,
Dites bien à vos enfants
Qu'ils f'raient mieux d'rester croquants
Ou de s'fair' sauter la bille
Que d'se foutre candidat
Au Concours de l'Internat !

HÉBÉ (1889).

———————— >|< ————————

LES COMPAGNONS DE SAINT-ANTOINE

Air : *C'était pas la peine, de la Fille de la Mère Angot*

Refrain :

Qui dit cochon dit porte-veine,
Ce n'est pas la peine *(bis)*
Non pas la peine, assurément,
De se fouler l'tempérament.

Candidats de Lariboisière,
De l'Hôtel-Dieu, de la Pitié,
De Saint-Louis, d'la Salpêtrière,
De Tenon, de la Charité
(Un' véritable macédoine),
S'amènent tous, pas folichons ;
Çà, compagnons de Saint-Antoine,
Soyons plus gais, petits cochons.

Six cents types, la mine inquiète,
Vont au concours de l'Internat,
De vingt tuyaux s'creusant la tête
Pour deviner ce qu'on donn'ra.
Qu'ça soit un' veine ou l'péritoine,
C'est de cela qu'nous nous fichons ;
Car, concurrents de Saint-Antoine,
Nous concourrons comm' des cochons.

Les voi's biliaires sortent de l'urne (1)
Saint-Antoin' va pas s'embêter ;
Car avec l'Hanot de sa turne
Le foi' n' peut guère l'épater.
Les autr's ont-ils pris d'la stramoine
Pour avoir l'air si godichons ?
Ah! compagnons de Saint-Antoine,
La Fortune aime les cochons.

Après l'concours, en sall' de garde,
On va s'payer un tel festin
Qu'on soit malade et qu'on en garde
Mal aux cheveux l'lendm'ain matin.
Comm' vomitif, à l'antimoine
Nous préférons les fins cruchons.
Çà, compagnons de Saint-Antoine,
Empiffrons-nous comm' des cochons.

(1) C'était en 1895 !

En sortant d'un' pareill' bombance,
On chambarde tout l'hôpital ;
On n'tient pas d'bout mais faut qu'on danse
Et qu'on vadrouill' dans quelque bal ;
Çà vous allum' comme un' pivoine
De tripatouiller des nichons.
Çà, compagnons de Saint-Antoine,
Amusons-nous comme des cochons.

Et pour finir, avec des femmes
Du plus énorme numéro,
Nous brûlons d'épancher nos âmes :
Tâchons de n'pas tirer zéro.
On n'a pas fait vœu d'être moine ;
Qu'importe si nous découchons,
Çà, compagnons de Saint-Antoine,
Soyons cochons comm' des cochons !

Mais voilà que trois jours à peine
Après les joi's de ce beau soir,
Dans le canal — ah ! quell' déveine ! —
Il vous pass' des lam's de rasoir.
On donn'rait tout son patrimoine
Pour pas pisser des tir'bouchons.
Çà, compagnons de Saint-Antoine,
Injectons-nous, petits cochons.

Bah ! qu'importe dans la culotte
Les taches qu'on découvrira,
Si l'on décroche la calotte,
L'emblême saint de l'Internat.
Ce s'rait bête à manger d'l'avoine,
De ne pas fair' les patachons,
Quand, compagnons de Saint-Antoine,
On est jeunes et beaux cochons.

LES PLAISIRS DE L'INTERNAT

Air : *Le Grenier.*

Jeunes héros d'une ardeur si touchante,
Vers les concours aveuglément conduits,
Ecoutez-moi, c'est pour vous que je chante
De l'Internat les tourments, les ennuis.
Et, si ma voix vous semble trop sévère,
Prenez ma tête et restons bons amis.
Je voudrais bien m'écrier, pour vous plaire :
Qu'on est heureux d'être interne à Paris ! *(bis)*

Pour pénétrer dans la troupe sacrée,
Que de travaux ! Que de nuits sans sommeil !
Sappey, Valleix prennent votre soirée
Et Nélaton vous assiège au réveil.
Les hôpitaux vous offrent en échange
Et triste table et plus triste logis ;
Après dîner, l'estomac vous démange.
Qu'on est heureux d'être interne à Paris ! *(bis)*

Dès le matin, quand ta belle maîtresse,
Pauvre amoureux, voudrait te retenir,
L'heure a sonné, qu'importe la jeunesse !
L'amour a tort, il est temps de partir.
Quitte la couche où sourit ton Armide,
A l'hôpital va visiter tes lits ;
Un autre amant prendra ta place vide.
Qu'on est heureux d'être interne à Paris ! *(bis)*

Du Créateur quand la juste colère,
De leur péché punissant nos parents,
Mit dans le sein de notre pauvre mère
Le germe affreux de trop nombreux enfants,

Prévoyait-il que tous les jours de garde
Vous maudiriez les amants, les maris ?
Chaste Lucine, épargne au moins ma garde.
Qu'on est heureux d'être interne à Paris ! (*bis*)

Le directeur, d'une main paternelle,
Vient chaque mois compenser vos labeurs ;
Sa caisse s'ouvre et sa voix vous appelle,
De l'Internat savourez les primeurs :
Vingt sous par jour, le salaire d'un chantre !
Comment avoir des femmes pour ce prix ?
Pauvres Catons ! Ah ! brossez-vous le ventre.
Qu'on est heureux d'être interne à Paris ! (*bis*)

Pendant quatre ans, cette heureuse existence
De l'hôpital vous fera les vassaux.
Un si beau sort est bien digne, je pense,
De vous créer de dangereux rivaux.
Lancez-vous donc sur ce champ de victoire,
Preux combattants, éreintez vos amis ;
Oui, plus d'amis ! Mais vous aurez la gloire.
Qu'on est heureux d'être interne à Paris ! (*bis*)

Dans ces couplets, où ma muse badine
De l'Internat a montré les revers,
Du provisoire on voit la triste mine :
Pauvre renard, les raisins sont trop verts.
Je veux, ce soir, puiser la confiance
Dans ces bons vins, dans vos joyeux esprits.
Encore un verre, et vive l'espérance !
On est heureux d'être interne à Paris ! (*bis*)

E. TILLOT.
(*Hôpital Saint-Antoine, Janvier 1854.*)

LA SALLE DE GARDE

NOTE : Airs différents pour chaque couplet.

Air : *La Robe et les Bottes.*

Salut, ô trop modeste asile,
Dont la parure est la simplicité ;
Ton atmosphère est bruyante et tranquille,
Froide en hiver, étouffante en été.
Dans ton enceinte on s'ennuie, on bavarde,
De mille odeurs on parfume ton air.
Et cependant de la salle de garde
Tout bon interne a le droit d'être fier. (*bis*)

Air : *Suzon sortant de son village.*

Cette gracieuse retraite
A pour ornement principal
Une magnifique couchette
Qui rappelle le lit claustral.
Puis une table,
Très-vénérable,
Où plus d'un nom au canif est écrit ;
La case pleine
D'une douzaine
De vieux journaux que jamais on ne lit.
Près du buffet,
Mainte bouffarde
Dort suspendue au râtelier.
Voilà le riche mobilier
De la salle de garde (*bis*).

DÉCLAMATION

Mortel, que le hasard mène en ce sanctuaire,
Frappe avant que d'entrer, pénètre avec mystère ;
Ces murs noircis sont pleins d'affreuses vérités,
Mais ils brillent pourtant de splendides beautés.

Soit qu'un pinceau léger y peigne en réaliste
L'amour pris sur nature, ou bien une modiste
Gambadant sans pudeur au milieu des damnés.
Soit qu'une plume habile, en vers bien alignés,
Y chante le printemps ; qu'une muse égrillarde
Egaie les lambris de la salle de garde.
Ces murs, par leur aspect sévère ou gracieux,
Sont palpitants de vie et charment tous les yeux.

Air : *Suzon sortant de son village.*

Vrai Dieu ! quel étrange assemblage
D'écritures et de dessins :
Une dame, au fond d'un nuage,
De Diachylum couvre ses seins ;
Un monsieur fume,
Un autr' s'allume
Au feu que porte un pompier langoureux ;
Au microscope,
Dans une chope,
Pline examine deux amoureux ;
Hippocrate, la mine hagarde,
Vient scier le rachis à Galien ;
Tandis qu' Cels' châtre son chien ;
Voilà la salle de garde *(bis)*.

Air : *La Gaudriole.*

Dans ce fortuné séjour,
A table on bavarde.
De Momus, tour à tour,
On porte la cocarde.
Les repas sont abondants
Et les mets appétissants.
Voilà la salle de garde *(bis)*.
O gué !

Air : *Ronde du Comédien*.

Messieurs les chefs ont fini leur visite,
Chaque service est enfin terminé,
Autour du poêle on se range bien vite.
Holà ! du vin ! Servez le déjeûner !
C'est aujourd'hui justement jour de liesse :
La Charité vient visiter Beaujon,
Les flacons vont et reviennent sans cesse
Et le champagne agace le plafond.
Propos savants, aimable causerie,
Chants peu gazés du repas font les frais ;
Puis la fumée, en spirale infinie,
Vient tout confondre en un brouillard épais.
Allons, messieurs, le tapis nous appelle,
L'interne de garde, à faire un *mort* est prêt,
La garde meurt et jamais n'est rebelle
Pour faire un whist ou même un lansquenet.

Air : *Au Clair de la Lune*.

On frappe à la porte,
Pour nous quel ennui !
Que le diable emporte
La garde aujourd'hui.
Une voix criarde
Demande à l'instant
L'interne de garde,
Qu'en bas on attend.

Air : *Le Grenier*, de BÉRANGER.

Quitter le jeu ! quell' douleur sans seconde !
Parc' qu'un enfant, dont on n'est pas l'auteur,
Fait des façons pour entrer dans le monde,
Et se réclame auprès d'un accoucheur.

Puis, quand l'interne a fini son affaire,
Qu'impatient, il presse son retour,
La salle est vide, et l'on a pris son verre.
Comme il maudit les femmes et l'amour !

Air : (*non identifié*. N. D. L. R.)

Lorsque l'interne est de garde,
N'a-t-il pas mille plaisirs ?
A fumer s'il se hasarde,
On interrompt ses loisirs.
Ces malades ont tant d' désirs,
Pour les r'fuser faut être en garde :
" Monsieur, v'nez voir l' numéro neuf,
" Qui souffre et gémit comme un bœuf.
" Le sept a mangé sa friction.
" L' dix a vomi sa potion
" Et dit qu'son lav'ment n'sent pas bon. "

Air : *La Ronde des Comédiens.*

Ah ! si du moins la nuit était passable !
Mais, quand il clôt ses yeux appesantis,
La porte s'ouvre : une voix formidable
Vient, sans pitié, réveiller ses esprits.

Air : *Femmes, voulez-vous éprouver ?*

Tous les quarts d' heure se réveiller,
Pour explorer quelque matrice ;
Pour un pochard se rhabiller ;
D'un ch'val de fiacre fair' le service.
Une lanterne vous conduit ;
On s' cogne à la clarté blafarde :
Voilà comme on passe la nuit
Dans le lit de la sall' de garde (*bis*).

Air : *L'Artiste.*

A cette chansonnette
Je voulais mettre fin ;
Quand j'entends, sur ma tête,
Un effroyable train.
La foudre me fascine
Et me fait voir, dans l'air.
Un' figure divine
A ch'val sur un éclair.

Air : *Le Dieu des bonnes gens.*

J'ai d'Esculape enterré la grande ombre ;
Ce qu'il m'a dit, je viens le répéter :
Pendant quatre ans une salle bien sombre,
Chers travailleurs, devra vous abriter.
Mais dans ses murs, l'amitié qui commence,
A vos aînés a frayé le chemin.
Unissez-vous dans un banquet immense
Et donnez-vous la main *(bis)*.

E. TILLOT.

LES VINGT COMMANDEMENTS
DU CARABIN

1

A neuf heures te lèveras,
Pour huit heures exactement.

2

A ton service te rendras,
En bâillant magistralement.

3

Un tablier d'hospice auras ;
Mais non sans cautionnement.

4

De ton professeur tu suivras
La visite, mentalement.

5

Aux belles filles tu feras
De l'œil, hippocratiquement.

6

Leurs cataplasmes tu changeras,
Tous les matins bien tendrement.

7

La sœur aussi courtiseras,
Pour qu'elle soit dupe aveuglément.

8

De l'interne tu flatteras
La calotte, sournoisement.

9

Le pharmacien ménageras,
Pour avoir du médicament

10

De l'alcool tu chiperas,
Pour ton café, dévotement.

11

L'après-midi, dissèqas   uer
Jusqu'à quatre heures gentiment.

12

De quatre à six absorberas
Au moins deux cours une fois l'an ;

13

Pendant lesquels tu ronfleras
Au nez du maître, carrément.

14

A trente-deux sous dîneras,
Vers six heures royalement ;

15

De te laver t'aviseras
Après le dessert seulement.

16

La bibliothèque éviteras
Les jours de bal, très-crânement.

17

Puis, seul, après tu rentreras
— Si tu ne peux faire autrement —

18

Ton squelette négocieras,
Mais pour l'amour uniquement.

19

C'est ainsi que tu passeras
Ton doctorat fort brillamment.

20

Et puis qu'ensuite tu pourras
Saigner l'client légalement.

LE TAUPIN FRANÇAIS

Chanson de la Taupe.

Refrain :

Et voilà, oui voilà, voilà,
Oui, voilà le taupin français,
Français. (*ter*)

Le *Taupin* n'a qu'une maîtresse :
L'inconnue de son équation,
S'il ne peut baiser la bougresse
Il n'est pas de la promotion.
Les dimanches et les jours de fête,
Il s'en va potasser la grisette :

Le *bizuth* est encore novice
Dans les coutumes des Taupins ;
Il se plonge avecque délices
Dans la lecture de vieux bouquins.
Il remet z'à l'année prochaine
De *l'exam* les soucis et les peines.

" Inflexible, souffre et potasse ",
Telle est la devise du *carré ;*
Il se fout pas mal de la crasse
Qui recouvre son vieux collet.
De pommade, il se montre fort chiche ;
Il conspue la *Cagne* et la *Corniche.*

Le *cube* est une pyramide
Qui s'allonge indéfiniment.
Le bizuth, dans sa chrysalide,
Le contemple avec étonnement.
Et, parfois, dans ses plus beaux rêves,
De l'X il se voit déjà élève.

5

Le *bica*, fier de sa puissance,
Du bizuth se fait respecter ;
Celui-ci, vide d'expérience,
Se met parfois à regimber.
Pour lui former le caractère,
Le bica fait sentir sa colère.

6

Le *penta*, pour l'*Analytique*
Eut toujours de l'affection.
S'il la quitte, c'est pour la *physique*,
Il ne change que d'équation.
Parfois, à la *descriptive*
Il prête une oreille attentive.

7

L'*artilleur*, fidèle à sa pièce,
N'est jamais dans l'inaction.
S'il la quitte, c'est pour sa maîtresse,
Il ne change que d'écouvillon ;
Lorsqu'il charge, c'est pour la Patrie !
S'il décharge, c'est pour son amie.

8

Le *sapeur* est une forteresse
Qu'on ne prend que difficilement ;
Sous le rapport de la tendresse,
Il triomphe indubitablement ;
Pour lui, la femme est une brêche,
Le mari est un ouvrage à flèches.

9

Le *bigor*, sur la terre et l'onde,
S' fout pas mal des quat' z'éléments.

Il voltige de la brune à la blonde,
Il les baise indistinctement.
Il se fout de la couleur des filles,
Il les baise des Indes jusqu'aux Antilles.

10

L'*Ingénieur* des Ponts et des Mines
A une fort belle situation.
Mais il est surtout une machine
Qui a sa prédilection :
Cette machine, c'est sa colonne,
Qu'il polit et qu'il perfectionne.

LE VIEUX QUARTIER LATIN. [1]

Air : *T'en souviens-tu ?*

Oui, c'en est fait, il faut plier bagage
Et dire adieu pour toujours à Paris.
Que faire ici ? J'ai les mœurs d'un autre âge,
Du vieux Quartier je suis le seul débris :
Dernier rameau d'une tige brisée,
La ranimer, je l'essaierais en vain;
Des vieux gouapeurs la race est épuisée.
Non, il n'est plus, mon vieux Quartier Latin.

Ils ont quitté notre dernier refuge ;
De Massenet le vieil estaminet,
Le rams antique et l'effet rétrofuge
Sont délaissés pour un vil lansquenet.

---

(1) Chanson publiée dans Le Voleur du 14 mars 1879 ; elle a, paraît-il, quelque lien de parenté, bretonne ou autre, avec M. Lepère, ministre de l'Intérieur à l'époque.

L'étudiant, serré sur l'étiquette,
A l'Opéra se prélasse en pékin ;
L'étudiante est aujourd'hui lorette.
Non, il n'est plus, mon vieux Quartier Latin.

Tendre Sophie, au fond de ta province,
En tricotant le soir, loin du Prado,
N'entends-tu pas comme un démon qui grince
A ton oreille un air de Pilodo ?
Au souvenir du Quartier, pauvre fille !
La laine échappe à ta rêveuse main.
Ton cœur s'émeut : va, reprends ton aiguille,
Car il n'est plus, ton vieux Quartier Latin.

Mon brûle-gueule, à la couleur d'ébène,
En sommeillant, je hume ton tabac ;
De ces lions ta trop brûlante haleine
Affaiblirait le débile estomac.
Mais qu'en fumant le cigare un d'eux vienne
Sur toi jeter un regard de dédain,
Je te lui fous, ah ! morbleu ! qu'il apprenne
A respecter mon vieux Quartier Latin.

Mon béret rouge, en te voyant paraître,
Chaque mouchard se sentait le frisson ;
Je t'agitais gaiement sous la fenêtre
De Lamennais sortant de la prison.
En conduisant Laffitte au cimetière,
Je te tenais tristement à la main ;
Et l'on t'arrête au seuil de la Chaumière.
Non, il n'est plus, mon vieux Quartier Latin.

Si de nos jours les Chambres corrompues
Avaient voté l'indemnité Pritchard,
Tout aussitôt mille voix confondues
Auraient hué le ministre couard.

Mais qu'aujourd'hui gronde *la Marseillaise*,
Ils en ont tous oublié le refrain.
Oui, c'en est fait, la jeunesse française
Est morte avec le vieux Quartier Latin.

———————o———————

LA GRISETTE DU QUARTIER LATIN

Air : *Lisette*, de BÉRANGER

La nuit qui vient m'appelle à l'autre rive....
Vite, fuyons le travail et l'ennui.
Quittons le seuil où chaque soir j'arrive
Pour m'enivrer de plaisir et de bruit.
Ah ! quoique belle, jadis je fus sage !
Mais maintenant, du soir jusqu'au matin,
Moi, je m'en vais, fol oiseau de passage, } (*bis*)
Boire du punch dans le Quartier Latin !

Là-bas m'attend joyeuse compagnie,
Assise autour d'un grand bol enflammé ;
Partout alors ma venue est bénie,
Et chacun m'offre un cigare allumé ;
Puis c'est à qui me tiendra doux langage.
Par tous les temps, du soir jusqu'au matin,
Moi, je m'en vais, fol oiseau de passage, } (*bis*)
Boire du punch dans le Quartier Latin !

Quinze ans je n'eus qu'un bonnet de grisette,
Mais maintenant je porte des chapeaux ;
Plus qu'autrefois j'ouvre ma chemisette,
Et sur mon front j'arrondis mes bandeaux.
Pour mon bonnet ? mon Dieu ! dans la rivière
Je l'ai jeté, du Pont-Neuf, un matin
Que, par oubli, sortant de la Chaumière, } (*bis*)
J'avais dormi dans le Quartier Latin !

Et depuis lors, blanche étoile qui brille
Au ciel du lit de l'imberbe savant,
J'ai quelquefois délaissé mon aiguille,
Et j'ai vécu, pauvre, mais bonne enfant.
J'aime le bal, l'amour et le tapage,
Les longs soupers durant jusqu'au matin.
Plus d'un, pour moi, mit ses livres en gage : ⎱ (bis)
On sait aimer dans le Quartier Latin ! ⎰

Je vais à pied, quand la lorette altière
Mène à Madrid son carlin en coupé ;
Duchesse, hélas ! qui doit mourir portière,
Changeant d'amant pour un nouveau souper.
Moi, quinze jours je garde mes conquêtes ;
Plus d'un grand roi, triomphant au matin,
Perdit le soir celles qu'il avait faites : ⎱ (bis)
Mieux vaut régner dans le Quartier Latin ! ⎰

Aux fins de mois, si la bourse est trop mince,
Nos vendredis ont de gais lendemains ;
Et l'on apprend, un beau jour, en province,
Que nous mangeons l'argent des examens.
Le père arrive... A me lever plus prompte,
Moi, du logis, je m'esquive au matin ;
Il frappe alors : ah ! quel heureux mécompte... ⎱ (bis)
L'enfant dort seul dans le Quartier Latin ! ⎰

Vous qui vivez sur les bancs de l'école,
Si vous m'aimez, à l'heure où je mourrai,
O mes amis, donnez votre parole
Qu'au Montparnasse alors je dormirai.
Pour qu'en été l'écho du cimetière,
Tous les lundis, m'apporte, le matin,
Les derniers bruits venant de la Chaumière, ⎱ (bis)
Enterrez-moi dans le Quartier Latin ! ⎰

LE PAUVRE PIERRE

1

De grand matin, Pierre se lève, *(bis)*
S'en va-t-au bois pour fagota,
    La faridondaine,
S'en va-t-au bois pour fagota,
    La faridonda.

2

Sur son chemin, Pierre rencontre *(bis)*
La servante à Monsieur l' cura,
    La faridondaine,
La servante à Monsieur l' cura,
    La faridonda.

3

Pierre la prend et la renverse, *(bis)*
Et se met à la biscotta,
    La faridondaine,
Et se met à la biscotta,
    La faridonda.

4

Huit jours après, le pauvre Pierre *(bis)*
Avait la queue empaqueta,
    La faridondaine,
Avait la queue empaqueta,

5

Le lendemain, le pauvre Pierre *(bis)*
S'en va trouver monsieur l'cura,
    La faridondaine,
S'en va trouver monsieur l'cura,
    La faridonda.

6

" Monsieur l'cura, votre servante *(bis)*
" M'a foutu la castapiana,
  " La faridondaine,
" M'a foutu la castapiana,
  " La faridonda ".

7

— " Ne pleures pas, mon pauvre Pierre, *(bis)*
" Nous somm's tous deux dans le mêm' cas,
  " La faridondaine,
" Nous somm's tous deux dans le mêm' cas,
  " La faridonda.

8

" Pour te guérir, mon pauvre Pierre *(bis)*
" Faudra te la couper à ras,
  " La faridondaine,
" Faudra te la couper à ras,
  " La faridonda.

9

" T'en poussera un' toute neuve, *(bis)*
" Et tu pourras rabiscota,
  " La faridondaine,
" Et tu pourras rabiscota,
  " La faridondaine. "

10

Si cette histoire vous emmerde *(bis)*
Nous allons la recommença,
  La faridondaine,
Nous allons la recommença,
  La faridonda.

RÉPLIQUE DU PAUVRE PIERRE

De grand matin, Pierre se lève, (*bis*)
S'en va-t-à l'hôpital Broca,
   La faridondaine,
S'en va-t-à l'hôpital Broca,
   La faridonda.

Sur son chemin, Pierre rencontre (*bis*)
Monsieur Jayle et Monsieur Beauss'nat,
   La faridondaine,
Monsieur Jayle et Monsieur Beauss'nat,
   La faridonda.

Ils lui présent'nt une malade (*bis*)
Qui perdait son sang par en-bas,
   La faridondaine,
Qui perdait son sang par en-bas,
   La faridonda.

Pierre la prend et la renverse (*bis*)
Et se met à la charcuta,
   La faridondaine,
Et se met à la charcuta,
   La faridonda.

Le lendemain, le thermomêtre (*bis*)
Se mit à marquer quarant'-trois,
   La faridondaine,
Se mit à marquer quarant'-trois,
   La faridonda.

Le surlend'main, la pauv' malade (*bis*)
Etait passée d' vie à trépas,
   La faridondaine,
Etait passée d' vie à trépas,
   La faridonda.

— " Monsieur Pozzi, vos deux internes (*bis*)
." M'ont fait claquer mon opéra,
" La faridondaine,
" M'ont fait claquer mon opéra,
" La faridonda.

— " Ne pleures pas, mon pauvre Pierre (*bis*)
" Nous somm's tous deux dans le mêm' cas ;
" La faridondaine,
" Nous somm's tous deux dans le même cas,
" La faridonda. "

Si vous avez une bell' mère, (*bis*)
Envoyez-la donc à Broca,
La faridondaine,
Envoyez-la donc à Brocca,
La faridonda.

✳

LE POT-POURRI DES POTENTATS

Refrain :

Les rouleaux d' papa (*bis*)
Les rouleaux d' papier ;
Les rouleaux d' papa (*bis*)
Les rouleaux d' papier.

C'est la reine d'Angleterre,
Terre, terre, terre, terre,
Terre, terre, terre, terre,
Qu'a perdu son pucelage
Avec Abd-el-Kader,
Der, der, der, der,
Der, der, der, der,
Sur un' toile d'emballage (*bis*)

C'est la reine de Hollande,
   Lande, lande, lande, lande,
   Lande, lande, lande, lande,
Qui dit à son époux :
— " Viens donc, pendant qu' tu bandes,
   " Bandes, bandes, bandes, bandes,
   " Bandes, bandes, bandes, bandes,
" Viens donc tirer un coup. " (*bis*)

C'est le prince de Bismarck,
   Marck, marck, marck, marck,
   Marck, marck, marck, marck,
   Qui dit à sa moitié :
   — " Depuis quéqu' temps je r'marque,
   " Marque, marque, marque, marque,
   " Marque, marque, marque, marque,
" Que tu schlingues des pieds. " (*bis*)

C'est l'empereur de Chine
   Chine, chine, chine, chine,
   Chine, chine, chine, chine,
Qui n'est pas convaincu
Qu'au bas de son échine,
   Chine, chine, chine, chine,
   Chine, chine, chine, chine,
Se trouve le trou d' son cul. (*bis*)

C'est la reine d'Espagne,
   Pagne, pagne, pagne, pagne,
   Pagne, pagne, pagne, pagne,
Qui dit à son mari :
— " J'aime bien le champagne,
   " Pagne, pagne, pagne, pagne,
   " Pagne, pagne, pagne, pagne,
" Mais j'aime mieux ton vit. " (*bis*)

C'est la reine Pomaré,
Ré, ré, ré, ré,
Ré, ré, ré, ré,
Qui n'a, pour toute tenue,
Au milieu de l'été,
Té, té, té, té,
Té, té, té, té,
Qu'un tuyau d' plume dans l' cul. (*bis*)

C'est la souv'raine d'Allemagne,
Magne, magne, magne, magne,
Magne, magne, magne, magne,
Qu'a le con si profond
Qu'avec un mât d' cocagne,
Cagne, cagne, cagne, cagne,
Cagne, cagne, cagne, cagne,
On n'atteint pas le fond. (*bis*)

C'est la reine de Hongrie,
Grie, grie, grie, grie,
Grie, grie, grie, grie,
Qui, dévorée d' morpions,
Se servit d'onguent gris,
Gris, gris, gris, gris,
Gris, gris, gris, gris,
Pour s' désinfecter l' con. (*bis*)

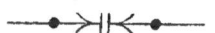

PORTES D'ENFER

Aux Internes de Lourcine,
Prêtres du temple de déesse Vérole
Je dédie ces hideux secrets écrits en leur honneur.

Or, j'étais descendu par les routes de Dante,
Et j'entendais au loin le cri sourd des démons
Qui tournent les damnés dans la fournaise ardente.

Et j'allais... et j'allais, escaladant les monts,
Traversant les forêts et longeant les plages,
Les lacs lourds qui dormaient dans l'algue et les limons.

Seul, j'allais sous le ciel tout saignant des nuages,
Dans la lumière fauve et louche du couchant ;
Et j'allais... Je marchais bien longtemps, bien des âges.

Ainsi, je vins, au seuil qu'habite le méchant,
Vers les replis squameux des cols syphilitiques.
Là, mon être en frayeur s'arrêta, trébuchant :

Deux chaînons colossaux de montagnes antiques
S'étalaient, convergeant en un point de la nuit,
Comme un écartement de cuisses fantastiques.

Effroyablement nus et froids, sans fleur, sans fruit,
Ces monts cyclopéens étaient de marbre rose,
Et leurs formes avaient la rondeur qui séduit.

Leur angle obtus s'ouvrait, lascif, dans une pose
D'attente féminine et, bien dans le lointain,
Le méat infernal brillait, fente mal close.

Jour de Dieu ! J'en ai vu, le soir ou le matin ;
J'en ai touché du doigt, des cons et des matrices,
Eprouvés et meurtris par les coups du destin.

J'ai vu des périnés marqués de cicatrices,
Et j'ai vu, distendu par les efforts du temps,
Le sourire plissé des lèvres de nourrice.

J'ai vu culs bourgeonnant comme vigne au printemps ;
J'ai vu, laids et railleurs dans leur barbe de faune,
Sur de vieux clitoris, des capuchons flottants,

Et des canaux ocreux coulant comme le Rhône,
Et des lèvres de femme usée au braquemart,
Dont chaque pli pendait rouge, bleu, noir ou jaune.

Cons pourris de Lourcine, et cons morts de Clamart,
Je vous ai vus, baignés d'un jus multicolore,
Nager, flasques, dans une odeur de vieux homard.

Mais j'en jure Duval, Inès et veuve Laure,
Je n'avais jamais vu si terrible hideur,
Et, rien qu'au souvenir, mes mains tremblent encore !

Un vase hymalaïa, fendu par l'impudeur,
Entr'ouvrait sur la nuit deux lèvres titanesques,
Dont les rides sans fond sillonnaient la raideur.

L'usuel avait plaqué ses vertes arabesques,
Et l'eau, lourde de soufre et de fer, suintait,
Peignant sur les rocs bruns de grands chancres en
                                    [fresques.
En bas, un lac gluant de flueurs clapotait,
Et, noirâtre, il luisait dans ses grèves d'écume,
Miroir géant, que la pourriture argentait.

Un vent soufflait, chargé de naphte et de bitume ;
Sa puanteur avait de telles densités
Qu'on la voyait passer dans l'air, comme une brume.

Et, tout en haut, perdu dans les obscurités,
Sur le mont de Vénus, un bois d'arbres farouches
Tordait ses troncs noueux sur les cieux empestés.

Par centaines, velus et roulant leurs yeux louches,
Des poux rôdeurs, plus hauts que de vieux éléphants,
Rampaient, collant au sol les suçons de leurs bouches.

Or, Satan, père et Dieu des chancres triomphants,
A gravé sur le seuil le grand vers de Florence,
Qui fait devant la vulve hésiter les enfants :

— " Vous qui pénétrez là, laissez toute espérance. "

X...

ON DIRAIT DU VEAU

Chanson de la Taupe

L'Ecole Polytechnique,
Qui conduit à Bleau,
Est une sale boutique :
On dirait du Veau !

Sur la discipline,
Le pitaine Malot
Est raide comme sa pine :
On dirait du veau !

Merca a deux filles
Qui sont des chameaux ;
Elles sont bien gentilles :
Ont dirait du veau !

Le Génie Maritime
Construit des bateaux ;
C'est pour la Marine :
On dirait du veau !

Du second bisecteur,
Picquet le chameau
Est le souteneur :
On dirait du veau !

Ce cochon de Lévy
Sur les courbes en S
Ne pige pas ce qu'on dit :
On dirait du veau !

Merca a un frère
Qui chiade l'astro ;
Il parcourt les mers :
On dirait du veau !

Ce cochon de Laurent,
Avec ses bateaux,
Est bien emmerdant :
On dirait du veau !

Sur sa bicyclette,
Le divin Carlo
Fait une sale binette :
On dirait du veau !

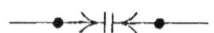

LES ORFÈVRES

Refrain :

Relevez, belles, votre blanc jupon,
Qu'on vous voie le cul, qu'on vous voie les fesses ;
Relevez, belles, votre blanc jupon,
Qu'on vous voie le cul, qu'on vous voie le con !

Trois orfèvres, à la Saint-Eloi,
S'en allèrent dîner chez un autre orfèvre ;
Trois orfèvres, à la Saint-Eloi,
S'en allèrent dîner chez un bon bourgeois.
Ils ont baisé toute la famille :
La mère en tétons,
Le père en cul, la fille en con.

La servante, qui avait tout vu,
Leur dit : — " Foutez-moi vot' pin' dans les fesses. "
La servante, qui avait tout vu,
Leur dit : — " Foutez-moi votre pin' dans le cul. "
Ils l'ont baisée sur une chaise,
La chaise a cassé,
Il sont tombés sans débander.

Les orfèvres, non contents de çà,
Montèrent sur le toit, pour enculer Minette ;
Les orfèvres, non contents de çà,
Montèrent sur le toit, pour enculer le chat :
— "Chat, petit chat, chat tu m'égratignes,
   " Petit polisson,
   " Tu me graphignes les roustons ! "

Les orfèvres, chez un pâtissier,
Entrèrent, pour s'offrir quelques friandises ;
Les orfèvres, chez un pâtissier,
Par les p'tits mitrons se firent enculer.
       Puis, voyant leurs vits pleins de merde,
          Ils ont bouffé çà,
       En guise d'éclairs au chocolat.

Les orfèvres, chez le père Balzar,
Se sont foutus des d'mis à travers la gueule ;
Les orfèvres, chez le père Balzar,
Pour mieux pisser, r'tirèrent leurs falzars.
L' père Balzar, voyant leur bitt's immondes,
          S'écria : — " Je vas
       " En fair' un' salad' d' cervelas ! "

Les orfèvres, pour voir des rastas,
S'en furent au Vachett', café des p'tit's vaches ;
Les orfèvres, pour voir des rastas,
S'en furent au Vachett', café d' ces gens-là.
       Très excité par un Bulgare,
          Pour voir son anus,
       Ils ont mis c't' enculé à nu. (1)

Les orfèvres, au son du canon, (2)
Se retrouveront tous à la frontière ;
Les orfèvres, au son du canon,

Bandant tous, ainsi que des carmes,

A grands coups de vits.

Repousseront les ennemis ! (3)

(1) Promotion 1899.
(2) Couplet patriotique.
(3) Ici, le premier vers du refrain se chante sur l'air de *La Marseillaise* et le reste comme précédemment ; puis l'on reprend le refrain une seconde fois, en chantant le premier vers sur l'air de l'*Hymne Russe*.

LE PÈRE CAPUCIN (1)

Refrain :

Relevez, ma belle, votre blanc jupon,

Qu'en levant le nez, l'on vous voie les fesses ;

Relevez, ma belle, votre blanc jupon,

Qu'à deux doigts du cul, l'on vous voie le con.

Il était un moine, père Capucin,

Qui confessait la fille d'un marchand de bière,

Il était un moine, père Capucin,

Qui confessait la fille d'un marchand de vin.

Il a foutu le père en fesses,

La mère en tétons,

Le fils en cul, la fille en con.

Mais la servante, qu'avait tout vu,

Lui dit : — " Foutez-moi, je suis chaud', comme braise. "

Mais la servante, qu'avait tout vu,

Lui dit : — " Foutez-moi votre pine dans l'cul. "

Comme il la foutait sur une chaise,

La servante, ma foi,

S'en trouva fort aise.

Mais le maudit moine, non content de çà,
Monta sur le toit pour enculer Minette,
Mais le maudit moine, non content de çà,
Monta sur le toit pour enculer le chat.
    — " Maudite bête, tu m'égratignes ;
      " Petit polisson,
    " Tu m'arraches les roustons ! "

(1) Même air et presque même texte que les *Orfèvres*.

BUVONS JUSQU'A DEMAIN

Refrain :

Qu'on apporte du vin,
Mes amis, buvons, buvons à la ronde ;
Qu'on apporte du vin,
Mes amis, buvons jusqu'au lendemain.
Buvons *(ter)* jusqu'à demain ;
    Et que l'aurore
    Nous trouve encore
    Le verre en main   *(bis)*
    Jusqu'à demain !

Le père Adam, huit jours avant sa faute,
Dans l'Paradis, bandait comme un cochon;
Dieu, qui le vit, lui ôta une côte,
Avec laquelle il fit le premier.....

Pourquoi David, du haut d'une tourelle,
Se branlait-il comme un foutu cochon?
C'est que d'en haut il vit une pucelle
Qui se fourrait les dix doigts dans le .....

Neuf mois avant que la Vierge n'accouche,
Le Saint-Esprit la visita, dit-on :
Les uns prétend'nt qu'il entra par la bouche ;
Moi, je soutiens que ce fut par le .....

Pourquoi Pâris, en jugeant les déesses,
Méprisa-t-il et Pallas et Junon ?
C'est que des deux il ne vit que les fesses
Et que Vénus lui présenta le .....

Le père Enée, avant d' quitter Carthage,
Fit ses paquets sans prévenir Didon,
Car il savait, par un secret message,
Que Lavinie avait un plus beau .....

Sémiramis, la reine aux seins de neige,
Sémiramis, la reine aux blancs tétons,
Dans son palais fit venir Archimède,
Pour mesurer la largeur de son .....

VOUS ÊTES SI JOLIE

Vous êtes si jolie,
Laissez-moi, laissez-moi
Vous contempler, ma mie,
Sans effroi, sans effroi ;
Cessez de vous défendre,
Entre nous, entre nous,
Laissez-moi vous surprendre ;
M'aimez-vous, m'aimez-vous ?

Ces cheveux que je tresse,
      Qu'ils sont longs ; (*bis*)
Ces bras que je caresse,
      Qu'ils sont ronds ; (*bis*)
Et ces petits doigts roses,
      Entre nous, (*bis*)
Promettent bien des choses ;
      M'aimez-vous ? (*bis*)

Cou blanc, taille mignonne,
      Que d'appas ; (*bis*)
Vous devez être bonne,
      N'est-ce pas ? (*bis*)
Laissez tomber ces voiles,
      Si jaloux ; (*bis*)
Ciel ! je vois deux étoiles,
      M'aimez-vous ? (*bis*)

Ce téton que je presse,
      Qu'il est dur ; (*bis*)
Ce sein que je caresse,
      Qu'il est pur ; (*bis*)
Ah ! laissez-moi descendre ;
      Entre nous, (*bis*)
Cessez de vous défendre ;
      M'aimez-vous ? (*bis*)

Richesses inconnues,
      Je vous vois ; (*bis*)
Ces beautés toutes nues
      Sont à moi ; (*bis*)
Fermez, fermez, ma mie,
      Le verrou ; (*bis*)
Je souffle la bougie.
      M'aimez-vous ? (*bis*)

Allons, chère petite,
C'est cela; (*bis*)
Plus doucement, plus vite,
Halte-là ! (*bis*)
Tandis qu'au loin voyage
Ta vertu (*bis*)
Dans le bonheur je nage ;
M'aimes-tu ? (*bis*)

LA SÉQUARDINE

Air : *Mon père était pot.*

Il est un remède nouveau
Qui réjouit le monde,
Qui rajeunit plus d'un vieux beau
Dont l'univers abonde :
Quand cet amoureux
Verra que ses feux
Baissent, ça le chagrine ;
Il questionnera
Il demandera :
Qu'est-ce que la Séquardine ?

— " Je viens chez vous, Monsieur l' docteur,
" Vous conter mon déboire :
" Il m'est arrivé, par malheur
" Une drôle d'histoire :
" M' croyant jeune encor
" J'ai voulu par l'or
" Séduire ma voisine ;
" Arrivant au fait,
" J'ai raté... l'effet :
" Faut-il d'la Séquardine ? "

— " Mon ami, dira le savant,
    " Votre cas n'est pas rare :
" L'amour est un Dieu bien charmant,
    " Mais aussi bien bizarre :
        " A tort, à travers,
        " Dans tout l'univers,
    " En France comme en Chine,
        " Il a quelquefois,
        " Ce p'tit dieu sournois,
  " Besoin de Séquardine. "

Qu'une fillette au fin minois,
    Avide de fortune,
Epouse un vieillard aux abois,
    C'est chose assez commune :
        Des amis nombreux,
        Jeunes, vigoureux,
    Viennent à la sourdine ;
        Efforts superflus.
        On n'en verra plus,
Grâce à la Séquardine.

Deucalion avec Pyrrha,
    Pour repeupler la terre,
Jetaient des pierr's *et cœtera*
    Sans regarder derrière.
        Et par-ci, par-là,
        Chacun en jeta
    Sur la ronde machine ;
        Un nombreux essaim
        Vint par ce moyen :
  Mieux vaut la Séquardine.

— 48 —

O Brown-Séquard, protège moi,
Sois mon dieu tutélaire !
Sans toi plus d'un resterait coi
Dans l'amoureuse affaire.
Ton baume divin
Rend au genre humain
Son ardeur qui décline.
Laissons là Pasteur,
Et chantons en chœur :
" Vive la Séquardine ! "

Dr GÉRONTE.

BALLADE DU MICROBE

Air : *T'en souviens-tu ? disait un capitaine.*

J' faisais l' trapèze, un soir, au bord du Gange,
Insoucieux comme un microbe enfant,
Lorsqu'un mat'lot, qui s'occupait d' vidange,
A ma famille m'arracha triomphant.
C' t' affreux gabier, perdu d'intempérance,
D' rhum et d'eau d'Aff, quarante jours m'arrosa;
J'allais claquer, lorsqu'au pays de France.
Le long d'un mur, pâle, il me déposa.

Chouette ! m'écriai-je, en tombant sur mes pattes,
J'ai rien d' cassé ; sauvé, merci mon Dieu !
Après un pleur versé sur mes pénates,
J' relevais l' nez pour m'orienter un peu :
Toulon dormait sous la lune tranquille,
J' quittais les lieux; et, sans perdre un instant,
J' m'en allais faire un petit tour en ville,
Dans l'intérieur de quelques habitants.

là deux mois d' çà, ma renommée est faite,
suis l' plus pschutteux des microbes vantés,
us les journaux tartinent sur moi, mazette !
m' tire au flanc dans toutes les Facultés.
mme un vainqueur, qui s'est couvert de gloire,
ntre en musique, épatant les faubourgs,
marche, précédé de la prémonitoire,
s borborygm's, à moi, c'est mes tambours !

a des méd'cins qui m' trait'nt de sporadique ;
autr's, plus malins, qui dis'nt que c'est pas vrai,
ue j' pourrais bien devenir asiatique ;
est morbus, dit l'autr', c'est avéré !
orbus ou non, je m'en tamponne la prunelle,
sais pas mon nom, et ça m' donne peu d' tracas ;
uand j'étais p'tit, dans la fange paternelle,
pa m'app'lait " Psitt ", maman ne m'app'lait pas.

caresse un rêve : c'est d' lâcher la province ;
sens en moi-même des appétits d' noceur ;
ur un microbe, aussi bien qu' pour un prince,
y a qu'à Paris qu'on s' la passe en douceur !
ans les boyaux de la grande Babylone,
est pas la place qui manque, assurément.
a bien Pasteur, l' savant, qui m' chiffonne,
ais j'aime à croire qu'il s' tiendra gentiment.

yez pas peur, Parisiens, mes p'tits frères ;
on but, parole ! est simplement d' m'offrir
uelqu's ventr's lardeux de gros propriétaires
u'aiment pas l' pauv' peup' et l' font toujours souffrir.
joutons-y trois ou quatr' mille concierges,
uelques huissiers, curés, et cœtera...
it's donc, j' crois bien qu' vous y devrez des cierges,
c' brav' petit microbe du Choléra ?

R. C.

————————※————————

MARSEILLAISE DES VIDANGEURS

Refrain :

Et puisqu'il faut que rien n' se perde, (1)
Dans la nature où tout est bon,
Où tout est bon,
Amis, pressons la pompe à merde,
Le jour paraît à l'horizon.
Pompons la merde, et pompons la gaîment, (*bis*)
Et envoyons s' faire fout' ceux qui n' sont pas contents. (*bis*)

Soupe à l'oignon, bouillon démocratique,
Perdreau truffé du faubourg Saint-Germain,
Vous serez-tous, suivant l'usage antique, (2)
Bouffés un jour, chiés le lendemain.

Filles de rois, de ta beauté si fière,
Tu dois chier, ainsi Dieu l'a voulu ;
Ton cul royal, comme un cul prolétaire,
A la nature doit payer son tribut. (3)

Humble ouvrier, ta modeste cuisine
Te fait du riche envier les festins ;
Console-toi, les produits qu'il rumine
Ne se vendront pas plus cher que les tiens.

Puissants du jour, qui bouchez vos narines,
Quand nous pompons le fruit de vos excès,
Si nous cessions de vider vos latrines,
Que sentiraient vos splendides palais ?

O vanité des choses de ce monde,
Roses, jasmins, qu'êtes-vous devenus ?
Vous embaumiez à cent lieux à la ronde,
La merde passe et vous ne sentez plus. (4)

Nous voudrions bien que le canon tonne,
Et proclamât la Patrie en danger :
Nous saurions tous, en vrais fils de Bellone, (5)
Mieux que Cambronne, emmerder l'Etranger.

Dieu pour nos sens créa les fraîches roses,
Le papillon aux brillantes couleurs,
Les gais refrains pour les esprits moroses,
Et pour nos culs, il fit les vidangeurs.

Messieurs, mesdames, si par ma chansonnette
J'ai déridé vos fronts par trop rêveurs,
Quand vous passerez devant une pompe honnête,
Venez ; ensemble, nous pomperons en chœur.

VARIANTES :

(1) Amis, il faut que rien n' se perde,

(2) Vous serez tous, c'est une loi physique,

(3) Il faut chier, ainsi Dieu l'a voulu.
   Qu'il soit royal, ou qu'il soit prolétaire,
   Tout boyau doit nous payer son tribut.

(4) O vanité des parfums de ce monde,
   Roses, jasmins, qu'êtes-vous devenus ?
   Vous vous flattiez d'embaumer à la ronde,
   La merde passe, et l'on ne vous sent plus.

(5) Qu'à la frontière le canon tonne :
   On nous verra, dignes fils de Cambronne,
   Comme un seul homme, emmerder l'étranger.

RETOUR DE VADROUILLE

Aubade à la mère Larigot.

Refrain :

O Larigot ! tir' le cordon !
Es-tu sourde à ce carillon ?

L'aube naît et ta porte est close,
Larigot, daigne nous ouvrir ;
Voilà plus d'un quart d'heur' de pose ;
Voudrais-tu nous fair' mourir ?
Nous frappons à la porte fermée.
Mésin dit : — " Je n' tiens plus debout. "
Et Choix, de sa voix enrhumée,
Dit : — " J'en peux plus, je suis à bout. "

Déjà s'enfuit la pompe à merde,
Laissant un sillon parfumé ;
Nous faisons des rêves amers de-
Vant ce sacr' huis toujours fermé.

Le Panthéon, qui décalotte
D'un nuage tout empourpré,
Est épaté de la culotte.
(Nous n' trouvons pas de rime à pré !)

Deux sergots, d'un air conoïde,
Nous contemplent, l'œil protecteur ;
Et le boulevard serait vide
Sans ces cogn's et le balayeur.

Pourtant l' rinceur d' pissotière
Lave les flaques de pipi ;
Sous la vaste porte-cochère
Une gadoue est assoupie.

Voici qu'entr' ouvrant son kiosque,
La marchande pli' ses journaux,
Et son chien rogneux ronge un os que
Ont oublié les tombereaux.

L'œil aux aguets, avec mystère,
S'échappant des bras du curé,
La dévote, du presbytère,
S'enfuit d'un pas mal assuré.

Ohé ! notre main se fatigue,
A masturber le vieux bouton !
Non pas le tien, mol comme figue,
Indigne d'un viril bâton !

Mais le bouton de la sonnette,
Qui reluit au soleil levant !
Es-tu morte, la pipelette ?
Sonnons-nous ton enterrement ?

Chez Nicolas des Chardonnettes,
Irons-nous dire un hymne pieux
Pour nous faire ouvrir ? C'est trop bête
De gémir après son doux pieu.

Alors l'huis s'entr'ouvrit ; et, la démarche veule,
Mésin soutenant Choix, Choix soutenant Mésin,
Les deux amis, brisés, affalèrent leur gueule
Sur le duvet du traversin !

HÉBÉ. *(Mai 1887)*

LE MEUNIER

Meunier, meunier, tu es cocu; *(bis)*
J'ai vu ta femme le cul tout nu,
Et rue, et rue, don daine,
En passant par ton moulin,
Et rin din din.

J'ai vu ta femme le cul tout nu ; *(bis)*
Et un gros moine était dessus,
Et rue, et rue, don daine,
En passant par ton moulin,
Et rin din din.

Et un gros moine était dessus; *(bis)*
Qui lui foutait sa pine dans l'cul,
Et rue, et rue, don daine,
En passant par ton moulin,
Et rin din din.

Il lui foutait sa pine dans l'cul; *(bis)*
Le pilon était poilu,
Et rue, et rue don daine,
En passant par ton moulin,
Et rin din din.

Le pilon était poilu; *(bis)*
Le mortier était fendu,
Et rue, et rue don daine,
En passant par ton moulin,
Et rin din din.

Le mortier était fendu ; *(bis)*
Ça coulait le long du cul,
Et rue, et rue don daine
En passant par ton moulin,
Et rin din din.

Ça coulait le long du cul ; (*bis*)
Les morpions nageaient dessus,
Et rue, et rue don daine,
En passant par ton moulin,
Et rin din din.

Les morpions nageaient dessus ; (*bis*)
Le plus gros dit : — « Nous sommes foutus. »
Et rue, et rue don daine,
En passant par ton moulin,
Et rin din din.

Le plus gros dit : — « Nous sommes foutus » (*bis*)
« Car le déluge est venu. »
Et rue, et rue don daine,
En passant par ton moulin,
Et rin din din.

« Car le déluge est venu ; (*bis*)
« Rattrapons-nous aux poils du cul ! »
Et rue, et rue don daine
En passant par ton moulin,
Et rin din din.

« Rattrapons-nous aux poils du cul ! » (*bis*)
Les poils du cul ne tenaient plus
Et rue, et rue don daine
En passant par ton moulin,
Et rin din din.

Les poils du cul ne tenaient plus (*bis*)
— « Piquons, un' têt' dans l' trou du cul »
Et rue, et rue don daine,
En passant par ton moulin,
Et rin din din.

« Piquons un' têt' dans l'trou du cul, (*bis*)
« C'est notre seul' planche de salut ! »
Et rue, et rue don daine,
En passant par ton moulin,
Et rin din din.

« C'est notre seul' planche de salut ! » (*bis*)
Tu vois, meunier, tu es cocu.
Et rue, et rue don daine,
En passant par ton moulin,
Et rin din din.

L'ÉLÉPHANT

Chanson de la Taupe

Un éléphant se masturbait
Avec une planche à bouteilles.
Un vieux chacal, qui passait,
Reçut le foutre dans l'oreille.
    Mais l'éléphant
    Est bon enfant
    Et ran plan plan !

Il ouvrit une large denture
Et ravala son instrument,
Sans oublier la garniture.
Si tu n'étais pas un salaud,
Je te foutrais ma pine dans la gueule ;
Mais tu n'es qu'un vieux saligaud :
Tu baises ma femme quand elle est seule.
    Et riquiqui !

Et tout çà ne serait rien encore,
Si tu ne salissais pas mon lit
Avec ton foutre et ton cold-cream.
Si tu n'étais pas un salaud,
Je te foutrais ma pine dans la gueule;
Mais tu n'es qu'un vieux saligaud,
Tu baises ma femme quand elle est seule.

———————⊙———————

LE JOLI PETIT CHOSE

J'étais caché sous la table à toilette
Où se mirait la gentille Antoinette;
J'étais placé de manière à tout voir,
    Jusqu'à son petit chose,
    Son joli petit chose,
    Couleur de satin rose,
    Bordé de noir. (*bis*)

Un doux zéphir caressait la nature,
Lise dormait sur la tendre verdure,
Sans se douter qu'on pût apercevoir
    Jusqu'à son petit chose,
    Son joli petit chose,
    Couleur de satin rose,
    Bordé de noir. (*bis*)

Si tu vivais, ô ma tendre Lucie,
St tu vivais au fond de la Turquie,
Du grand Sultan tu aurais le mouchoir,
    Pour essuyer ton chose,
    Ton joli petit chose,
    Couleur de satin rose,
    Bordé de noir. (*bis*)

Si Jupiter déchaînait son tonnerre,
Si les Anglais nous déclaraient la guerre,
Rien de tout cela ne saurait m'émouvoir,
    Si j'étais sur un chose,
    Un joli petit chose,
    Couleur de satin rose,
    Bordé de noir. (*bis*)

Mais si, parfois, la bordure était blonde,
Comme on en peut rencontrer à la ronde,
Ne doutez pas qu'il ne fit son devoir,
    Tout comme un autre chose,
    Un joli petit chose,
    Couleur de satin rose,
    Bordé de noir. (*bis*)

Messieurs, Mesdames et gentes demoiselles,
Qui désirez chansonnettes nouvelles,
Prenez la mienne : elle est d'hier au soir,
    Composée sur un chose,
    Un joli petit chose,
    Couleur de satin rose,
    Bordé de noir. (*bis*)

A MONTMARTRE

Quand j' la connus, c'fut par hasard,
Du temps ousque les communards
Par cent mill' commettaient les meurtres
    A Montmeurtre !

Ell' m'a gobé parc' que j'avais
Un biblosco qui lui r'venait
Avec mon galurin de martre
    A Montmartre !

Elle avait l'air un peu putain
Avec son petit œil mutin ;
On m'a dit qu'elle était en carte
    A Montmarte !

Ell' n'était pas jolie du tout,
Mais ell' tirait si bien son coup !
Même qu'elle attrappa des dartres
    A Montmartre !

Elle était bien un peu putain ;
Ell' n'aimait pas les calotins,
Preuv' qu'elle a chouriné un prêtre
    A Montmêrtre !

Ell' fut tuée par les Versailleux,
C'était ell' qui commandait l' feu :
All' est tombée la gueule ouverte,
    A Montmerte !

Quand ils lui eurent crevé l' cœur,
Ils n'y ont pas même foutu d' fleurs ;
Mais, moi, j'y ai collé un tertre
    A Montmertre !

AUX VERS

Salut en terza rima.

Mes chers petits amis, mes gentils compagnons,
Vous qui peuplez gaîment l'ultime solitude,
Gourmands qui chatouillez sans trève mes rognons.

Vit-on jamais là-haut telle sollicitude ?
Sans le moindre dégoût vous rongez mes boyaux,
Et vous me nettoyez de toute turpitude !

Peut-on vous comparer aux voraces corbeaux !
Vous êtes très discrets, pleins de délicatesse ;
Vous avez la douceur aimable de l'agneau ;

Vous avez pour ma chair une exquise tendresse !
Je plains les Pharaons tristement embaumés,
Et plutôt que de pleurs, j'ai sujet de liesse :

Etre aimé pour soi-même ! Enfin, je suis aimé !

Dr A. *(Avril 1910)*

———o———

CHANSON DE LOURCINE

De l'hôpital vieille pratique,
Ma maîtresse est une catin :
Sa diathèse syphilitique
Fait perdre aux docteurs leur latin. (1)
Mais moi, vieux pilier de l'Ecole,
Je l'aime à cause de son mal ;
     Oui, pour son mal.
Nous sommes unis par la vérole
Mieux que par le lien conjugal. *(bis)*

Oui, la vérole nous assemble
Sous les mêmes lois, tous les deux
Nous vivons, nous souffrons ensemble, (2)
Plus heureux que des demi-dieux.
Tous les matins, choquant nos verres,
Nous buvons le Van Swieten, (3)
     Le Van Swieten,
Et nous nous partageons en frères
Les pilules de Dupuytren. *(bis)*

Nous transformons en pharmacie
Le lieu sacré de nos amours ;
Les plumasseaux et la charpie (4)
S'y confectionnent tour à tour.
Tandis qu'avec le bichlorure
Elle me fait des injections,
   Des injections,
Avec l'axonge et le mercure,
Moi, je lui fais des frictions (*bis*)

Délassement de l'Innocence,
Je regarde, chaque matin,
Si quelque nouvelle excroissance
Ne vient pas orner son vagin.
Tandis qu'avec un œil humide
Elle jette un timide regard,
   Timide regard,
Sur mon corps, que les syphilides
Ont taché comme un léopard (*bis*)

Quand nous serons las de la terre,
Nous cesserons tout traitement,
Et, rongés par un vaste ulcère,
Ad patres nous irons gaiement.
Mais nous ferons une supplique
Pour être tous les deux portés,
   Tous deux portés,
Dans un musée pathologique,
A la section des Vérolés. (*bis*)

VARIANTES :

(1) Ma maîtresse est une putain,
  Dont le vagin syphilitique
  Empeste le Quartier latin.

(2) Unis par un même mal tous deux,
   Nous couchons, nous baisons ensemble

(3) Nous buvons dans un même verre
   La liqueur de Van Swieten.

(4) Les liniments et la charpie.

(5) Nous adressons une supplique
   Pour que nos corps soient conservés,
      Oui conservés,

LE FRANÇOIS Ier

Air : *A Saint-Lazare.*

En fait d' café n'y a que l' nectar
   Sur le Boul'Miche,
Au coin d' la ru' Royer-Collard ;
   Pas b'soin d'affiche.
On s' dit, rien qu'en passant là d'vant :
   — " Vrai ! Que' chiqu' boîte !
" Faut s'arrêter un p'tit instant :
   " La turne est chouette ! "

La turn' c'est rien ! Faut voir l'dedans :
   Ça fait bonn' mine !
C'est l' rendez-vous des Etudiants
   En médecine,
En droit, en lettre, en pharmaci',
   En arts, en science ;
   C'est toute l'aristocrati'
      De la jeun' France !

Là, tous les soirs, devant des bocks,
   Se réunisse',
Joyeux, la pipe aux dents, des stocks
   De jeun's artisse',

Elus, refusés du Salon,
 De toute sorte,
Honneur du pinceau, du crayon
 Et de l'Eau-forte.

Il n' faudrait pas dans tout c' gratin
 Oublier la plume !
Y en a qui trim'nt depuis le matin
 Jusqu'à la brume ;
Mais il ne faut pas les approfondir,
 Les bureaucrates :
N'allez pas croir' que le rond d' cuir
 Leur foul' la rate.

Le sexe est bien représenté :
 Pas mal de femmes,
Dans tous les genres de beauté,
 Font d' la réclame.
Des cheveux noirs, des cheveux blonds,
 Des perruqu's teintes,
Des nénés plats, des nénés ronds,
 Des lèvres peintes.

Pour ne citer que de grands noms,
 V' là Camomille,
Qui s' prête à pas mal d'infusions,
 Bêt', mais bonn' fille.
Angèle y va de temps en temps
 D' sa petite attaque ;
Sarah, qu' a dans les quarante ans,
 Cherche un Mielvaque.

Louise, un beau ch'val de coupé,
 (Rien d'un' naïade !)
Plum' sans remords ceux qu' ont coupé
 Dans son œillade.

La Clefte enfin, la femme du jour,
        Traîne après elle
Deux amants qui, chacun leur tour,
        Tienn'nt la chandelle !

Venez donc voir cet épatant
        Café d' famille ;
On y jou' l' piquet, le brelan
        Et la manille ;
On s'en va l'cœur réconforté,
        L'urine claire,
Après avoir fort'ment pinté
        D'excellent' bière.

HÉBÉ (1887)

A BOIRE !

Refrain :

Ami, tu peux m'en croire,
Est-il quelque chagrin
Après ce gai refrain ? *(bis)*
    A boire, à boire,
Pour chasser l'humeur noire,
    A boire, à boire, à boire !!!

Allons ! que ma coupe soit pleine ;
Ami, versez-moi du nectar.
Je veux sur les pas de Silène
Chanter jusqu'à notre départ.
Je veux me couronner de roses
A l'ombre des pampres dorés ;
Je veux oublier toutes choses,
Noyé dans mes vins préférés. *(bis)*

On dit que tout boit dans ce monde :
La terre boit l'eau des étangs ;
De la mer le soleil boit l'onde
Qu'ont bue aussi ses habitants.
Pourquoi, comme tous, ne boirais-je
De ce vin qui chauffe mon cœur,
Avant que l'hiver et la neige
Ne viennent glacer mon ardeur ? *(bis)*

Quand j'suis seul avec ma maîtresse,
Dans les chauds rayons du soleil,
Elle partage mon ivresse,
Le front ceint d'un pampre vermeil.
Vénus, du haut de l'Empyrée,
Sourit à nos jeunes amours,
Et, dans notre amphore empourprée,
Tous deux nous puisons d'heureux jours. *(bis)*

Je ris de la Parque affamée,
Narguant son funeste pouvoir,
Quand ma barbe est parfumée
Avec le doux jus du pressoir.
Bacchus ici-bas me fait vivre ;
Sans lui, j'irais aux sombres bords.
Et je dis, quand je suis mort-ivre :
— " Il vaut mieux être ivre que mort ! " *(bis)*

PLAISIR SUPRÊME

Refrain :

Mais près de toi, douce fâ-â-âme,
Tous ces plaisirs ne sont rien ;
Quand je te vois, je me pâ-â-âme ;
Tu les remplaces si bien.
Si bien !

D'une merde fraîche et pure
J'aime l'enivrante odeur ;
D'un étron sur la verdure
J'aime la grâce et l'ampleur.

J'aime, dans un jour de fête,
La dégueulade qui fuit ;
Le parfum de mes chaussettes
Et de mon vase de nuit.

Soudain, rompant le silence,
Un bruit sonore et mutin
Va soulager l'existence,
Embaumant le genre humain.

------ o ------

L'HERMAPHRODITE

L'original est à tout faire,
Il est tout ce que tu voudras ;
Et tu feras beaucoup, lorsque tu résoudras
Sous quel sexe on l'a dû portraire.
Il est des deux bien convaincu ;
Il peut être coquette, il peut être cocu,
Puisqu'il est mâle et femelle ;
Et comme il peut servir de femme et de mari,
De maîtresse et de favori,
Toute la grammaire en querelle
Ne sait à quel genre aller,
Et ne sait comment l'appeler :
Ou "Monsieur", ou "Mademoiselle".

------ >|< ------

O! MON URSULE

Ma toute belle,
N'sois pas cruelle,
Laisse-moi voir tes gros nichons
Et les sucer : je suis cochon ;
Presse ta bouche
Contre ma bouche,
Je veux voir tes yeux polissons,
J' te f'rai du bien à ma façon.

L'amour t'appelle,
Ma toute belle,
Vois : ma culotte qui va craquer,
Je n' peux pas m'empêcher de bander ;
Sois charitable,
Sois équitable ;
Je n'ai ni morpions, ni gonos.
J' viens d' me laver, j' suis pas salaud.

O! mon Ursule,
Quand je t'encule,
Je ressens un plaisir divin
Et je m'emplis la queue de brin.
Et ton derrière
Est une bière
Pour mon foutre à jamais perdu ;
Amis, chantons : " Pie Jésu! "

Ouvre tes fesses,
Sacrée gonzesse ;
Que tes longs doigts blancs et mignons
Plongent ma pine dans ton con ;

Et si tes lèvres,
Telle une plèvre,
S'enduisent d'un liquide gras,
Ça glissera mieux : on jouira.

O ! douce ivresse,
Bois mes caresses,
Ah ! tu me fais mourir de joie ;
Chérie, je jouis avec toi !
Manœuvre ferme,
Reçois mon sperme ;
Puis, tu prendras une injection :
De l'amour, c'est la conclusion !

LA RONDE DES RACCROCHEUSES

La pauvre fille, un soir, errait dans la nuit sombre,
L'œil agaçant,
Appelant d'une voix triste, et se cachant dans l'ombre,
Chaque passant.

Je suivis dans la rue son impure chandelle,
Pâle flambeau !
Et je vis que le gîte ou demeurait la belle
N'était pas beau ....!

Je sentis s'exhaler de toute cette chambre
Et de son busc,
Une odeur difficile à confondre avec l'ambre
Ou bien le musc !

C'est qu'elle avait, le soir, hélas ! la pauvre fille,
Mangé de l'ail,
Sans avoir fait après brûler une pastille,
Comme au sérail !

Elle avait un corsage en satin blanc et rose,
Des bas moisis,
Une robe boueuse et des seins que je n'ose
Dépeindre ici !

Je saisis dans mes bras cette ardente tigresse ;
Et quand je veux
L'embrasser, sous mes dents je rencontre une tresse
De ses cheveux !

C'étaient de ces cheveux graissés d'une pommade
Au parfum fort,
Cheveux qu'on avait pris sur le front d'un malade,
Ou bien d'un mort.

Dans le trouble des sens, je saisis une pièce
De quatre sous
Et, en la lui jetant, je lui dis : — " Ma princesse,
" Tout est pour vous ! ! ! "

QUESTION DISCRÈTE !

Me direz-vous, Docteur, pourquoi ces pécheresses,
Marchandes de Plaisirs, montrant sur le trottoir
Leur provoquant sourire et leur " pst, pst " du soir,
De vingt amants d'un jour reçoivent les caresses,
Sans qu'à leurs flancs, toujours inféconds, nul espoir
De la maternité n'annonce les promesses,
Lorsque de nos maris les trop rares tendresses
D'être mères souvent nous posent le devoir ?

La raison, belle Dame, est toute naturelle !
Pas un brin de verdure, à Lutèce la belle,

Ne cache les pavés en reposant les yeux ...
A Versailles, au contraire, où la foule est si rare
Ray-grass et chiendent y poussent dare, dare.

MORALITÉ

L'herbe ne vient pas où les passants sont nombreux.

Dr JÉLINEAU.

L'ÉLÉPHANT ET LA FOURMI

Un éléphant se masturbait
Dans la fente d'une muraille.
Une fourmi, qui le contemplait,
Lui dit : — " Que fais-tu là, canaille ? "
Outré de ce mauvais propos,
L'éléphant lâcha sa semence :
Inondée par la chute des eaux,
La fourmi perdit l'existence !

QUATRE JOUISSANCES

Une femme qui pête au lit
Eprouve quatre jouissances :
Elle parfume son lit,
Elle soulage son ventre,
Elle entend son cul qui chante,
Elle empoisonne son mari !

SAINT-ANTOINE

Refrain :

Qu'on en pense ce que l'on voudra,
Honni mal y soit celui qui mal y pense.
Qu'on en pense ce que l'on voudra,
Honni mal y soit qui mal y pensera.

Saint-Antoine avait un cochon,
Dont le trou du cul lui servait de femme ;
Saint-Antoine avait un cochon,
Dont le trou du cul lui servait de ...

Saint-Antoine, avec un crayon,
Sur un tableau noir, dessinait un moine ;
Saint-Antoine, avec un crayon,
Sur un tableau noir, dessinait un ...

Saint-Antoine avait des morpions,
Qu'on voyait courir sur le poil des nonnes ;
Saint-Antoine avait des morpions,
Qu'on voyait courir sur le poil des ...

Saint-Antoine avait un cochon,
Dont la queue faisait le bonheur des nonnes ;
Saint-Antoine avait un cochon,
Dont la queue faisait le bonheur des ...

LES MORTS ILLUSTRES

François Premier et mort de la vérole,
De la vérole est mort François Premier.
Si François Premier n'était pas mort de la vérole,
De la vérole ne s'rait pas mort François Premier.
Une, deux, trois,...., Me-e-e-rde !!

Napoléon est mort à Sainte-Hélène,
A Sainte-Hélène est mort Napoléon.
Si Napoléon n'était pas mort à Sainte-Hélène,
A Sainte-Hélène ne s'rait pas mort Napoléon.
Une, deux, trois, ... Me-e-e-rde ! !

* * *

LE JOUEUR DE TURLUTUTU (1)

Dans Paris il est venu *(bis)*
Un joueur de turlututu. *(bis)* (2)
Pour attirer la pratique,
Il a mis sur sa boutique :
— " C'est ici qu' pour un écu, (3)
" On apprend à jouer de l'épinette ;
" C'est ici qu' pour un écu,
" On apprend à jouer du (4)
" Trou la la, trou la la,
" Trou la la la trou laïrette,
" Trou la la, trou la la,
" Trou la la la trou laïra. "

Toutes les fill's de Paris, *(bis)*
De Versaill's, de Saint-Denis, *(bis)*
On vendu leurs chemisettes,
Leurs jarr'tièr's et leurs chaussettes, (5)
Pour avoir un p'tit écu,
Pour apprendre à jouer de l'épinette,
Pour avoir un p'tit écu,
Pour apprendre à jouer du
Trou la la, etc.

Une jeune fille se présenta, *(bis)*
Qui des leçons demanda : *(bis)*

— " Ah ! que tes leçons sont bonnes,
" Il faudra que tu m'en r'donnes ;
  " Tiens, voilà mon p'tit écu,
" Pour apprendre à jouer de l'épinette,
  " Tiens voilà mon p'tit écu,
" Pour apprendre à jouer du
    " Trou la la, etc. "

Une vieill' femme à cheveux gris (*bis*)
Voulut en tâter aussi. (*bis*)
— " Par la porte de derrière,
" Faites-moi passer la première.
  " Tenez, voilà mon vieil écu,
" Pour apprendre à jouer de l'épinette,
  " Tenez, voilà mon vieil écu,
" Pour apprendre à jouer du
    " Trou la la, etc. "

— " Vieille, retournez-vous en, (*bis*)
" Et remportez votre argent ; (*bis*)
" Car, pour vous, les épinettes
" Ne sont ni fraîches, ni nettes ; (6)
  " Vous avez trop attendu,
" Pour apprendre à jouer de l'épinette ;
  " Vous avez trop attendu,
" Pour apprendre à jouer du
    " Trou la la, etc. "

La vieille, en s'en retournant, (*bis*)
Marmottait entre ses dents : (*bis*)
— " Ah ! vous me la baillez belle,
" De me croire encore pucelle,
  " Voilà cinquante ans et plus
" Que je sais jouer de l'épinette, (7)

" Voilà cinquante ans et plus
" Que je sais jouer du
" Trou la la, etc. "

La morale de ceci, (*bis*)
Je vais vous la dire ici : (*bis*)
C'est qu' quand on est jeune et belle,
Il n' faut pas rester pucelle ;
    Faut donner son p'tit écu,
Pour apprendre à jouer de l'épinette;
    Faut donner son p'tit écu,
Pour apprendre à jouer du
        Trou la la, etc.

NOTES :

(1) Cette chanson, dont les variantes sont nombreuses, est aussi connue sous les noms de : *Le Joueur de Luth ; A l'auberge de l'Ecu*.

VARIANTES :

(2) Un fameux joueur de luth

(3) A l'auberge de l'Ecu

(4) On apprend à jouer du luth

(5) Toutes les filles de Paris, (*bis*)
    Du Boul' Mich' et de Saint-Denis, (*bis*)
    Ont vendu leurs collerettes,
    Leurs fichus et leur manchettes,

(6) Et remportez votre argent ;
    Car ce n'est pas à votre âge
    Qu'on entre en apprentissage.

(7) Que j'enseigne à jouer de l'épinette.

AGLAÉ

Refrain :

Mon Aglaé, c'est toi que j'aime ;
Oui, c'est toi que j'aimerai toujours !

J'aime à te voir à ta toilette,
Entourée de tous tes flacons,
Ton cul trempant dans la cuvette
Pour faire la barbe à ton petit con.

J'aime à te voir sous la charmille,
Etendue sur le vert gazon,
Te branlant d'une main agile,
Par la fente de ton pantalon.

J'aime à te voir dans ta cuisine,
En train d'éplucher tes oignons,
Ta main droite frôlant ma pine,
L'autre fricotant mes roustons.

J'aime à te voir dans ta chambrette,
Entourée de jolis garçons ;
C'est à qui te fera minette,
Entre deux tranches de jambon.

J'aime à te voir sur ta couchette,
En train de fermer tes doux yeux,
Mes couilles te servant de lunettes,
Pour que tu puisses y voir mieux !

CLAUDE-BERNARD

Air : *Obé ! Durondard !*

Refrain :

Ohé ! Claud' Bernard !
Qué qu' tu fais en pénitence
Devant le Collège de France,
Vis-à-vis d' la Ru' Thénard ?
Ohé ! Ohé ! Claud' Bernard !

Sur ce piédestal peu chouette,
Tout petit, tout mal foutu,
Comme un con sur la sellette,
Mon vieux Bernard, que fais-tu ?
On dirait que tu t'emmielles
A te voir gratter l' menton.
Ils t'en ont fait une bien belle,
De te coller là d' planton !

En passant Ru' des Ecoles,
Nous t' saluons chaque soir.
Toi, tu contemples nos fioles
De l'autr' côté du trottoir.
D'un œil plein d'envi' tu r'luques
Potach's, droitiers, carabins
Qui t'appell'nt : — " Vieille perruque ! "
Et gueul'nt en chœur ce refrain :

Qu'un' femm' pass', tu dis, vieux bonze :
— " J'voudrais la vivisecter ! "
Y a pas mêch', tu l'as en bronze,
Pas moyen d' manifester.
D'un air navré tu soupires ;
Gigotant du strapontin,
La p'tit' pétass' se la tire,
Sans t'offrir même un lapin !

C'est qu' t'en as tué des grenouilles !
Ell's se rappell'nt çà, leurs sœurs.
Ell's n' voudraient pas d' tes chatouilles ;
Plus qu' Prado tu leur fais peur.
S'il t' faut encor' des victimes,
Nous viendrons tous t'apporter
Les lapins illégitimes
Qu'ell's s'acharn't à nous poser.

T'es pourtant un brave drille,
Puisqu' sans gêne tous les chiens
Vont pisser contre ta grille
Sans qu' tu dises jamais rien.
J' comprends ça, l' remords te pèse
D'en avoir estourbi tant !
Tu les laiss' faire à leur aise :
Mieux vaut du pipi qu' du sang !

　　Antivivisectionniste
Epargnez-lui vos rigueurs ;
Le grand physiologiste
Est puni de ses erreurs.
Il s'emmerde à cent sous l'heure,
Et voudrait bien s'en aller !
Malgré lui faut qu'il demeure
Pour s'entendre interpeller :

HÉBÉ (1888).

BALLADE MYTHOLOGIQUE

Pénélope Enée de vous asseoir, que je vous Archonte
Ulysse-toire :

Nous Phéniciens de Déjanire et je m'étais Borée
d'Homère Encelade que je sentais se re-Bellérophon de

mon estomac. J'avais bien Pompée, et je n'étais pas Lyndé, mais quand même Achéron, et peu n'en Phallus que je n'Eurotas. Aussi était Titan que Scylla Phénice. Je Melpomène au Jardin des Hespérides ; j'avais pris mon Styx à Pomone d'Achate afin d'être plus Cocyte, aussi fallait voir comme je Thémis.

Je vais faire visite Amathante. J'arrivai fort Athropos : je la trouvai Anchise Persée en train d'Uranie, ou Pluton je crois Galathée en train de se Pollux Helicon.

Je ne sait comment elle Cypris, mais soudain elle fait un Paphos sur Dédale, fait le grand Icare, et je lui ai Vulcain ! Il n'est pas Aphrodite ? Non il est Apollon, à Semélé, et je crois qu'elle Circé poils afin qu'ils Narcisse.

En la voyant Cybèle, je la porte sur les bords d'Ulysse ; je lui mets ses Jupiter et je lui fais Minos ; je lui suce Hélicon Hélène Enée qu'elle a Vénus. Elle Thétis mon Dardanus afin qu'il s'Eurydice.

— " Dieu qu'il Erèbe ! " dit-elle. — " Oh, oui ! et pour qu'il s'Eurydice il ne Phallus pas qu'on Léda ". Et il Satyre d'une Bellone.

Je crois qu'Hécube Latone et mon vit ne se pèse pas Alecto.

Oreste, bien que tout le monde l'Hymète, l'Anthée n'en était point Thésée ; Hellé-da. — Dès qu'elle Laocoon, Pan ! v'la Castor et qu'elle en Radamanthe. J'en Tircis : c'est Beaucis ; mais je ne puis Alexis ! Fallait-il que Janus dans mes Deucalion ! Télémaque, que voulez-vous ! je suis très Prothée Polyphème ! Je n'Alexis encore ; que Cerès si j'avais Proserpine ? Ménélas, je n'en Neptune ! Alors elle Saturne : Pan ! je l'Hercule trois fois, sans qu'elle m'en Priape.

Puis, je ne sais si elle Vesta ou si elle fit un Pégase ; mais, en tout cas, c'était Pharsale et ça ne sentait point Osiris, mais Pluton au Clhoris Driade d'Ammoniaque ou à l'Alcide

Sylphe Hydre-ique. — " Io, dis-je, nous Jason du Sphinx-ter ! Faudrait-il Ganymède un Python dans la ligne mé-Diane d'Ephèse, pour forcer l'Uranus à Cythère ? " — " Oh ! oh ! Est-ce que je Thessalie ? Tu Minerve, tu m'Ajax, tu me Pomone ! Hermès au moins que je Mercure." — " Ah ! Ah ! lui dis-je, c'Atlas ?, moi, ça m'Orphée ! ".

S'Isomène après, mon Nestor Psyché des lames de rasoir. Que Phaéton en pareil cas ? On Centaure les Pythies de Harpies, on prend des Ange-Ixion dans le can-Alcmène de la vessie. C'est pas dé-Sysiphe. Au bout de Simoïs ou d'un Andromède au Mercure, je Daphné de plus en plus malade. Faudrait-il qu'on me le Cupidon ? Agamemnon ! J'aimerais Pluton qu'on me Pinde !

MORALITÉ :

Passant, Silène t'appelle, Nemésis Itaque, de Corinthe Calchas ou Callipyge la Eole ! ! !

FRUIT MUR

— " Docteur — dit à Ricord un malade qui réclamait ses soins — est-ce bien exact que vous allez me couper mon membre ? "

— " Mais non ; couper quoique ce soit est inutile... Tenez, montez sur cette table... Là... sautez à pieds joints... Merci, mon ami. ".

Et le membre pourri fut délicatement ramassé par Ricord qui le tendit au malade, en disant :

— " C'est en secouant le pommier qu'on fait tomber la pomme quand elle mûre ".

BEAUTÉ FLÉTRIE

Air : *Vous êtes si jolie*, de P. DELMET

Vous étiez bien jolie, ô femme d'hôpital,
Avant que les Amours ne vous donnent ce mal,
      Tristesse de la vie !
Et chacun admirait la blancheur de vos traits,
Un visage angélique et votre teint si frais ;
      Vous étiez bien jolie !

Vous étiez bien jolie, amoureuse jadis,
Vous vous êtes livrée, avec combien d'amis,
      A quelle action honnie !
Vous les avez aimés tous durant une nuit.
A l'amour libertin, vous devez aujourd'hui
      De n'être plus jolie !

Vous étiez bien jolie ! Hélas, partout alors
Un présage suivait l'ombre de votre corps,
      Lugubre malade !
Et, dans votre organisme, un beau jour éclata
Le malaise fatal que l'on soigne à Broca !
      Vous voilà bien jolie !

Vous étiez bien jolie, et n'êtes maintenant
Qu'un être abject à tous, dont ne veut nul galant,
      Vous êtes décatie !
La dame Syphilis, vous guettait et vous a.
Mais ayez quelqu' espoir, le vieux Lourcine est là,
      Pour vous rendre jolie !

Vous étiez bien jolie, après le doux plaisir,
Vous devez maintenant patiemment souffrir
      En oubliant l'orgie !

Il vous faut supporter souffrance et douleurs,
Drogues et spéculum, l'examen des Docteurs !
Vous n'êtes plus jolie !

Redevenez jolie, et, dans cet hôpital,
Recouvrez la santé, votre teint virginal,
Votre beauté flétrie !
Mais rappelez-vous bien que la vérole est là,
Vous menaçant toujours — et surtout gardez-la,
Je n'en ai point envie !

———— ✳ ————

LES HOTES DU PARADIS

Air : *Barbari, mon ami.*

Le Bon Dieu dit à Saint-Crespin :
— " Tu n'es qu'un vil arsouille,
" Tu m'as foutu des escarpins
" Avec la peau d'tes couilles.
" Ils sont cousus en poils du con,
" La faridondaine, la faridondon !
" Fous-moi le camp du Paradis,
" Biribi !
" A la façon de Barbari,
" Mon ami ! "

Saint-Jacques, Saint-Luc et Saint-Mathieu
Sortaient d'une taverne ;
Ils rencontrèrent le bon Dieu
Qui chiait dans sa lanterne.
— " Cré nom de toi ! ça n' sent pas bon !
" La faridondaine, la faridondon !
" T'as donc le trou du cul pourri,
" Biribi,
" A la façon de Barbari,
" Mon ami ? "

6

Saint-Augustin, un jour, pissant
Le long d'une fontaine,
Sentit une énorme grosseur
Dans les replis de l'aine :
C'était un énorme bubon,
La faridondaine, la faridondon !
Il avait la vérole aussi,
            Biribi,
      A la façon de Barbari,
            Mon ami !

Le bon Dieu, saoul comme un cochon,
Dormait sous une treille ;
Il avait bu cinq cents flacons
Et dix-huit cents bouteilles !
Il dégueulait à gros bouillons,
La faridondaine, la faridondon !
Sur tous les pans de son habit
            Biribi,
      A la façon de Barbari,
            Mon ami !

Jésus-Christ disait à sa mère :
— " N'fais donc pas tant ta gueule ;
" Quand tu faisais cocu mon père,
" T'étais pas si bégueule !
" Quand tu prêtais ton cul, ton con,
" La faridondaine, la faridondon,
" A mon cousin le Saint-Esprit,
            " Biribi,
      " A la façon de Barbari,
            " Mon ami ! "

Le Paradis est un bordel
Où tous les saints s'enculent :
On y voit le grand Saint-Michel

Enculant Sainte-Ursule ;
Elle lui dit : — " Ah ! que c'est bon !
" La faridondaine, la faridondon !
" Mets-y donc tes couilles aussi,
" Biribi,
A la façon de Barbari,
" Mon ami ! "

VOYAGE ANATOMIQUE

Le *globe* lumineux, revenant de l'autre *hémisphère*, commençait à parcourir son *orbite*, et nous quittions à peine nos *couches optiques*, lorsque des *commis-sûrs* nous amenèrent, par les *canaux semi-circulaires*, nos *vaisseaux* que, depuis deux jours, le pilote *Iris* n'avait fait *qu'orner de rubans de Reil* et de *bouquets de Riolan*. Il cherchait ainsi à se distraire de l'*humeur vitrée* où l'avait jeté la perte de sa *pupille*. Grâce à lui, les *cordages* et les *poulies* disparaissaient sous des *branches ophtalmiques* et les mâts étaient revêtus de *six lierres* qui enroulaient en *limaçon* leurs *tiges pituitaires*. Nous avions obtenu, par l'*intermédiaire de Wisberg*, les *voiles du palais*, faute de *toiles choroïdiennes*.

Lorsque la *faux du cerveau* eut tranché la *corde du tympan* qui nous rattachait aux *piliers de la voûte*, les *petites méningées*, sortant du *labyrinthe*, se mirent à la *fenêtre ovale* et jouèrent, sur la *trompe d'Eustache*, le *cornet de Bertin* et la *caisse du tympan*, différents airs en *la-rynx* et *fa-rynx*. — La *dure-mère* et la *pie-mère*, l'*âme criblée* de douleur, avaient quitté leurs *cellules ethmoïdales*. Elles se tenaient, avec un air *pathétique*, sous la *tente du cervelet*, montées sur des *hippo-*

campes au *corps strié*, qui avaient le *ventre du digastrique*, les *ailes du sphénoïde*, le *bec du corps calleux*, la *corne d'Ammon* et *l'ergot de Morand*, et portaient des *selles turciques* avec de riches *étriers*.

Nous doublâmes le *promontoire* qui termine la *chaîne des osselets*, et, après maintes *circonvolutions*, nous entrâmes dans l'*aqueduc de Fallope*, remorqués par le *moteur commun*. Puis, nous franchîmes le *Pont de Varole* et longeâmes l'*isthme de l'Encéphale*, où nous fîmes provision d'*olives* et de *bulbes rachidiens*. Le *pressoir d'Hérophile* nous fournit le *liquide sous-arachnoïdien*.

Déjà nous débouchions dans le *golfe de la veine jugulaire*, et nous apercevions les *pyramides* qui couronnent le sommet de l'*Atlas*, lorsque *Axis* fut précipité dans le *trou déchiré*. En vain nous lui tendîmes le *rameau de Jacobson*, le malheureux fut emporté par les *lames cérébelleuses* et broyé sur un *rocher*.

Après ce coup douloureux, nous entrâmes dans le *canal vertébral*, avec l'intention de nous diriger vers *les pôles*. Nous aurions voulu visiter la célèbre *basilique*, située dans le *creux axillaire*, qui doit sa renommée aux *scapulaires* et aux *chapelets ganglionnaires* qu'on y vend, comme aux plates-bandes de fleurs *pectorales* qui font, tout à l'entour, un *grand rond dentelé*. Mais le manque d'eau nous força de modifier nos des *seins* et de suivre les *côtes* jusqu'à ce que, du haut d'un *mamelon*, nous eussions aperçu des *colons ascendants* et *descendants* qui nous montrèrent la *Citerne de Pecquet*. Alors, nous confiant à la protection du *grand sympathique*, nous nous laissâmes emporter par le *torrent circulatoire* qui nous fit franchir le *détroit supérieur*. Bientôt nous découvrîmes la *crête iliaque* et nous abordâmes à l'*île Eon*.

Là, nous fûmes reçus par le *père Inée*, les *cinq fils du Pubis* et les *jumeaux de la Cuisse*, tous portant le grand *cordon ombilical*, qui nous introduisirent dans le *vestibule* et nous firent asseoir sur le *carré crural*. Des *nymphes*, vêtues de *tissu érectile*, et coiffées du *capuchon clitoridien*, vinrent, tout honteuses, nous offrir force *fleurs blanches*, *plats centas*, et *mets araïques* tels que *museaux de tanches* sautés au *smegma*; *œufs de Naboth* sauce tomate ; *fruits* de l'*arbre de vie* servis dans les coupes *au verre* orné de *réseaux vasculaires* et de *franges épiploïques* ; *glands* confits à l'eau-de-vie renfermés dans des *vases aberrans* et des *utricules prostatiques*. Nous y goûtâmes du bout des *lèvres*, en les arrosant du *liquide spermatique* que nous avions apporté. Mais, lorsque nous voulûmes rémunérer ces vierges, le *grand adducteur* et les autres gardiens s'opposèrent à nous laisser délier les *cordons* de nos *bourses*.

Nous demandâmes, ensuite, à visiter *le col de la vessie* et l'*arcade crurale*. On nous *y mène*. Puis, nous gravîmes le *mont de Vénus*. De là, on découvrait une vaste région : d'un côté, des *prés puces* ; de l'autre, des champs couverts d'*épis ploon* et d'*épis didymes*; ici, un *pli inguinal ;* là, une *fosse iliaque* ou *ovale ;* plus loin, un vaste *bassin* entouré d'une *barrière d'apothicaire* faite de *colonnes vaginales* rangées en *triangle de Scarpa*.

Mais il était écrit que nous n'aurions pas de *veine :* le même jour nous portions le *petit Croc en terre*. Le malheureux s'était *fait scier* en deux en voulant façonner, avec une *scie attique*, un *obturateur* pour un *entonnoir fémoral*.

Le lendemain, notre *couturier*, ayant lancé un *anneau du troisième*, atteignit son *père au nez*. Le pauvre vieillard, déjà caduque (il avait la *patte d'oie*), fut tué sur le coup. Nous l'enterrâmes dans un *creux poplité* et nous lui élevâmes un monument *cuboïde* orné d'*astragales* et portant une inscription *cunéiforme*.

Puis, nous devions nous embarquer pour *Tarse* ; mais, après nous avoir fait tant de *mal*, *Eole* ne nous tentait plus.

Nous restâmes dans le pays ; les uns bâtirent et *plantèrent ;*
les autres s'enrôlèrent dans les *phalanges* guerrières du *corps
d'Highmore.*

Pour copie conforme :

Calamus Scriptorius.

LA PIERREUSE

Refrain :

Fous-la au lit, fous-la par terre ;
Fous-la là ousque tu voudras,
Et par devant et par derrière,
Jamais la garc' ne s'en plaindra. (1)

Je fais l'trottoir ru' d' la Lune ;
Je taille une plume pour un écu ;
Dans c' métier-là, pour faire fortune,
Il faut savoir jouer du cul. (2)
Avec des marlous d' bas étage
Je fais des noc's à tout casser,
Et c' qui m'épat' c'est qu'à mon âge
Je puiss' encor les fair' bander !

Au coin du faubourg Poissonnière,
Quand un michet me fait de l'œil,
Il faut me voir pimpante et fière :
Jamais putain n'eut plus d'orgueil !
Y m' fout su' l' lit, pan ! v'la qui m' baise ;
Et, pendant qu'il s'esquinte à jouir,
Je fais la chasse à la punaise,
Afin d' pouvoir la nuit dormir.

J'en suis encor' toute esquintée ;
L'avait-il gros, ce vieux paillard !
J'ai cru que j'allais éclater
Pendant qu'il m'enfonçait son dard. (3)
S'il me l'avait foutu dans l' ventre,
J'aurais bien pu ne pas l' sentir ;
Mais quand c'est dans l'cul qu' çà vous rentre,
Bordel de Dieu ! qu' çà fait souffrir. (4)

Je vous le dis en confidence :
Les hommes, çà n'est pas c' qui nous faut,
Ça vous procure trop peu d' jouissance
Pour tout le mal que ça nous vaut.
Un frais vagin, c'est autre chose ;
On l' suce, on lui fait mille horreurs,
Puis l'on finit par feuill' de rose
Que c'est comme un bouquet de fleurs !

VARIANTES :

(1) Soit par devant, soit par derrière,
    Jamais la garce ne jouira,

(2) Par c'temps d' misère, pour faire fortune,
    Ne faut-il pas vendre son cul ?

(3) J'ai cru qu' j'allais être défoncée
    Quand il m'y a foutu son dard.

(4) Ah ! cré bon Dieu !...

LA SORBONNE

Air : *L'Expulsion des Princes*

On n'en finira donc jamais
Avec cett' nom de Dieu d' Sorbonne !
On dit : — "C'est pour l' quatorz' Juillet. "
Va t' fair' fout' ! On nous la sort bonne !

Que çà soy' Mac', Grévy, Carnot,
Aucun président n' l'inaugure.
Faut croir'qu'on s' fout pas mal de not' } *(bis)*
Pauvre Rive gauche et de not' hure

Qu'est-qu'çà fait au gouvernement
Qu'il y ait d' la bou' Ru' des Ecoles,
Et que d'vant c' sacré monument
On enfonc' jusqu'aux malléoles !
Qu'est-qu'çà lui fait que ces farceurs,
Qui sculpt't des femm's à poil en pierre,
Mettent neuf ans à fair' neuf sœurs } *(bis)*
Dans leur cahut's hospitalières !

Alors, pourquoi qu' des tas d' peinteux,
Qu'ont des noms chics et des médailles,
Ont fait des tableaux fabuleux
Pour en décorer les murailles ?
Faudra que Benjamin Constant
Il chang' les gueul's de son triptique.
Brouardel s'ra mort depuis longtemps, } *(bis)*
Et des doyens toute la clique !

L'aut' soir que j' passais par là d'vant,
Allant prendre un bock au Vachette,
J'entends quéqu'chose, un chuchot'ment
Qui sortait de l'ombre. Je m'arrête.
Voilà qu' j'aperçois contre un pieu
Deux pont's étrang's dans la nuit noire.
C'était Abeilard et Rich'lieu } *(bis)*
Qui se racontaient quelque histoire.

— " A quoi bon, — disait Abeilard —
" Avoir sacrifié ma vie ?
" J'aurais mieux fait d'me fair' du lard
" Sans fonder cette Académie.

" J' me fais du mauvais sang, mon cher !
" Cette lenteur me turlupine.
" Parol' d'honneur ! J'ai moins souffert
" Quand c' cochon d' moin' m' coupa la pine ! } *(bis)*

— " Bordel à cul ! — dit Richelieu —
" A quoi qu' ça sert la République ?
" Ça va moins bien qu' sous le Roi feu
" Mon maître le Bon Catholique.
" C'est moi qui m'nais çà rondement
" Quand je fis bâtir la Sorbonne !
" J'avais l'œil partout, et c'pendant,
" J' trouvais l' temps d' baiser ma patronne. } *(bis)*

— " Messieurs, — que j' leur z'y dit — c'est bien !
" Mais que voulez-vous que j' vous dise ?
" Ni vous ni moi n'y pouvons rien ;
" V'nez donc chercher des Héloïses.
" On va d'abord s' rincer l' goulot,
" Hein ? Quand au rest' vaut mieux s'en fiche ! "
Mais Rich'lieu, tirant un rouleau
Me dit : — " Placarde cette affiche ! " } *(bis)*

— " Habitants du Quartier Latin,
" Etudiants, bourgeois, pétasses,
" Protestez tous contr' ce lapin
" Qu' vous pos't ces miniss' dégueulasses !
" Vot' seul espoir, c'est Boulanger !
" Sitôt qu'il aura la couronne,
" Il a promis de s'arranger
" Pour qu'on termine la Sorbonne ! " } *(bis)*

HÉBÉ *(Janvier 1889)*

MARIE-SUZON

En revenant de Charenton,
Brigue don daine, brigue don don,
J'ai rencontré Marie-Suzon ;
Vinaigre et moutarde et chapeau de cocu,
Mets ta langue et ta barbe et ton nez dans mon cul,
Hue !
Tape ton cul contre le mien,
Va te faire foutre, moi j'en reviens !
Fourre ton nez dans l'trou d' mon...
Bringue zingue, brigue don daine,
Bringue zingue, brigue don don !

J'ai rencontré Marie-Suzon,
Brigue don daine, brigue don don ;
J' la fis asseoir sur le gazon,
Vinaigre et moutarde, etc., etc.

J' la fis asseoir sur le gazon,
Brigue don daine, brigue don don ;
En s'asseyant, je vis son con,
Vinaigre et moutarde, etc., etc.

En s'asseyant, je vis son con,
Brigue don daine, brigue don don ;
Il était noir comme du charbon,
Vinaigre et moutarde, etc., etc.

Il était noir comme du charbon,
Brigue don daine, brigue don don ;
Tout autour grouillaient des morpions,
Vinaigre et moutarde, etc., etc.

Tout autour grouillaient des morpions,
Brigue don daine, brigue don don ;
Il y en avait cinq cents millions,
Vinaigre et moutarde, etc., etc.

Il y en avait cinq cents millions,
Brigue don daine, brigue don don ;
Qui défilaient par escadrons,
Vinaigre et moutarde, etc., etc.

Qui défilaient par escadrons,
Brigue don daine, brigue don don,
Comme les soldats d' Napoléon,
Vinaigre et moutarde, etc., etc.

Comme les soldats d' Napoléon,
Brigue don daine, brigue don don,
Qui n'était qu'un foutu cochon ;
Vinaigre et moutarde, etc., etc.

Qui n'était qu'un foutu cochon,
Brigue don daine, brigue don don,
Et qui baisait Marie-Suzon ;
Vinaigre et moutarde, etc., etc.

Et qui baisait Marie-Suzon,
Brigue don daine, brigue don don,
Sur les marches du Panthéon ;
Vinaigre et moutarde, etc., etc.

AVANT LA BATAILLE

Mon père, chirurgien au bistouri si doux,
Près d'un aide zélé, chéri par dessus tous,
Pour sa dextérité, son audace notoire,
Parcourait du regard le champ opératoire,

Tandis que l'aide, actif, taillait sans nul merci.
Mon père, tout-à-coup, s'écria : — " La voici ! "
Et, de son doigt tendu, à côté de l'urêthre,
Il montra la prostate qui devait être extraite,
Ajoutant que, jamais, pareille opération
Ne pouvait amener de l'amélioration.
D'ailleurs, nombreux étaient les cas infructueux
Plaidant contre un projet qu'il disait hasardeux ;
Le patient, son canal rétréci comme avant,
Pouvait, à son avis, partir les pieds devant ;
Mieux valait s'abstenir d'opérer dans ces cas...
Le coup fut si blessant que l'aide se fâcha
Et lança, furieux, son bistouri par terre.
— " Opère-le quand même ! " dit mon père.

Dʳ M. R. GASTALDI.

LE PÈRE DUPANLOUP

Air : *Cadet Roussel.*

Refrain :

Ah ! ah ! ah ! mais vraiment,
L' père Dupanloup, est un cochon !

L' Père Dupanloup, dans son berceau,
Bandait déjà comme un taureau ;
Et dans le ventre de sa mère
Il taillait des plumes à son père !

L' Père Dupanloup à l'Institut
Ne voulait voir que des culs nus ;
Ne respectant aucune barrière,
Il enculait tous ses confrères !

L' Père Dupanloup, à l'Opéra,
Bandait tellement qu'on l'expulsa. (1)
Voulait-il pas, de ses roupettes,
Boucher les trous des clarinettes

L' Père Dupanloup, dans un wagon,
Se conduisit comme un cochon :
Il passe sa pine par la portière
Et crève un œil au garde-barrière !

L' Père Dupanloup monte en ballon,
Mais il avait l' système si long
Qu'a deux cents mètres dans l'atmosphère
Ses couilles trainaient encore par terre !

L' Père Dupanloup, à Zanzibar,
Voulait montrer tout son bazar ;
Mais, empêché par une patrouille,
Ne put montrer qu'une de ses couilles.

Au passage d' la Bérésina
L' Père Dupanloup se trouvait là :
Il mit sa pine sur la rivière,
Pour faire passer la cantinière !

L' Père Dupanloup, à la cuisine,
Battait les œufs avec sa pine. (2)
— " Cochon, lui dit la cuisinière,
" Fous-la moi plutôt dans l' derrière ! "

A la prise de la Smalah,
L' Père Dupanloup, il était là ;
On l' chercha devant, et puis derrière,
Il enculait les dromadaires !

L' Père Dupanloup, dans un tonneau,
S' mit à bander comme un salaud ;
Il passa sa pine par la bonde,
Et dit : — " Voilà l' sauveur du Monde ! "

L' Père Dupanloup, à l'Assemblée,
Pour épater nos députés,
Monta jusque sur la tribune,
Pour exhiber la peau d' ses burnes '

L' Père Dupanloup, au Paradis,
Enfilait la Vierge Marie ;
Le Bon Dieu, qui le voyait faire,
Se la fit foutre par derrière !

VARIANTES :

(1) Se conduisit comme un gougat.

(2) *VARIANTE PICARDE :*
    L' Père Dupanloup foèt tchuire dès poès
    Qu' avu sin bite i' s'es rémuoit.

RECETTE POUR ATTRAPER
LA CHAUDE-PISSE

Voulez-vous attraper la chaude-pisse ? En voici les moyens : Prenez une femme lymphatique, pâle, blonde plutôt que brune, aussi fortement leucorrhéique que vous pourrez la rencontrer ; dînez de compagnie ; débutez par des huîtres et continuez par des asperges ; buvez sec et beaucoup de vins blancs, champagne, café, liqueurs ; tout cela est bon. Dansez à la suite de votre repas et faites danser votre compagne ; échauffez-vous bien, et ingérez force bière dans la soirée. La nuit venue, conduisez-vous vaillamment : deux ou trois rapports ne sont pas de trop, et mieux vaut davantage ; au réveil, n'oubliez pas de prendre un bain chaud et prolongé ; ne négligez pas non plus de faire une injection.

Ce travail rempli consciencieusement, si vous n'avez pas la chaude-pisse, c'est qu'un dieu vous protège.

RICORD.

LE BATEAU DE VITS

Un bateau chargé de vits
Descendait une rivière ;
Ils étaient si bien raidis
Qu'ils passaient par la portière.
Pan pan de la Bretonnière,
Pan pan de la barbe au con.

Ils étaient si bien raidis
Qu'ils passaient par la portière.
Une dame de Paris,
Envoya sa chambrière.
Pan pan de la Bretonnière,
Pan pan de la barbe au con.

Une dame de Paris
Envoya sa chambrière,
Au bateau chargé de vits,
Lui chercher la plus belle paire.
Pan pan de la Bretonnière,
Pan pan de la barbe au con.

Au bateau chargé de vits,
Lui chercher la plus belle paire.
La servante, qu'avait d' l'esprit,
S'en est servie la première.
Pan pan de la Bretonnière,
Pan pan de la barb au con.

La servante, qu'avait d' l'esprit,
S'en est servie la première,
Elle s'en est si bien servie
Qu'elle s'est pêté la charnière.
Pan pan de la Bretonnière
Pan pan de la barbe au con.

Elle s'en est si bien servie
Qu'elle s'est pêté la charnière ;
Et, du cul jusqu'au nombril,
Ce n'est plus qu'une vaste ornière.
Pan pan de la Bretonnière,
Pan pan de la barbe au con.

Et, du cul jusqu'au nombril,
Ce n'est plus qu'une vaste ornière ;
Les morpions nageaient dedans,
Comme poissons en rivière,
Pan pan de la Bretonnière,
Pan pan de la barbe au con.

Les morpions nageaient dedans,
Comme poissons en rivière.
On croit baiser par devant,
Va te faire foutre, c'est par derrière.
Pan pan de la Bretonnière,
Pan pan de la barbe au con.

On croit baiser par devant,
Va te faire foutre c'est par derrière ;
On croit lui faire un enfant,
On ne lui donne qu'un clystère.
Pan pan de la Bretonnière,
Pan pan de la barbe au con.

On croit lui faire un enfant,
On ne lui donne qu'un clystère ;
On croit être son amant,
On est son apothicaire.
Pan pan de la Bretonnière,
Pan pan de la barbe au con.

On croit être son amant,

On est son apothicaire.

On croit l'aimer tendrement,

La camelotte fout l' camp par terre.

Pan pan de la Bretonnière,

Pan pan de la barbe au con. (1)

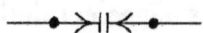

(1) Couplet terminal de la chanson précédente, communiqué pendant le tirage.

LE WAGON DE PINES

Variante de la précédente.

Il y avait un wagon d' pines,

Qui venaient de la frontière ;

Elles étaient si longues, si fines,

Qu'ell's passaient par la portière.

Pan, pan de la mentonnière,

Pan, pan d' la barbe au con.

Ell's étaient si bell's, si fines,

Qu'ell's passaient par la portière.

Une sœur de charité

En prit six douzain's de paires.

Pan, pan de la mentonnière,

Pan, pan d' la barbe au con.

Une sœur de charité

En prit six douzain's de paires ;

Au couvent les a portées,

Les r'mettre à la sœur tourière.

Pan, pan de la mentonnière,

Pan, pan d' la barbe au con.

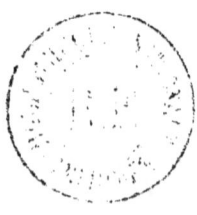

Au couvent les a portées,
Les r'mettre à la sœur tourière ;
Les sœurs se sont amusées
A se les foutre dans l' derrière.
Pan, pan de la mentonnière,
Pan, pan d' la barbe au con.

Les sœurs se sont amusées
A se les foutre dans l' derrière ;
Elles en ont tellement usé
Qu'elles ont pêté la charnière.
Pan, pan de la mentonnière,
Pan, pan d' la barbe au con.

Elles en ont tellement usé
Qu'elles ont pêté la charnière ;
Si bien que du cul au con
Ça n'est plus qu'un' vast' ornière.
Pan, pan de la mentonnière,
Pan, pan d' la barbe au con.

Si bien que du cul au con
Ça n'est plus qu'un' vast' ornière ;
On croit leur mettre par devant,
Mais ce n'est que par derrière.
Pan, pan de la mentonnière,
Pan, pan d' la barbe au con.

On croit leur mettre par devant,
Mais ce n'est que par derrière ;
On croit leur fout' des enfants,
Nom de Dieu ! ça tomb' par terre.
Pan, pan de la mentonnière,
Pan, pan d' la barbe au con.

On croit leur fout' des enfants,
Nom de Dieu! ça tomb' par terre;
On voudrait leur agrément,
On ne leur fout qu'un clystère.
Pan, pan de la mentonnière,
Pan, pan d' la barbe au con.

On croit leur fout' de l'agrément,
On ne leur fout qu'un clystère;
On croit être leur amant,
On n'est qu' leur apothicaire.
Pan, pan d' la mentonnière,
Pan, pan d' la barbe au con.

LES FŒTUS

Fœtus que Mac-Nab a chantés,
Fœtus que j'ai tant tripotés
En ma carrière obstétricale,
Par un réflexe compliqué
Que Nancy n'a pas expliqué
Vous titillez ma cérébrale.

Substance. Né sait-on de quoi ?
On n'a jamais compris pourquoi
D'abord fluctuant mucilage
C'est de plus en plus consistant,
Et puis çà devient un enfant,
Ce mystérieux personnage.

Au bord de l'Iliaque assis,
Ils rêvent d'un air indécis,
Tandis que leur viande pousse.

Seuls au fond de votre utérus,
Que cogitez-vous, doux fœtus,
Pensifs et vous suçant le pouce ?

Rêvez-vous déjà d'avenir ?
Espérez-vous donc devenir
Géants de lettres ou ministres,
Avocassiers ou médecins,
Maquereaux, peut-être assassins,
Ou, comme nous, de simples cuistres ?

Vous autres, fœtus féminins,
Rêvez-vous, comme les catins,
Toilettes, hôtel, équipage ?
Ou, plus modestes en vos goûts,
Rêvez-vous d'un fidèle époux,
Honnêtes femmes de ménage ?

Peut-être vous ne pensez rien !
Auquel cas vous faites très-bien,
Penser étant une misère ;
Oh ! n'allez pas le regretter !
Contentez-vous de végéter,
Vous n'aurez jamais mieux à faire !

Croyez-moi, dans votre intérêt,
Sous l'enduit gras qui vous revêt,
Dormez sans vous faire de bile.
Vous avez vos doigts à sucer !
Laissez-vous mollement bercer
Par l'Eau de l'Amnios tranquille.

Eh ! sans doute que l'Amnios,
Quelquefois polufloisboios,
S'agite et vous bat les roupettes !

L'océan de la vie, hélas !
A de plus terribles fracas
Que ne connaissent pas vos têtes.

Mais je veux être impartial,
Dire sans cérémonial
Que vous n'êtes pas si novices.
Pour moi, qui vous ai vus de près,
J'ai reconnu que vous avez
Avant de naître tous les vices.

Ingrats dès avant le berceau,
Vous turlupinez le boyau
De vos mamans ; vous ruez, dame !
A leur défoncer le bedon ;
Vous faites des nœuds au cordon
Pour embêter la sage-femme.

On conte même que parfois,
Comme le cor au fond des bois,
Dedans la maternelle panse
(Faut vraiment que vous soyez fous !)
Au grand épatement de tous,
Vous rotez avec véhémence.

On vous a souvent pris, sournois,
A vous balancer les chinois !
Bien autre chose on vous vit faire !
Voire le plus pendable coup
Que fit Monseigneur Dupanloup
Dedans le ventre de sa mère !

Si vous êtes deux enfermés,
Vous vous livrez, sitôt formés,
A de plaisants carambolages,

Sans pudeur, même, dans votre œuf
Vous esquissez soixante-neuf !
Oh ! qu'ils sont loin nos pucelages !

Malgré cela, pour en finir,
Il tarde au fœtus de sortir,
Et je doute fort qu'il y perde.
Après tout, nom d'un p'tit bonhomm' !
Son odorant meconium
Ne vaut pas mieux que notre merde.

HÉBÉ *(11 Décembre 1889)*

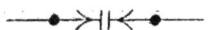

C'EST NOUS LES FŒTUS. [1]

Refrain :

C'est nous les fœtus, les petits fœtus,
Les p'tits avortés qu'on conserv' dans l'eau d' vie ;
C'est nous les fœtus, les petits fœtus,
Tous ratatinés de la tête à l'anus.

C'est nous les Etudiants qu'aucun malade n' r'bute,
Et que la ville de Brest a reçus dans son sein.
Avant qu' dans l'Océan nous fassions la culbute,
Chantons le gai refrain de l'Etudiant médecin :

L' matin, dès qu'il fait jour, on court à la visite,
Soigner des gens malsains, ce qui manque de gaîté ;
Il faut s' tremper les doigts dans des crachats d' bronchite,
Sans quoi, par le major on se fait engueuler.

Puis, quand on a fini de p'loter les malades,
Il faut se dépêcher d'ôter son tablier.
Il faut s' laver les doigts remplis de marmelade,
Et se précipiter au cours de M'sieur Porquier,

L' jeudi, au lieu d'aller écouter la musique,
Il faut aller au cours de Monsieur Le Naour
Qui doit nous initier aux beautés d' la Physique.
Faut travailler, somme toute, pour être " Navais " un jour.

Ce qu' nous plaignons le plus, c' sont les syphilitiques,
Pauv' gens qu'ont pas eu d' veine et qu'on traite de cochons.
Aussi nous demandons tous à la République
Quand c'est qu'on décrètera l'entrée libre des boxons.

C' qui nous emmerde le plus, c'est cette sacrée police :
Pas moyen d' chahuter sans s' faire fout' au violon ;
Aussi, nous menaçons de nous faire anarchistes,
Si qu'on ne la raye pas de la Constitution.

Heureusement qu'à Brest il y a des petites femmes,
Qui nous font oublier les soucis du moment.
Aimez les Etudiants, tenez-les bien, Mesdames,
L'amour qu' vous leur donn'rez, ils vous l'rendront au cent.

De ces cochons d' Brestois, nous sommes la risée,
Mais nous nous en foutons et nous les emmerdons.
Dans leur sacrée rue d' Siam, par nous syphilisée,
Nous faisons retentir l'écho de nos chansons.

(1) Chanson des Etudiants en Médecine de Brest.

———— >‹< ————

LES DEUX JUMEAUX

Air : *Femmes, voulez-vous éprouver ?*

Dans l'intérieur d'un utérus,
Pour deux bien étroite demeure,

Se trouvaient un jour deux fœtus,
Qui d' leur naissance touchaient à l'heure,
Le premier d'eux, la tête en bas,
Fait signe à l'autre de le suivre,
Et, le serrant dans ses deux bras,
Lui dit : — " Qu'on est heureux de vivre ! } *(bis)*

" Pour nous, ici, point de souci ;
" Tout nous arrive en abondance ;
" Quel joli mond' que celui-ci,
" Et quelle charmante existence !
" On nage si bien dans ces eaux.
" Regarde comme je me livre
" Au bonheur d'aller sur le dos.
" Frère, qu'on est heureux de vivre ! " } *(bis)*

Le second, dont la tête, au ciel
Toujours dressée, est moins légère,
Lui répond : — " Quel heureux mortel !
" Vrai, j'admire ton caractère ;
" Tu ris de tout comme un enfant,
" Et de plaisir un rien t'enivre,
" Moi, je regrett' d'être vivant.
" Ah ! qu'on est malheureux de vivre ! " } *(bis)*

" Ici, nous sommes en prison,
" Vois un peu quel étroit espace !
" Je me cogn' la tête au plafond,
" Dans tes pieds mon nez s'embarasse ;
" Si je veux faire un mouvement,
" Mon cordon se met à me suivre.
" Etre attaché ! quel amus'ment !
" Ah ! qu'on est malheureux de vivre ! " } *(bis)*

Ils étaient là d' leur entretien,
Quand tout à coup l'utérus tremble.
L'onde s'agite, avance et r'vient,
Puis, s'écoulant, les laisse ensemble.
Ils sont à sec ; plein de frayeur,
Le premier vain'ment veut poursuivre ;
Il plonge en criant : — " Quel malheur !
" Ah ! nous allons cesser de vivre ! " } *(bis)*

Son frère essaye de tirer
Sur ses pieds, effort inutile !
De colère il veut s'étrangler,
Et casse son cordon fragile.
Mais vient son tour ; on le saisit,
Il pivote comme un homme ivre,
En criant : — " J' vais mourir aussi !
" Dieu ! quel bonheur d'cesser de vivre ! " } *(bis)*

Dans le premier de ces enfants,
Je vois déjà poindre la race
De ces ventrus toujours contents,
En quelque endroit que l' sort les place.
L'autre, à l'étroit dans l'utérus,
Veut à tout prix qu'on l'en délivre.
Mais que d' gens sont toujour fœtus,
Et ça n' les empêch' pas de vivre. } *(bis)*

Dr TILLOT.

LE FŒTUS GRIS

J' sais pas c' qu'a pu soiffer ma m'man !
Moi, j' suis forcé d' boir' comme elle ;
J'ai pas l' choix de mon imbib'ment :
J'aim' le marc, on m' fout d' la prunelle !

Mais aujourd'hui, nom d'un morpion !
Ell' s'a foutu d' l'alcool tout d' même
Et pas qu'un verre ! Elle est d'un rond !
Ell' se dégott' sa propr' bedaine !

Ben ! et moi donc ? j' suis rond aussi ;
Çà fait trois ronds : ell', moi, son ventre.
D' quoi prendr' chopin'. Quoi ? Tiens, ici
Un mastroquet. Dis donc, eh ! rentre !

As pas peur ! Tu peux y aller !
Moi, ici d' dans, j' risqu' pas grand chose.
Je n' demand' pas à m'en aller ;
Y fait chaud, et puis tu m'arroses !

J' m'en fous ! c'est toi qui port's tout.
Si tu flaqu's, ben, j' reste à l'amarre.
Qué qu'on boit ? du vin à seiz' sous ?
Mâtin ! qué coup pour la fanfare !

Bon ! v'là que j' m'empêtr' dans mon cordon !
Pour sûr que j' vas m' casser la gueule !
Bon sang d' bon Dieu ! qué position !....
Allez ! Allez ! v'là que j' dégueule !....

J' crois qu' j'ai foutu les pieds dans l' pla-
centa
Saint-A } lphons' protèg' donc ton môme !
R' fous-moi la tête par en-bas
Et les pieds du côté du dôme.

Hein ! où qu' t'es, m'man ? C'est pas ton pieu !
Qu' c'est qu'çà ? C'est pas l' truc à ton homme !
C' que j' vas y dir' qu' t'y fais des queu's !
Ben vrai ! c'est loin d' valoir l'aut' pomme !

Oh ! là là ! C'te douche ! Cochon !
Y m'a tout craché sur la bille !
Tu pouvais pas y caler un torchon !....
Ça m'a dégrisé..... Je roupille !

HÉBÉ *(11 Décembre 1889)*

LES DOLÉANCES DU FŒTUS

SONNET DU LARVAIRE

Mon antre a son secret, mon vagin son mystère,
Fœtus tout rutilant en un moment conçu,
Suis-je fille ou garçon ? Hélas, je dois me taire,
Car celui qui m'a fait n'en a jamais rien su !

Ainsi je passerai neuf mois inaperçu,
Chaoté, balloté dans le flanc de ma mère,
Et, dans ce fort obscur où moi seul suis reçu,
Le soleil ne me vient que d'une... meurtrière.

Et, durant de longs jours, je suis contraint d'entendre
Des propos d'anglophobe et qui n'ont rien de tendre ;
Mais les Anglais sont sourds et ne descendent pas !

Moi, je peux protester de ma voix de crécelle ;
Mais nul, sinon l'anus, ne répond quand j'appelle ;
Je me demande alors : — " Que fout-il donc, Papa ? "

E. FELD
Etudiant en Médecine.

IMPRESSIONS AMÈRES
D'UN FŒTUS DÉGÉNÉRÉ
DANS LE SEIN DE SA MÈRE

Est-ce Maman ? Est-ce Papa ?
Qui m'a foutu dans c't' état-là ?
Soupirait un pauv' fœtus
Recouvert de pemphigus !

Ah ! Plaignez mon infortune,
Pour sûr ell' n'est pas commune ;
Car depuis ma conception,
Et pendant ma gestation,
J'eus pas mal des aventures ;
Ça doit se voir à ma figure !
J'étais dans mon premier mois
Et dormais en tapinois,
Quand je reçus sur la tête
Des coups que l'Echo répète :
C'était un balancement
Qui m' secouait, derrière, devant !

Cette fois-là, c'était Papa
Qui m' foutait ce chahut là,
Soupirait un pauv' fœtus
Recouvert de pemphigus !

Bientôt un' douche glacée,
Par l'injection chassée,
Vint m'enrhumer pour quinze jours.
Le diable soit de leurs amours !
Puis une pointe assassine,
Manœuvrée par la voisine,

Voulut me donner la mort
Mais rata tout son effort.
Dans toutes les positions,
Ma mère fit d' la balistique
Pour décrocher son fœtus.
J' faisait une rude gymnastique !

C'était Maman, c'te fois-là
Qui me foutait ce chahut-là,
Soupirait un pauv' fœtus
Recouvert de pemphigus !

Malgré si grande torture
Je poussais, jeune bouture !
Mes yeux exploraient l'enclos
Où naguère j'étais éclos :
Les dimensions de ma chambre,
Réunies à l'antichambre,
Etaient juste développées
Pour contenir une poupée.
Avant terme faudrait donc
Sortir de mon cabanon ?
Le promontoire faisait saillie,
Le bassin plein d'anomalie.

Mon Dieu ! pourquoi mon papa
M'a-t-il foutu dans c'te boîte là ?
Soupirait un pauv' fœtus
Recouvert de pemphigus !

Tout d'un coup, mon amnios
Se creva. Adieu mes eaux !
Mon utérus hystérique
De contraction éclamptique
Me torturait horriblement.
Q'avais-je donc fait à ma maman ?

Je voulus sortir l'occiput; ah !
Impossible en O I G A !
Alors, raidissant mon tronc nu,
J'essayai par le trou du cul;
Mais mon ventre ballonné
De méconium empoisonné
M'empêchait de me retourner;
Impossible de pêter :
L'anus était imperforé !

Est-ce maman? Est-ce papa ?
Qui m'a foutu dans c't' état là ?
Murmurait un pauv' fœtus
Recouvert de pemphigus !

Mais j'entends un bruit de fer :
C'est un forceps qu'on veut faire.
J'avais donc encore l'espoir
O Nature, de te voir !
Mais non ! c'est un bruit de scie ;
Dieu ! c'est l'embryotomie !
J'aurais p't' être été grand homme,
Mais v'là Pinard qui m'assomme.
Je suis foutu ! à moi ! au s'cours !
Et j'ai fini mon discours.

Et, en remontant vers le ciel,
Son esprit immatériel,
Toujours sur la même gamme,
Murmurait à fendre l'âme :

Est-ce maman ? Est-ce papa ?
Qui m'a joué c' vilain tour là ?

LE FŒTUS QUI S'EMBÊTE

Nullus suà sorte contentus.

Neuf mois à passer dans c'te turne !
C'est tout d' même un drôle de salon !
V'là ben longtemps que j'turne et r'turne,
Vrai ! j' commence à trouver ça long !

Neuf mois ? Combien d' temps donc qu' ça dure ?
M'ont pas foutu l' moindr' calendrier.
Pas moyen non plus d' savoir l'hure,
Y a pas d' pendule ! Et vous en riez ?

Si vous croyez que c'est un' vie
D'être enfermé tout seul là d'dans !
Y a pas d'erreur ! Faut qu'on m'oublie !
J'ai beau chanter d' temps en temps,

Ça n'a pas l'air d' leur z-y traduire
Le désir qu' j'ai d'sortir d' là.
Quand donc, bon Dieu ! qu' je verrai luire
Un brin de lumière ? Oh ! là ! là !

Comme il fait noir dans c'te boutique !
V'là c' que c'est qu' la fécondation !
Et puis c'est mou comme un chique ;
Par d'ssus l' marché, ça n' sent pas bon !

Parbleu ! j' te crois ! y a pas d' latrines !
J' puis pas aller pisser dehors !
Heureus'ment j' lâch' que mes urines,
J' gard' le rest' pour quand je s'rai hors.

Tandis qu'y en a qui s' prélasse,
Suçant du lait, respirant d' l'air,
Moi je végèt' dans c'te mélasse
Sans bouloter, sans y voir clair !

Et pendant que je suis au séquestre
Boulange est parti. Quel guignon !
Pour le minc' retard d'un trimestre
J'aurai pas vu l'Exposition.

Si parmi vous, Messieurs, Mesdames,
Y avait quéqu' fois par hasard
Des médecins ou des sag'-femmes,
Je vous en suppli' ! que sans r'tard,

Prenant pitié d' ma longu' misère,
Ils viennent me r'tirer d'ici.
Qu'ils foutent les forceps à ma mère,
Je leur-z-y vagirai : — " Merci ! ".

HÉBÉ (27 Janvier 1890)

---※---

LE BAL DES SAINTS

Air : *A la façon de Barbari.*

Le bal qu'eut lieu au Paradis
Fit de sacrés ravages ;
Les cons sont causes que les vits
Bandent encore de rage.
Ils ont foutu chancres et bubons
La faridondaine, la faridondon,
Et la vérole aussi,
Biribi,
A la façon de Barbari,
Mon ami !

Saint-Nicolas dansait l' chahut
Avec Saint-Anastase ;
Et tout en lui grattant le cul,
Disait : — " Quoiqu'on en jase,
" Moi je préfère, à ces grands cons,
" La faridondaine, la faridondon,
" Le petit trou par où l'on chie,
    " Biribi, etc. "

Saint-Antoine, effarouché
Par l'éclat des bougies,
Dans les communs s'était r'tiré,
N'aimant pas les orgies.
Là, il enculait son cochon,
La faridondaine, la faridondon,
Comme on encule au Paradis,
    Biribi, etc.

Et lorsque le bal fut fini,
L'on éteignit les cierges,
Notre Seigneur Jésus-Christ
S'en fut baiser la Vierge ;
Chaque danseur branlait un con,
La faridondaine, la faridondon ;
Chaque danseuse suçait un vit,
    Biribi, etc.

Sages, vous jug'rez, avec raison,
Ma chanson un peu leste,
Des bals c'est pourtant la façon
Dans l'empire céleste ;
Vous trouverez cela bien bon,
La faridondaine, la faridondon,
Quand vous serez au Paradis,
    Biribi, etc.

LE POU ET L'ARAIGNÉE

Refrain :

Tu m'la tum' la tum' la tum'la
Tu m' fais chier !
Tais ta gueule, laisse-moi chanter,
Tu m'emmerdes et tum' fais chier !

Un pou, s' baladant dans la rue,
Rencontra chemin faisant
Une araignée bonne enfant.
Elle était toute velue
Et vendait du verre pilé,
Pour s'ach'ter des p'tits souliers.

Le pou, qui voulait la séduire,
L'emmena chez l' mastroquet du coin;
Lui fit boire cinq à six coups de vin.
L'araignée ne fit qu'en rire :
La pauvrette ne se doutait pas
Qu'elle courait à son trépas.

Le pou lui offrit une prise
Et lui dit, d'un air joyeux :
— " Colle-toi çà dans l'trou des yeux
" Et mouche-toi avec ta chemise. "
L'araignée, qui n'en avait pas,
Lui fit voir tous ses appas.

Le pou, qui n'était qu'un' canaille,
Lui offrit trois francs six sous.
— " Trois francs six sous, c'est pas l'Pérou;
" Ah ! tu n'es qu'un rien qui vaille !
" Si tu me donnes quatre sous d' plus,
" J' te ferai voir le trou d' mon cul. "

Alors, commencèrent les horreurs,
Le pou monta sur l'araignée ;
Il ne pouvait plus se retirer,
Tant il éprouvait du bonheur.
De sorte que la pauvre araignée
Dut gober la maternité.

Le père de l'araignée, en colère,
Lui dit : — " Tu m'as déshonoré,
" Tu t'es laissé enceinter,
" J' vas t' foutre mon pied dans l' derrière ! "
L'araignée, de désespoir,
S'a foutu treize coups d' rasoir.

Le pou, ayant perdu sa femme,
S'arrache des poignées de cheveux ;
Il s'écrie : — " Y a pas d' bon Dieu ! "
Puis il monte sur les tours Notre-Dame,
Et c'est là qu'il s'a foutu
Les cinq doigts et l' pouce dans l' cul.

Tous les pous du voisinage
Se réunirent pour l'enterrer,
Au cimetière Valois-Perret,
Tout comme un grand personnage.
Et c'était bien triste à voir,
Tous ces pous en habit noir !

SUR L'AIR DU TRA LA LA.

Refrain :

Sur l'air du tra la la,
Sur l'air du tra la la,
Sur l'air du
Trousse mes couilles, empoignes-moi ça ?

Tire-moi la bit', mais n' me l'arrach' pas !
Ah! Monsieur l' Curé, Ah! c'te gueule qu'il a,
C' con là !

Mon père, à dix-huit ans,
Me répétait sans cesse
Ce vieux dicton normand,
Qu'il tenait d'une abesse :
— " N'enfonc' jamais ton pieu
" Sans mettre une camisole ;
" Car, si tu n' crains pas Dieu,
" Crains au moins la vérole. "

J' n'écoutai pas papa,
Je baisai sans capote,
Jugez c' qui m'arriva,
A pinocher d' la sorte :
J' rencontre une putain
Encor' tout' vérolée.
Et j'attrapai soudain
Une chaud' piss' cordée.

J'allai à l'hôpital,
Confus et tout chagrin :
— " Ah! sacré animal, "
— Me dit un carabin —
" Recommande ton gland
" Au dieu de la méd'cine ;
" Car de lui seul dépend
" Le salut de ta pine ! "

Je fis cette prière
Au grand fils d'Apollon :
— " Grand Dieu, dans ta colère,
" Fais qu'on n' coupe qu'un rouston ;

" Je jure, sur l'autre couille,
" De ne jamais baiser,
" Sans coiffer mon andouille
" D'un énorme bonnet ! "

▬►◄▬

Sur le même air :

J'avais la plus bell' pine
Des enfants du quartier ;
Mais la bell' Joséphine
M'en a pris la moitié :
Cett' garce était si leste,
Si leste à m' la sucer,
Qu' c'est à peine s'il m'en reste
Un p'tit bout pour pisser !
    Sur l'air du tra la la, etc.

※

TCHOT ITE

Chanson Picarde sur le même air que la précédente.

Refrain :

Sur l'air du tra la la,
Sur l'air du tra la la,
Sur l'air du tra déri déra,
    Tra la la.

In passant pa l'rue d' Crotte,
Ech' pôv' Lili Carton,
Ein débloutchant s'culotte,
Pou déposer s'n étron,
Fouait ein feu-pô ; i tchait
S' main dein eine bouse ed brin ;
Ein vouleint s'erlever
V'lo qui tché sin nez d'dein,

S'ein vo tout droué à l' Sonme
Pour esse débarbouillé
Lili, ch' malhuru honme,
Il o failli s' neyer :
Conme i gn' yo point d' barrière,
Pour protéger not' fieu,
S' tête importe si drière,
Pis v'lo Lili dein l' ieu.

Et quoère bien qu' Tchot Ite,
El' fleur ed nos pétcheux,
Preind Lili par sin bite
Et l' fout da sin batieu.
San l'lo, ech' pôv' Lili
Etoit perdu pour nous :
Il alloit da ch' paradis,
Lo jou vont tous chés fous !

MORALITÉ

Si i vous arrivoit
In pareil acchidein
Enn' faites point conme Lili,
Restez plutôt plein d'brin.
I n' s'roit point dit qu' Tchot Ite
S' roit là da sein batieu,
Pour vous preinne pa vo bite
Et pis vous satcher d' l'ieu !

———:o:———

UN SOIR DE NOVEMBRE

Air : *Le Macchabée.*

I

Un soir de Novembre,
Sortant de ma chambre
Et dressant le membre,
J'allais faire un tour,

Je trouve une pucelle
Dont l'œil étincelle ;
Je me dis : — " C'est elle
" Qu'il me faudrait pour
" Fidèle compagne. "
Et je l'accompagne
Dans la rue Campagne-
Première, une fois.
Jusqu'à mon cinquième,
Je lui dis : — " Je t'aime,
" Et je te jure même
" De n'aimer que toi. "

II

Et la demoiselle,
Fraîche, gente et belle,
Aussitôt m'appelle
Son petit chien-chien,
Et me dit : — " Ma crotte,
" C'est pas une carotte,
" Puisque que je te botte,
" Je te refuserai rien. "
La petite femme,
Pour prouver sa flamme,
Aussitôt se pâme,
Et met bas les siens,
Et moi, son petit homme,
Je lui suce la pomme,
Et nous voilà comme
Des amants anciens.

III

J'ôte la chemise
Qui me scandalise,
Et dans cette mise
Je la fourre au pieu,

Dans le coin j' la colle,
Et puis je l'accolle.
C'est à cette école
Qu'on apprend mieux.
Sur cette peau ferme,
Qui s'ouvre et se ferme,
Je travaillais ferme
Et fis des progrès.
La riche nature
De la créature
En cette aventure
Fit beaucoup de frais.

IV

Durant la nuitée,
Vénus fut fêtée,
Et, nouvel Antée,
Toujours ravivé,
Pour moi je calcule
Qu'à ma place, Hercule,
Le diable m'encule,
Se serait crevé.
Car ma vieille épée,
Finement trempée,
Fut fort occupée
Durant mes ébats.
Et ma camarade,
Prompte à la parade,
Conquit plus d'un grade
Au jeu des combats.

V

Oh! douce concierge,
Qui brûlez un cierge
A la Sainte-Vierge !
Oh ! doux mois de Mai !

Oh! Saintes familles,
Dont les folles filles
Lâchent les aiguilles
Pour l'amant aimé !
Fermez votre porte,
Car l'amour l'emporte,
La folle cohorte
Des gentils minois.
Filles aux chloroses
Comme les plus roses,
Des gaies ou moroses
Ne sont pas de bois.

VI

Oh ! quelle détresse :
La brune maîtresse,
Qu'ici je m'empresse
De chanter si mal,
Pour moi fut si bonne
Que, durant l'automne,
Il faut que j'entonne
Des flots de Santal.
La blennorrhagie,
Lâchement surgie,
De ma pâle orgie
Fut l'écho final.
Je n'ai pas de chance,
J'ai la chaude-lance,
Et cela m'élance
Au fond du canal.

VII

Je prend des pilules,
Des bols, des granules,
J'use des canules
D'un prix fabuleux.

La queue de cerise,
En tisane prise,
Me fait, oh surprise !
Pisser comme deux.
Le bicarbonate,
Qui m'enfle la rate,
Chante à ma prostate
Son refrain bémol.
Et je sens la rose,
Parce que j'arrose
Ma verge morose
De flots de Salol.

VIII

J'ai déjà, vers l'aîne,
Comme dit Verlaine,
La bedaine pleine
D'affreux ganglions.
Mon sexe est en grève,
Oh ! la dure trève !
Et pourtant je rève
De nénés mignons.
Je la trouve verte,
Cela me déconcerte,
Et j'ignore, certes,
Quand je guérirai.
Ça ne va pas vite,
Et si j'en suis quitte
Sans une bonne orchite
Je vous le dirai.

P. (*Beaujon, 1892*).

LES HUITRES

FABLE ?

Un jour d'hiver, parmi les Immortels
    La grippe s'abattit, féroce,
Et vous les pinça tous comme simples mortels.
    L'épidémie était atroce :
Ils ne mourraient pas tous, mais tous étaient grippés.
    On n'en voyait point d'occupés
A pinter le nectar, à bouffer l'ambroisie ;
    C'était à faire envie
    A la bande d'Esculapus.
    Il toussaient si fort que sur terre,
    Durant huit jours et plus,
    On n'entendit que ce tonnerre.
Ils molardaient aussi sans gêne dans l'azur,
Par dessus les balustres dorés de l'Olympe.
    Où nul homme jamais ne grimpe.
    Ça tombait dans la mer ; pour sûr,
    (L'Histoire est là pour nous le dire,)
    Ces célestes molards
    Au sein du Neptunesque Empire
    Tombèrent par milliards.
    Ils n'étaient pas de consistance égale :
Ceux qui tombèrent à Marennes, à Cancale
    Les plus gluants, restèrent attachés
    Aux rochers.
    Mais permettez que je vous narre
Comme ici-bas rien ne se perd, rien ne s'égare.
    Le premier qui les découvrit
    En rit.
    Le second, plus avisé, les ayant goûtées,
Trouva ces huîtres douces, veloutées,

Et, désirant le bien d'autrui,
En fit part à ses amis. Aujourd'hui,
Ces molards diffluents et veules
Font les délices de nos gueules.

Puisque c'est par la grippe qu'on les a,
Bénissons tous l'Influenza.

HÉBÉ (22 Décembre 1889)

L'ON N'EST JAMAIS CONTENT

Refrain :

La femme du vidangeur
Préfère à toute odeur
L'odeur de son amant
Qu'elle aime tendrement.
Il était deux amants
Qui s'aimaient tendrement,
    Par derrière ;
Il était deux amants
Qui s'aimaient tendrement,
Qui faisaient par derrière
Ce qu'on fait par devant.
La peau d' mes rouleaux
Pour tous les caporaux ;
La peaux d' mes roupettes
Pour l' caporal-trompette ;
    C' qui pend
    Pour l'adjudant,
Et l' reste de la boutique
Pour le Chef de musique !
Mes balles, mes balles,

J'ai la castapiane dans l' ventre,
Disait un curé à ses chantres,
A ses enfants de cœur ;
    Deo Gratias.
J'ai du poil au cul, du poil au cul,
    Du poil aux fesses ;
J'ai du poil au cul, du poil au cul,
    Du poil au con ;
    J'ai le trou du cul
    Tout démoli, tout décousu,
    Foutu !

Un beau jour l'idée m'est venue
D'aller enculer un pendu.
Mais l' vent souflait dans la potence :
V'là mon pendu qui s' balance.
J'ai jamais pu l'enculer qu'en volant ;
Ah ! mes enfants ! on n'est jamais content !

En arrivant au Paradis,
Tout d'un coup, j'exhibe mon vit.
Y avait là Saint-Michel archange,
La Sainte-Vierge et tous les anges.
Et si l' bon Dieu n' s'était pas cavalé,
Cré nom de nom, je l'aurais enculé !

Quand on fout dans un con trop petit,
Cré nom de Dieu ! on s'écorche le vit ;
Quand on fout dans un con trop large,
On ne sent pas la décharge.
Se branler est bien emmerdant ;
Ah ! mes enfants ! on n'est jamais content !

A LOURCINE

La plus chouette maison d' Paris,
Ousqu'il y a des femmes de prix,
Qui ne connaissent pas la débine,
    C'est Lourcine ;
Mais, à côté, presqu'en face,
Y a un cochon d'Hôpital,
Qui tient la moitié d' la place
  Et qu'on nomme Pascal. (*bis*)

Les p'tites femmes qu'ont des malheurs,
Viennent pour essuyer leurs pleurs,
Dans les chemises de toile fine
    De Lourcine ;
Ou bien, celles qu'ont mal au ventre,
Ou bien trop chaud dans le canal,
Ou bien autre chose, ça rentre
  Par la rue Pascal. (*bis*)

C'est là-dedans qu'il y a des médecins,
Qui sont doux comme des p'tits saints,
Et qu'emploient beaucoup d' vaseline,
    A Lourcine ;
D' l'autre côté, on peut m'en croire,
On est beaucoup plus brutal,
Y a pas moyen d' faire sa poire
  Dans la rue Pascal (*bis*).

Y a l' grand professeur Renaud,
Qui se consacre à la peau,
Et qu'use toute la glycérine
    De Lourcine ;

D' l'autre côté, ousqu'on charcute,
On est plus chirurgical,
C'est l' beau Pozzi qu'exécute
   Dans la rue Pascal. (*bis*)

Y a aussi Monsieur de Beurmann
Qu'est chouette comme un clergyman,
Et qui a toujours une chouette mine,
    A Lourcine ;
Mais bientôt, c' n'est pas un rêve,
On verra, oh ! mince de balle,
Les gonzesses se mettre en grève
   Dans la rue Pascal. (*bis*)

Quelquefois, pour les égayer,
On les emmène travailler
Au Laboratoire de Médecine
     De Lourcine ;
Elles y pratiquent toutes les sciences,
Et çà leur z'y fait pas d' mal,
Y n'y a pas d' pareilles séances
   Dans la rue Pascal (*bis*)

Les p'tites femmes qu'ont pas d' michetons,
Et qu'ont d'assez beaux tétons,
Viennent pour faire voir leur peau fine
     A Lourcine ;
Y a d' beaux gars et de belles gousses,
Attachés à l'hôpital :
Il vaut mieux bouffer d' la mousse
   Qu' d'aller à Pascal. (*bis*)

LA CHANSON DE BICÊTRE.

Refrain :

On n' peut pas bander toujours,
Il faut jouir de ses roupettes ;
On n' peut pas bander toujours,
Il faut jouir de ses amours.

Dans ce Bicêtre, où l'on s'embête,
Loin de Paris que je regrette,
J'ai très longtemps et souvent médité,
Sur la vieillesse et la caducité.
Or, écoutez ce Refrain de Bicêtre,
Cette leçon vous servira peut-être (1)

D'un vieux, un jour, je tenais la navette,
La sonde en main, de l'autre la cuvette ; (2)
Pendant ce temps, mon esprit méditait (3)
Ce que tout bas une voix me disait :
Ne riez pas de ces pauvres gogottes,
Vous en viendrez à pisser sur vos bottes.

Idiot, fou, épileptique,
Sont des arguments sans réplique.
Tout dépérit, le pauvre genre humain (4)
N'a plus d'espoir que dans le carabin ;
Or, pour créer une race nouvelle,
Jamais, enfants, ne mouchez la chandelle.

Quand la vieillesse triste et caduque
Vous foutra son pied sur la nuque,
Quand votre vit à jamais désossé (5)
Sur vos roustons pendra flasque et glacé,
Au même instant, crachez au nez du traître,
Répétez-lui ce refrain de Bicêtre : (6)

A l'œuvre donc, jeunes athlètes,
Gaillardement, engrossez les fillettes, (7)
Baisez, foutez, ne craignez nul écueil :
Quand on est jeune, il faut baiser à l'œil.
Avec le temps, Vénus devient avare,
Aux pauvres vieux, le coup est cher et rare.

VARIANTES :

(1) Ah ! mes amis, apprenez à connaître
Ce gai refrain, ce refrain de Bicêtre.

(2) Scalpel en main,......

(3) Dans mon esprit, alors je méditais

(4) Ainsi dépeint, le pauvre genre humain
N'a plus d'espoir que dans le carabin,
Et pour fonder une race nouvelle,
Amis, jamais ne mouchez la chandelle.

(5) ...... complètement désossé.

(6) Amis, crachez à la face du traître,
En répétant ce refrain de Bicêtre.

(7) Cent fois par jour, engrossez .....

———————◎———————

LA PIERREUSE CONSCIENCIEUSE

Air : *Chanson des Heures*, de X. PRIVAS

Pour un prix modique, à qui veut casquer,
Je promets de faire, et sans nul chiqué,
Un travail quelconque, signé au classique,
A qui veut casquer, pour un prix modique :

Pour quatorze sous, la main dans la poche,
Même sous l'œil du flic qui me r'garde en d'sous,
J'astique le dard du type qui m' raccroche,
La main dans la poche, pour quatorze sous.

9

Pour un franc vingt-cinq, dans une pissotière,
Ou bien pour un franc, plus un marc sur l' zinc,
Quand les temps sont durs, j'glisse une langue légère
Dans une pissotière, pour un franc vingt-cinq.

Pour le larantqué (1), c'est la simple passe :
Un quart d'heure au plus, va-z-y, v'la l' baquet ;
Sur le bord du lit, j'étale ma conasse,
C'est la simple passe pour le larantqué.

Pour un franc de plus, je me déshabille,
Y a du feu chez moi et je m' lave le cul ;
Je m'efforce d'être un peu plus gentille,
Je me déshabille pour un franc de plus.

A qui, dans mon bas, glisse une thune entière,
C'est déjà l'grand jeu, j'complique mes ébats ;
J' laisse un peu plus d'temps pour se satisfaire,
A qui glisse une thune entière dans mon bas.

Pour sept ou huit francs, prix encor' modeste,
On peut s' faire, en plus, scalper l' mohican
Et prendre un billet d' retour s'il en reste :
Prix encor modeste, pour sept ou huit francs.

Pour un demi-louis, sans que j' m'ébouriffe,
On peut — y'en a tant qu'ont gâté les prix —
S' faire, dans toutes les langues, tutoyer l' pontife,
Sans que j' m'ébouriffe, pour un demi-louis.

Pour un louis entier, si rare est la chose,
Je sucerai un homme de la tête au pied,
Et je lui ferai dix fois feuille de rose,
Si rare est la chose, pour un louis entier.

(1) Deux francs.

LA BRANLEUSE

Je suis celle qui branle ! Au détour des sentiers
Où raccrochent les bras aigus des églantiers,
Dans les bois amoureux de Meudon ou de Sèvres,
Quand la pine et le cœur vont demander aux lèvres
Les baisers, fils du ciel, qui charment vos ennuis,
Moi, j'attends les michés au passage ; je suis
Petite, j'ai treize ans, et mes doigts sont alertes.
Je suis celle qui branle ! Entre les plus expertes,
De celles dont les doigts vont, des couilles au gland,
Se promener d'un pas rapide ou nonchalant,
On me cite ; et les dieux m'ont donné les mains douces
Par qui le temps n'est plus de ces rudes secousses
Qui mettaient tant de fiel dans l'âme de Ponsard !
Comme des papillons, mes doigts vont au hasard
Des vits enamourés que le ciel relève.
O mystères, l'un est recourbé comme un glaive.
L'autre, droit ; un troisième est gros et rond. Autour
De plus d'un, j'ai pu voir toute une basse-cour
De morpions grouiller, qui, bêtes innocentes,
Bombaient leur dos velu sous mes mains caressantes.
Je suis celle qui branle ! Et cependant, parfois,
Quand je vois, comme au temps où la sève des bois
Monte et bouillonne et perle à la pointe des branches,
Jaillir des nœuds pressés le foutre en larmes blanches,
Je songe que l'un d'eux, marqué du sceau fatal,
Pénêtrera demain dans mon con virginal !

ALPHABET PRATIQUE

J'étais jeune et pas plus haut que ç'A ;
Je m'abîmais le ventre à me mastur B ;
Je bandais comme un cerf quand je voyais pa C
Une jeune fille à qui je n'osais rien deman D.
Je sentais déjà depuis quelque temps raidir mon E ;
Mais, quant au poil, il n'y en avait pas bez F.
Un jour, après avoir bien son G
A ma cousine, dans sa chambre je me ca H ;
Sans me voir elle me montre son joli con bén I
Qu'elle branle avec fureur avec une bou J.
Ma pine écumait de rage, c'était bien là le K
De m'annoncer et de demander à coucher avec L.
J'embrasse sa belle gorge et je lui dit : — " Je t'M ! "
Sur son lit, au pays du bonheur je l'emm N ;
Je la caresse, puis... elle se couche sur le d O.
Je vous laisse à penser si l'on s'est bien occu P :
J'embrassais à pleine bouche son joli petit Q ;
Ses blancs tétons dont la pointe menaçait l' R,
Ses beaux genoux ouverts dans toute leur larg S ;
Toute ma vie comme cela j'aurais voulu res T
Devant cette Vénus au con déjà poil U ;
Goûter le vrai bonheur et jouir à en cre V.
Depuis ce jour, tous les soirs on se fi X,
Attendant un bébé qu'on appellera Jenn Y.
Et tâchez comme moi que le bonheur vous Z !

———— ✳ ————

LE BANDEUR

Air : *Le Clairon*, de Paul DÉROULÈDE.

Refrain :

Ta ta, ra ta ta, ra ta ta, ta ta,
Ta ta, ta ta, ta ta ! } *bis*

Il fait nuit, le lit est large ;
En songeant à la décharge,
On se réveil en bandant.
Et c'est alors que Rosine
Doucement vous prend la pine.
Ça fait du bien su' l' moment.

Le bandeur est un vieux brave,
S'il se présente un coup grave
C'est un rude compagnon.
Il a fait mainte ripaille
Et porte plus d'une entaille,
De la quéquette au croupion.

On suce, on tire, on active ;
La décharge devient vive,
Et tous les deux sont adroits.
Rosine, étant très-coquette,
Veut lui branler la quéquette :
Il décharge dans ses doigts.

Il est là, couché, superbe,
Bandant toujours comme un Serbe,
Et dédaignant tout secours.
Sa bite est toute gluante ;
Mais, dans sa fureur ardente,
Il bande, il bande toujours.

DÉBACLE !

Mais la moniche éreintée,
De foutr' est tout engluée,
Elle ne peut plus jouir.
Le bandeur, avec adresse,
Lui saisissant les deux fesses,
Va l'enculer, pour finir !

LE PANS'MENT OUATÉ

D'ALPHONSE GUÉRIN

Air : *Fanfan la Tulipe.*

Refrain :

Viv' Guérin !
Qu' chacun à la ronde,
En buvant, réponde :
— " A Guérin ".

Amis, s'il faut que je chante,
Suivant l'usage adopté,
Je vais (ce sujet me tente)
Chanter le Pans'ment ouaté.
Avant tout, nous d'vons rendre hommage
Aux savants, aux Maîtres bien aimés :
Pasteur et Guérin
Seront, c'est certain,
Renommés,
Acclamés
D'âge en âge !

C'est le Maître qui commande :
— " Faites un très-gros manchon,
" Et que la première bande
" Seul'ment tasse le coton.
" Puis, serrez ! et qu' la main des aides
" Fixe tout comme un étau vivant !
" Soyez assurés
" Qu' vous n' réussirez
" Mon Pans'ment
" Qu'en suivant
" C' qui précède. "

— " La méthod' n'est pas nouvelle. "
Dira quelque esprit chagrin,
" Ne sait-on que mainte belle
" L'employait avant Guérin ! "
Je gagerais que ce critique
Fut trompé par des contours charmants :
Un peu de coton
Formait un plastron
Suppléant
Les absents
Thoraciques.

Les différences sont claires :
L'un comprime, l'autre pas ;
L'un dur' quatre septenaires,
L'autr' tombe au moindre faux pas ;
Le premier, filtrant les poussières,
Garantit les gens d' la contagion,
Le second, hélas !
Sert souvent d'appas
Au poison
D' Cupidon
Ou de sa mère.

Mais trève de bavardage,
Et foin de la discussion
D'un savant aréopage
Sur le filtre ou l'occlusion !
Discuter n'est point notre affaire ;
Nos verres sont pleins jusques au bord,
Narguons le chagrin,
Et, tous, au refrain,
Chantons fort,
Et d'accord,
Chers confrères :

Alban RIBEMONT-DESSAIGNES (1876)

CANTIQUE DU PESSAIRE

Au glorieux DUMONTPALLIER

Air : *" De Marie, qu'on publie, etc..."*

Refrain :

Du pessaire,
Nécessaire
Pour guérir les prolapsus,
Sans réclame,
Qu'on proclame
Et la gloire et les vertus.

O vous qui souffrez, Madame,
De douleurs qu'il faut pallier,
Venez, Parvis Notre-Dame,
Consulter Dumontpallier !

Cet aimable spécialiste
Au fond de votre vagin,
D'une main vraiment artiste,
Glissera le courbe engin.

Que votre museau de tanche
Soit moyen, petit ou gros,
Pour éviter qu'il déclanche
Il a tous les numéros.

Vous sentirez, sans qu'il pèse,
Votre utérus, col et corps,
Se gondoler à son aise
Comme dans un huit-ressorts.

Votre vagin, ô paillarde,
Sentira, plaisir bien doux,
Pénétrer jusqu'à la garde
Le pénis de votre époux.

Cet instrument si chouette
A d'autre fins peut servir :
S'il manque un rond de serviette,
Il le remplace à ravir.

Lorsque bébé vocifère
Pour ses dents, comment dormir ?
Donnez-lui votre pessaire,
Pour qu'il le suce à loisir.

Si l'amant que rien ne lasse
Vous assaille à nouveau,
A votre muqueuse lasse
Substituez cet anneau.

Pleine de reconnaissance
Pour cet illustre Docteur,
L'Union des Femmes de France
Veut fêter son bienfaiteur.

Lady Carnot, leur patronne,
Sur ce front, superbe encor,
Posera, noble couronne,
Un brillant pessaire d'or !

HÉBÉ (Hôtel-Dieu, 1890)

LA BITUMEUSE

Air : *Quand les Sergots s'en vont par deux.*

Refrain :

Tra la la la la la la la,
        Pauvres putains !
Que terribles sont vos destins ;
        Trou la la la (*ter*)
        Pauvres putains !
Que terribles sont vos destins,
        Trou la la la, Trou la la la la.

Quand les putains s'en vont par une,
C'est pas pour bailler à la lune,
Ni pour fair' de l'œil au sergots ;
C'est tout bonn'ment pour s' fout sur l' dos.

Parlé : " Montes-tu, chéri ? "

Quand les putains s'en vont par deux,
C'est pour fair' un miché sérieux
Qui voudra, dans tout son détail,
Se payer le luxe du grand travail,

Parlé : " Je serai bien cochonne. "

Quand les putains s'en vont par trois,
C'est qu'y a des agents en bourgeois
Qui les fil'nt et ces sales marlous
Les empêchent de tirer leur coups.

Parlé : " Va donc, eh ! mec ! "

Quand les putains s'en vont par quatre,
On peut être sûr qu'elles vont se battre
Pour le p'tit homme qui, sans potain,
S'enfil' des glass's chez le marchand de vins.

Parlé : " Je te crèverai, chameau ! "

Quand les putains s'en vont par cinq,
C'est qu'ell's vont siroter su' l' zinc ;
Le commerce ayant bien marché,
Alphonse pour un coup s' fait miché.

Parlé : " C'est bon, dis, petit homme ? "

Quand les putains s'en vont par six,
C'est qu'ell's vont montrer leur coccyx
Et, sur le fauteuil triomphal,
Passer l'examen virginal.

Parlé : " Ah ! merde alors ! "

Quand les putains s'en vont par tas,
C'est que l' commerce ne marche pas
Et pour cinq sous, en face Saint-Louis.
On a ce qu'on payait cinq louis.

Parlé : " Donne-moi dix ronds de plus, tu verras le trou du souffleur ".

TE SOUVIENS-TU ?

Air : *T'en souviens-tu ? disait un capitaine...*

— " Te souviens-tu ? " — disait une maquerelle
A un chameau qui mendiait son pain —
" Te souviens-tu, qu'étant encor' pucelle,
" Tu fus un jour menée dans un bougin ?
" T'avais seize ans, une bouche vermeille,
" De frais tétons et surtout un beau cul.
" Dans nos bordels, tu produisais merveille
" Dis-moi, chameau; dis-moi, t'en souviens-tu? " } *bis*

" Te souviens-tu qu'en brillant équipage
" Un vieux marquis vint chez nous t'enlever ;
" Etant épris des charmes de ton âge,
" A nos marlous il voulait t'arracher.
" Mais toi, putain, dédaignant ses caresses,
" Tu refusais et son titre et ton cul ;
" T'aurais bien pu profiter d' ses largesses :
" Dis-moi, putain ; dis-moi, t'en souviens-tu ? " } *bis*

" Te souviens-tu de l'étudiant novice
" Qui te donnait son foutre et son argent ;
" Il eut, de toi, bientôt la chaude-pisse :
" De trois poulains, tu lui fis le présent.
" Ce mal rongeur coulant de veine en veine,
" Il maudissait et ton foutre et ton cul.
" Et toi, chameau, tu riais de ses peines,
" Dis-moi, putain ; dis-moi, t'en souviens-tu ? " } *bis*

" Te souviens-tu du brave capitaine
" Qui, près de toi, revenait chaque soir
" Se délasser des fatigues de la guerre :
" Sur son vit dur, il te faisait asseoir.
" Quand, au contact de ses couilles brûlantes,
" Ton foutre ardent inondait ton beau cul,
" Tu le branlais d'une main caressante,
" Dis-moi, putain ; dis-moi, t'en souviens-tu ?" } bis

L'AMOUR ET LE MÉDECIN

Le Médecin, le dieu d'amour
Sont de service nuit et jour :
    Voilà la ressemblance !
L'un est fameux dans ses vieux ans,
L'autre règne dans son printemps :
    Voilà la différence !

Ils sont aveugles tous les deux,
Malgré cela fort curieux :
    Voilà la ressemblance !
L'un est grave et de noir vêtu,
L'autre est sémillant et nu.....
    Voilà la différence !

On a recours à tous les deux,
Bien que tous deux soient dangereux :
    Voilà la ressemblance !
L'un nous blesse en nous guérissant ;
L'autre caresse en nous blessant :
    Voilà la différence !

Tous deux regardent dans les yeux
Si ça va mal, si ça va mieux :
    Voilà la ressemblance !

C'est le pouls que tâte un docteur,
Mais l'amour vous touche le cœur...
    Voilà la différence !

Tous deux s'en vont courant, trottant,
Ils sont tant soit peu charlatans...
    Voilà la ressemblance !
L'un s'en va quand nous allons bien,
L'autre, quand nous ne valons rien :
    Voilà la différence !

Dʳ CH.

MON CUL

— " Messieurs, puisqu'on veut à la ronde
Qu' ce soit à mon tour de chanter,
Je veux que le Diable me confonde
Si je sais quoi vous raconter.
Pardonnez-moi d'être si bête,
Mais ne trouvant rien dans ma tête,
Je m'en vais vous chanter mon cul.

Mon cul est roi dans sa culotte,
Comme un Prince dans ses Etats ;
Ne croyez pas que je radote :
Il est maître des *Pays-Bas.*
Quand il commande, c'est un bon maître ;
Messieurs, soyez en convaincus,
Il faut que chacun se soumette
A la volonté de son cul.

C'est par le cul qu' l'on vient au monde ;
C'est par le cul que l'on jouit ;
Par le cul la terre est féconde ;
Par le cul souvent l'on périt ;

Un cul nous fait perdre la tête ;
C'est par le cul qu' l'on est cocu.
Il faut que chacun se soumette
A la volonté de son cul.

Si j'ai chanté, c'est pour vous plaire ;
Messieurs, soyez en convaincus ;
Je vous demande, pour salaire,
Que vous veniez baiser mon cul ! "

SADISME

C'était à l'hôpital nommé Sainte-Eugénie :
Le Chef lavait ses mains, la visite finie,
Lorsqu'on nous apporta, gisant sur un brancard,
Un enfant de sept ans, pâle, vert et blafard.
Suivait un calotin traîné par un gendarme,
Un frère ignorantin à l'hypocrite larme,
Tout l'aspect d'un gredin qu'on a pris sur le fait.
On comprendra bientôt quel était son méfait.
— " Laissons, dit le patron, ce triste personnage
" Et voyons le blessé ; je prévois de l'ouvrage ! "
Pandore, en quelques mots, l'avait mis au courant.

On ôta le manteau qui couvrait le mourant,
Pour apporter des soins à l'organe malade.
Dieu ! quel affreux gâchis et quelle marmelade !
Ce n'était plus l'aspect d'un muscle constricteur
Réglant l'expulsion avec sage lenteur,
C'était une bouillie, un tout indescriptible,
De débris palpitants un assemblage horrible
Etalés sur les bords d'un large trou béant :
Un lambeau de soutane y restait adhérent ..!

Docteur B...
(Salle de garde de Bicêtre, 1882)

INVITATION A UN RALLYE-SATYRE

Camarade, tu vieillis dans ton sombre isolement ;
Ton ventre fait des plis et déjà le printemps
En tes veines renouvelle le sang de tes vingts ans.
— Viens, avec nous, chasser de tes soucis, les pires !
Malgré ta calvitie, encore si tu bandes
Au Robinscouille béni, dansant en sarabandes
Le vin te donnera l'oubli que tu demandes.
— Viens avec nous, petit, pourchasser les satyres !

 Y' aura du vin, y' aura d' la fesse
 Y' aura d' l'amur et ta ménesse
 Y' aura d' l'azur et eune ânesse.
 — Y' aura Toto, y' aura Tantance ! —
 Y' aura des chants, des cymbales d'or,
 Un grand tonneau plein jusqu'au bord.
 Tu s'ras cocu, que sais-je encore ?
 — Aboule ta gueule et ta pitance !

Or donc, le vingt et neuvième jour d'avril,
Le vendredi, quatre jours après la rousse lune,
Camarade, amène-toi, avec une ronde thune
Et celle que de coutume tu enfile !
Une heure et quart devant la gare Médicis,
Et quinze broquilles après, tu quitteras Paris.
Vive la joie, vive l'Amour et les plaisirs obscènes.
Tu baiseras la nymphe, si tu as la queue saine.

 L'Ordonnateur des Bombes funèbres,

 LOULOUTE.

P. S. — Si trop sérieux, t'abstenir :
 Y a des vierges, ça t' f'rait rougir.

Art. I. — Un rallye-satyre sera organisé, dans les bois de Verrières, à la date du Vendredi 29 Avril 1910 (Le comité Béranger-Bob te convie, ainsi que ta ribaude, à apporter à cet acte toute la gravité et la décence requises).

Art. II. — Le cortège des satyro-chercheurs se mettra en branle une demi-heure après le lâcher de l'hamadryade et du satyre.

Art. III. — Jusqu'à ce qu'il soit découvert, le satyre devra conserver, vis-à-vis de la nymphe, une attitude en rapport avec ses fonctions géniales (Erotisme et masturbation).

Art. IV. — Le premier satyro-chercheur découvreur sera récompensé par une saillie violente et agreste, accomplie *coram populo*, avec la nymphe sus-bite.

Un délai de 7 minutes 1/2 lui sera accordé, pendant lequel ses confrères boiront leurs litres jusqu'à l'hallali.

Art. V. — Le mot de passe et de ralliement sera :
" Si j' te foutais ma pine dans l' cul. "
et la réponse :
" Je la prendrais pour un bouillon pointu. "

Et quand le soleil nous aura foutu la paix,
A l'heure où les chiens chient dans les rues,
Nous boufferons l'Olida avec les morues,
Dans l' silence, bien loin de la rue d' la Paix.

Alors la nuit, grande tendeuse de toiles,
Verra des champignons sur nos cuisses sans voiles
S'élever, comme des chênes, monter jusqu'aux étoiles.

TANTANCE AND Cᵒ.

(Un groupe d'Etudiants en Médecine, Avril 1910)

CANTIQUE DE BULLIER. [1]

Air : " *Esprit-Saint, descendez en nous !* "

Refrain :

O Bullier ! séjour enchanteur, (*bis*)
O temple de l'Amour,
    Donne-nous *(bis)*
    Le Bonheur !

Sans toi notre folle jeunesse
Ne peut, hélas ! que végéter.
Quand nous n'avons pas de maîtresse (*bis*)
  Chez toi, plein de tendresse
  Nous venons *(bis)* nous monter.

Y en a de brunes et de blondes,
Avec des yeux de tout's couleurs ;
Y en a de chouettes et d'immondes, (*bis*)
  De minces et de rondes,
  Exhalant (*bis*) mille odeurs.

Le sexe aimable qui s'y montre
N'est pas toujours d' premièr' fraîcheur,
Les épouses qu'on y rencontre (*bis*)
  Sont toutes de rencontre.
  Ça n' fait rien ! (*bis*) C'est meilleur.

Si par hasard une roulure
Vous inocule l' mal François,
Que nous importe la blessure ! (*bis*)
  Avec un peu d' mercure
  Ça guérit (*bis*) quelquefois.

10

Dans ce harem cosmopolite
On voit l' sam'di l'étudiant ;
L' jeudi, c'est le public d'élite ; *(bis)*
  L' dimanche s' précipite
  Le cali- *(bis)* - cot rayonnant.

Et cette foule épileptique
Danse et chahute aux sons d'un or-
Chestre qu'est pas mélancolique *(bis)*
  Comme au Concert classique
  Sous l' bâton *(bis)* de Conor.

Bullier ! que ton nom vénérable
Demeure toujours dans nos cœurs.
Ton souvenir impérissable, *(bis)*
  Si le sort nous accable,
  Bercera *(bis)* nos douleurs.

HÉBÉ *(10 Octobre 1890)*

(1) Chanté à Bullier le 15 Octobre 1890, jour du Bal de l'Internat, par les mâles poitrines des Internes et Externes de l'Hôtel-Dieu, l'orchestre de Conor accompagnant.

LE TURCO ET L'ESPAGNOLE

Air : *La Retraite.*

Quand un Turco
Rencontre une Espagnole,
Il la carambole ;
La met sens d'ssus d'ssous,
Et se trompe de trou ;
La belle a beau crier,
Pleurer, gesticuler,
Elle peut encore pisser ;
Mais quant à chier.
Il est midi sonné !

LA SEMAINE

Air : *Le pendu*, de MAC NAB.

Le lundi, je baise en levrette ;
Le mardi, je baise en sapin ;
Le mercredi, je fais minette,
Et le jeudi, je baise en gamin. (1)
Le vendredi, je fais feuill' de rose ;
Le samedi, je fais soixante-neuf ;
Et le dimanche, je me repose
En mangeant des couilles de bœuf. (2) } *(bis)*

VARIANTES :

(1) Et le jeudi, je pos' des lapins.

(2) En buvant du bouillon de bœuf.

———— ✳ ————

LES PETS (Rengaine)

Air : *"Petit papa, c'est aujourd'hui ta fête."*

Le premier pet se fait sans qu'on y pense ;
Le premier pet sort du cul comme un trait :
On croit qu'on vesse, on hésite, on balance,
Quand tout-à-coup du trou du cul s'élance
    Le second pet. *(bis)*

Le second pet se fait sans qu'on y pense ;
Le second pet sort du cul comme un trait :
On croit qu'on vesse, on hésite, on balance,
Quand tout-à-coup du trou du cul s'élance
    Le troisièm' pet. *(bis)*

    Etc., etc.

———— ⤞⤝ ————

TROU DU CUL, CHAMPIGNON, TABATIÈRE

Air : *Malbrouk.*

Du haut d'une montagne,
Trou du cul, champignon, tabatière,
Du haut d'une montagne,
Descendait un gros cu... (*bis*)

Un gros curé d' campagne,
Trou du cul, champignon, tabatière,
Un gros curé d' campagne,
Accompagné d' son vi... (*bis*)

D' son vicaire général-e,
Trou du cul, champignon, tabatière,
D' son vicaire général-e
Qui tenait son gros bou... (*bis*)

Son gros bouquin d' prières,
Trou du cul, champignon, tabatière,
Son gros bouquin d' prières,
Pour s'en aller au con... (*bis*)

Au confessionnal-e,
Trou du cul, champignon, tabatière,
Au confessionnal-e,
Pour y tirer un cou... (*bis*)

Un coupable d'enfer,
Trou du cul, champignon, tabatière,
Un coupable d'enfer,
Qui avait trop été... (*bis*)

Trop été au bordel,
Trou du cul, champignon, tabatière,
Trop été au bordel,
Et que l' diabl' attendait ! (*bis*)

LES POSTARDS

Refrain :

Zim boum, tra la la la,
On ira chez ma tante !
Zim boum, tra la la la,
Chez ma tante on ira !

Par ces cochons d'Postards,
La Taupe est envahie ;
Ils s'astiquent le dard,
Font d' la pédérastie.

Le Père Montalembert
M'a passé des tuyaux :
Paraît qu'à Lacordaire
Tous les types sont puceaux.

Nous irons au bordel,
Nos pères y allaient bien,
Engueuler les maquerelles
Et baiser les putains.

Nous irons à l'Hospice,
Nos pères y allaient bien,
Soigner les chaudes-pisses,
Les chancres et poulains.

Nous irons à l'Ecole,
Nos pères y allaient bien,
Attraper la vérole,
Des morpions, des poulains.

Nous irons à l'Eglise,
Nos pères y allaient bien,
Baiser la sœur Elise,
Enculer l' sacristain.

LE PETIT POTACHE

Air : *"Il était un petit navire."*

Il était un petit potache *(bis)*
Qui n'avait ja, ja, ja, jamais baisé, *(bis)*
Ohé ! Ohé !

On l'emmena à la Botte de Paille, *(bis)*
Pour savoir s'il, s'il, s'il saurait baiser *(bis)*
Ohé ! Ohé !

On tira z' à la courte paille, *(bis)*
Pour savoir qui, qui, qui serait baisée. *(bis)*
Ohé ! Ohé !

Le sort tomba sur la plus vache, *(bis)*
Elle était toute, toute, toute vérolée. *(bis)*
Ohé ! Ohé !

Il attrapa la chaude-pisse, *(bis)*
Et son nœud se, se, se mit à couler *(bis)*
Ohé ! Ohé !

LE GRENADIER DE FLANDRES

Refrain :

Et zon, zon, zon,
Ma Lisette, ma Lisette,
Et zon, zon, zon,
Ma Lisette, ma Lison,

C'était un grenadier
Qui revenait de Flandres ;
Qu'était si mal vêtu
Qu'on lui voyait son membre.

Qu'était si mal vêtu
Qu'on lui voyait son membre ;
Une dame de charité
L'fit monter dans sa chambre.

Une dame de charité
L'fit monter dans sa chambre,
Elle alluma du feu,
Pour réchauffer le membre.

Elle alluma du feu,
Pour réchauffer le membre ;
Quand le membre fut chaud,
Il commença à s'étendre.

Quand le membre fut chaud,
Il commença à s'étendre.
— " Dis-moi, beau grenadier,
" A quoi te sert ce membre ?

" Dis-moi, beau grenadier,
" A quoi te sert ce membre ?"
— " Il me sert à pisser,
" Quand l'envie m'en veut prendre."

" Il me sert à pisser,
" Quand l'envie m'en veut prendre ;
" Il me sert à baiser,
" Quand l'occasion s' présente. "

" Il me sert à baiser,
Quand l'occasion s' présente.
— " Eh bien ! beau grenadier,
" Fous-le moi donc dans l'ventre. "

" Eh bien, beau grenadier,
" Fous-le moi donc dans l' ventre.
" S'il en reste un p'tit bout,
" Ce sera pour la servante. "

" S'il en reste un p'tit bout,
" Ce sera pour la servante ;
" S'il n'en reste pas du tout,
" Elle se bross'ra le ventre. "

" S'il n'en reste pas du tout,
" Elle se bross'ra le ventre,
" Depuis l' premier Janvier
" Jusqu'à la fin Décembre ! "

DILEMME

Chez tout homme sommeille un cochon qui se cache,
Chez la femme qu'on baise on découvre une vache.
Vache et cochon toujours s'aimèrent follement ;
Aussi font-ils l'amour avec acharnement.
Je regarde, et voudrais la bande à mon usage,
Mais, gare à la vérole, on l'attrape à tout âge.
S'abstenir est plus sage.
Il est vraiment fâcheux que le trou de Vénus
Avoisine un retrait si puant qu'est l'anus.
On pourrait s'y tromper, beaucoup le font exprès,
Préférant au réel le goût de l'à peu près.
Par crainte de l'enfant, l'homme se disant sage
Délaisse le devant, se livre à l'enculage.
Aussi... Pourquoi deux trous offerts à nos désirs,
Quand un seul eût suffi pour nos plus grands plaisirs
La nature bizarre, en voulant trop bien faire,
Pervertit nos ardeurs qu'elle croit satisfaire.

LA CAROTTE

Refrain :

Branle, branle, branle ma chère,
Branle, branle, ça fait du bien.
Branle, branle, branle ma chère,
Branle, branle, jusqu'à demain.

Dans son boudoir, la charmante Charlotte,
Chaude du con, faute d'avoir un vit,
Se masturbait avec une carotte
Et jouissait, étendue sur son lit.

— " Ah !, disait-elle, dans le siècle où nous sommes,
" Il faut savoir se passer de garçons ;
" Moi, pour ma part, je me fous bien des hommes :
" Avec ardeur, je me branle le con. "

Alors, sa main, n'étant plus paresseuse,
Allait, venait, comme un petit ressort,
Et faisait jouir la petite farceuse ;
Aussi ce jeu lui plaisait assez fort.

Mais, ô malheur ! ô fatale disgrâce !
Dans son bonheur, elle fait un brusque saut :
Du contre-coup la carotte se casse,
Et dans le con il en reste un morceau.

Un médecin, praticien fort habile,
Fut appelé, qui lui fit bien du mal ;
Mais, par malheur, la carotte indocile
Ne put sortir du conduit vaginal.

Ah ! mes amies, n'imitez pas Charlotte ; (1)
Son sort fut triste et bien malheureux.
Pour vous branler, n'ayez point de carotte :
Prenez mon vit, ça vaudra beaucoup mieux !

(1) *VARIANTE pour le dernier couplet* :

> Mesdemoiselles ! que le sort de Charlotte
> Puisse longtemps vous servir de leçon ;
> Ah ! croyez-moi, laissez-là la carotte,
> Ou prenez celle d'un jeune et beau garçon !

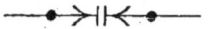

LE JUIF-ERRANT

> Est-il rien, sur la terre,
> Qui soit plus surprenant
> Que la grande misère
> Du pauvre Juif-Errant :
>   Il était vérolé
> De la tête jusqu'aux pieds.
>   Pan pan pan,
>   Pan pan.

> En passant par la ville
> De Bruxelles, en Brabant,
> Une garce incivile
> Lui dit, en souriant :
>   — " Dis-donc, vieux dégourdi,
> " Viens dérouiller ton vit. "
>   Pan pan pan,
>   Pan Pan.

> Le vieux, chaud comme braise,
> Ne se fait pas prier,
> Et tire tout à son aise
> Deux coups sans déconner :
>   Jamais elle n'avait vu
> Un vieux si chaud du cul.
>   Pan pan pan,
>   Pan pan.

Il fouille dans sa poche
Pour lui donner cinq sous ;
La vieille lui reproche
D'avoir tiré deux coups :
Avoir tiré deux coups,
Ça valait bien dix sous !
    Pan pan pan,
      Pan pan.

Dans sa poche, elle fouille,
Pour lui prendre un écu ;
Elle lui arrache une couille
Avec trois poils du cul.
La vieill' lui d'mand' pardon
Pour son autre rouston.
    Pan pan pan,
      Pan pan.

Chez un apothicaire,
Aussitôt il se rend :
— " De votre ministère,
" J'ai un besoin pressant :
" Une vieille putain
" M'a démoli l' machin ! "
    Pan pan pan,
      Pan pan.

L'apothicaire, aimable,
Lui dit en souriant :
— " Oh, vieillard vénérable,
" Pourquoi donc baiser tant ?
" Voilà ce qu'il en cuit
" De dérouiller son vit ! "
    Pan pan pan,
      Pan pan.

DIS-MOI, ANNA ?

Air : *T'en souviens-tu ? disait un capitaine.*

Te souviens-tu, quand mollement assise
Sur mes genoux, tu me faisais bander,
Et dans ton con, ma pine, à moitié mise,
Ne faisait que sortir et que rentrer ?
Te souviens-tu ? sur tes mollets superbes
Coulait le foutre qui sortait de ton con ;
A ce blanc foutre, moi, je mêlais mon sperme ;
Dis-moi, Anna ; dis-moi, t'en souviens-tu ?

Te souviens-tu que, malgré tes prières,
Malgré les larmes qui coulaient de tes yeux,
Je te baisais par devant, par derrière :
Ton con étroit me déchirait le nœud ?
Te souviens-tu quand, tous deux en chemise,
Ma langue entrait dans ton grand con poilu ?
Tu déchargeais ; quelle enivrante crise !
Dis-moi, Anna ; dis-moi, t'en souviens-tu ?

Te souviens-tu de ta première couche,
Quand, près de toi, je t'ai toujours veillée,
Et que mon vît redressait dans ta bouche :
Combien de fois ne me l'as-tu sucé !
Te souviens-tu de tes moments d'souffrance :
Ne pouvant plus baiser ni en con, ni en cul,
Tu me branlais souvent par pénitence ;
Dis-moi, Anna ; dis-moi, t'en souviens-tu ?

Te souviens-tu de mes dernières paroles,
Quand, à minuit, il nous fallut rentrer ?
Mon vît coulait d'une affreuse vérole
Qu'un tendre amour m'avait fait attraper :

— " A ma souffrance, Anna, je m'abandonne ;
" Je suis pourri : j'ai des plaques au cul,
" Et malgré tout, Anna, je te pardonne,
" Au lieu de foutre, c'est moi qui suis foutu ! "

HÉLOISE ET ABEILARD

Peuples de Navarre et de France,
Des Batignoll's et du Jura,
Oyez cette triste romance,
Oh aïe ! ma mère ! Oh aïe ! Papa !

C'est l'horrible mésaventure,
Qu'il y a quéqu' temps qu'ça s' passa,
D'un professeur d' littérature,
Oh aïe ! ma mère ! Oh aïe ! Papa !

De ses élèves, nous dit l'histoire,
Abeilard — y s'appelait comm'ça —
Fatiguait beaucoup la mémoire,
Oh aïe ! ma mère ! oh aïe ! papa !

Un chanoine de Saint-Sulpice
Comm' répétiteur le donna
A sa fille Héloïse, un' novice,
Oh aïe ! ma mère ! oh aïe ! papa !

Le tuteur de la demoiselle
Lui avait inculqué déjà
Plus d'un' leçon superficielle,
Oh aïe ! ma mère ! oh aïe ! papa !

Mais ça n' laissa pas d' la surprendre,
Lorsque l' bel Abeilard lui donna
Un très-long morceau à apprendre,
Oh aïe ! ma mère ! oh aïe ! papa !

'Ne pouvant se l'entrer dans la tête,
La pauvre petit' s' dépita
Et se mit à pleurer comm' un' bête,
Oh aïe ! ma mère ! oh aïe ! papa !

Abeilard lui disait : — " Patience !
" Vot' intelligence s'ouvrira. "
Ell' n'y mettait pas d' complaisance,
Oh aïe ! ma mère ! oh aïe ! papa !

Or, le tuteur, comm' dans un drame,
Une nuit chez Abeilard entra
Pour lui diminuer son programme,
Oh aïe ! ma mère ! oh aïe ! papa !

Mais dans son ardeur criminelle,
Au lieu d'élargir, retrancha
La partie la plus essentielle,
Oh aïe ! ma mère ! oh aïe ! papa !

Depuis cet acte attentatoire,
Jamais Abeilard ne r'trouva
Le fil perdu de son histoire,
Oh aïe ! ma mère ! oh aïe ! papa !

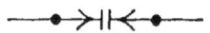

LA FAMILLE ALPHONSE.

J' m'appelle Alphonse et j'ai pas d' nom d' famille
Vu que mon pèr' n'en avait pas non plus ;
Quant à ma mèr', c'était un' pauvre fille
Et qu'était née de parents inconnus :
Ell' s'appelait Delphin', pas davantage.
Quoiqu' pas mariés, c'étaient d'heureux époux,
Et l'on disait : — "Quel bon petit ménage
" Que l' ménage Alphonse, Alphonse du Gros-Caillou ! "

Au bout d' dix ans, ils ont enfin la chance,
Vu leur conduite, leurs bons antécédents,
D' pouvoir ouvrir un' maison d' tolérance,
Et puis surtout d'avoir eu quatre enfants.
Sur quatre enfants, Dieu leur donna trois filles
Qu'ont travaillé, dès qu'ell's ont pu, chez nous.
Et l'on disait : — " Quelle heureuse famille
" Que la famille Alphonse, Alphonse du Gros-Caillou ! "

Des jours pourtant fallait être solides :
Le quinze août, fête de l'Empereur ;
Chez nous c'était encombré d'invalides,
De fantassins, cavaliers, artilleurs.
Et ces jours-là, dam' ! le soldat babille.
Eh bien, tout en sortant, contents, d' chez nous,
Ils s'écriaient : — " Quelle rude famille
" Qu' la famille Alphonse, Alphonse du Gros-Caillou ! "

Au dehors nous comptions quelques pratiques :
Ma Mèr' servait les Dam's du Sacré-Cœur,
Mes sœurs servaient Madam' de Mœtternich,
Mon père servait la maison de l'Empereur.
La clientèle était assez gentille,
Puis on avait grande confiance en nous
Et l'on disait : — " Quelle saine famille
" Que la famille Alphonse, Alphonse du Gros-Caillou ! "

Moi je comptais aussi quelques clients :
Je travaillais dans la magistrature,
Le haut clergé, les gros officiants ;
J'avais pour ça l'appui d' la Préfecture.
J'étais gentil, on m' prenait pour un' fille
Tant j'étais frais et caressant et doux ;
J'étais l'orgueil de toute la famille,
De la Famille Alphonse, Alphonse du Gros-Caillou.

Ma Mère a pu se r'tirer des affaires ;
Moi j' continue, mais c'est en amateur,
Mes sœurs ont tout's épousé des notaires,
Mon père est membre de la Légion d'Honneur !
De nos vertus la récompense brille ;
Et si notre bonheur a fait quelques jaloux
On dit tout d' même : — " Quelle honnête famille
" Que la famille Alphonse, Alphonse du Gros-Caillou ! "

———:o:———

LES SPERMATOZOIDES

Le corps toujours en mouvement,
Décrivant des sinosoïdes,
Ils vont, mélancoliquement,
Les pauvres spermatozoïdes !

Enfantés dans l'obscurité
En un moment de volupté
Ils ne connaissent la clarté
Que lorsqu'ils sont dans la cuvette,
Immense et mortelle buvette
Où notre égoïsme les jette.
Et pourtant Dieu qui les créa
Pensait qu'au sortir du méat
Ils s'en iraient, sans aléa,
Au fond des vagins pacifiques,
Laboratoires magnifiques
De leurs fonctions prolifiques.

Hélas ! ils sont rares, ceux-là
Que, selon le désir d'Allah,
Aucun injecteur n'immola.
Les autres, nés des protoplasmes,

En les soubresauts de nos spasmes,
Ne nous lancent point de sarcasmes ;
Ils sont doux, pâles et muets,
Et, pour mourir, leurs corps fluets
Sur l'eau dansent des menuets.
Ils ne nous gardent point rancune
D'avoir, ô comble d'infortune !
Un bidet pour fosse commune.

Ils ont parfois l'illusion
Qu'un jour la copulation
Se fera sans ablution.
Mais, quand, sur sa lubrique couche,
Aspasie ou Thaïs se couche,
Ce n'est que pour ouvrir la bouche ;
Cette bouche qui ne mord
Que pour faire bander plus fort !
C'est encore pour eux la mort ;
Trop heureux si le sacrifice
N'est pas aggravé du supplice
D'un gargarisme dentifrice !

Et combien d'autres sont souvent,
Au collège ou bien au couvent,
Négligemment jetés au vent !
Dénombrez vos infanticides,
Anus rongés d'hémorrhoïdes,
Tombeaux des spermatozoïdes !
Et dites-nous, ô lupanars,
Vous qui voyez des milliards
De milliards de braquemarts,
Combien, parmi la gent qui baise,
Pour tirer leur coup plus à l'aise,
Usent de la capote anglaise ?

Ils savent bien que leur destin
Est de finir, un beau matin,
Avalés par quelque putain.
Mais une chose surtout les dégoûte :
C'est qu'au fond ils n'y verront goutte,
Et que la hasard d'une goutte
Décide de leur sort futur,
En les lançant *ne varietur*,
Du con d'Hortense au cul d'Arthur.
Et c'est terrible, quand on succombe
Dans une pareille hécatombe,
De ne pouvoir choisir sa tombe.

Eh bien ! je ne suis pas de ceux
Qui prétendent vivre sans eux,
Eux qui fécondèrent nos œufs.
Ils sont l'effroi des adultères,
La terreur des bourgeois austères,
L'ennemi des célibataires, (1)
Soit ! Mais, puisqu'il en est ainsi,
Il est bon d'affirmer ici
Que ces vibrions sont aussi
La sécurité des familles ;
Car ils sont les plus sûres grilles
De la vertu des jeunes filles.
Et, redoutés par les amants
Qui cherchent des coïts arides,
Ils sont bénis par les mamans,
Les pauvres spermatozoïdes !

VARIANTE :

(1) Le remords des célibataires,

LE BIDET

— " Laissez venir à moi les petits enfants. "
                                        JÉSOUS GALILEIOS.

Chevauchez, Walkures d'Amour,
Pour qui la vie est une fête,
L'immobile étalon sans tête,
Le Bidet, Moloch et Vautour !

Confiez vos maternités
A sa matrice léthifère.
Des inconçus elle est la mère
A travers les éternités.

Que vos flancs gardent les fraîcheurs.
Votre ventre, c'est votre gloire :
Il est le bouclier d'ivoire
Qui vous protège des rancœurs.

Aux exilés, que votre main
Donne le baptême exorciste :
Tel, autrefois, Saint-Jean-Baptiste
Onda Jésus dans le Jourdain.

Laissez tomber de vos vagins
La semence qui rend fécondes,
Qu'elle aille peupler d'autres mondes :
La terre et les cieux sont trop pleins.

Chevauchez, Walkures d'Amour,
Pour qui la vie est une fête,
L'immobile étalon sans tête,
Le Bidet, Moloch et Vautour !

                    HÉBÉ *(4 Novembre 1891)*

LA TAPETISCH

Air de *La Mattchiche*.

I

L'aut' jour, m' sentant pompette,
Queue en trompette,
D'une maison connue
J' cherchais l'issue ;
Soudain la mèr' maqu'relle,
Extrait d' poubelle,
M' dit : — " Mon p'tit coco,
" Si tu cherch's des femm's, tu trouv'ras la peau.
      " Entre un p'tit instant,
" Tu verras qu'on jouit tout autant !

      " C'est la boîte nouvelle,
      " Plus de fumelles ;
      " Pour vider ses roupettes,
      " Y' a qu' des tapettes ;
      " Tiens, n'en v'là d' la vaseline,
      " Graiss' toi la pine
      " Et enfonc' ton prépuc'
      " Dans un anus (se).
      " Vas-y douc'ment,
      " Ne pouss' pas trop avant ;
      " C'est emmerdant,
      " Mais ça dur' plus longtemps ! "

II

Faisant la gueule j'hésite,
Tâtant ma bite ;
Trouvant la maquerelle
Encor fort belle,
Je lui propos' la botte :
— " Non, j' suis gougnotte ! "

C'est ainsi que parla
La patronn' de cette maison de tatas !
La pine en sautoir
J' m'introduisis dans son boudoir !

Dans un salon vert pomme,
Un p'tit jeune homme,
Dont la fesse replète
Fait ma conquête,
M'emmène dans une chambre
Qui fleurait l'ambre ;
Dans le lit à colonnes
Il me fredonne :
— " Maint'nant vas-y,
" Mon cul sera ton nid ;
" Dresse ton vit,
" Entre dans l' paradis !

III

CHATIMENT

Après tout' ces délices,
Un jour je pisse :
Je vois une gouttelette
Tout' verdelette ;
Et, jouant à la corde,
Toute une horde
De morpions sur mes poils
Qui aussi s'enculent et s'en fout' pas mal.
Puis, cré nom de Dieu,
Un chancre encor qui m' ronge la queue !

La maladie nouvelle,
Sombre tavelle,
Fut aussi d' la partie
Dans la lot'rie,

De gros poulains suppurent,
Dans mes jointures.
La moral' de c't' histoire,
Vous pouvez la croire :
En s'enculant,
On emmerde son gland ;
On n' chipe pas moins
Quinte, quatorze et l'point !

L'ARTILLEUR DE METZ

Chanson de la Taupe.

Refrain :

Artilleurs, mes chers frères,
A sa santé, buvons un verre,
Et répétons ce gai refrain :
— " Vivent la taupe et les taupins ! " *(bis)* (1)

Quand l'artilleur de Metz
Arrive en garnison,
Toutes les femm's de Metz
Se fout'nt le doigt dans l' con,
Pour préparer l' chemin
A c't' artilleur rupin,
Qui leur foutra si bien (2)
Sa pine dans le vagin.

Quand l'artilleur de Metz
Demande une faveur,
Toutes les femm's de Metz
S'offr'nt à lui de bon cœur, (3)
Et les maris cornards
Voient l'artilleur chicard,
Baiser éperdûment (4)
Par derrière et par devant,

Quand l'artilleur de Metz
Change de garnison,
Toutes les femm's de Metz
Se mett'nt à leur balcon,
Pour saluer l' départ
De c't' artilleur chicard,
Qui leur a tant foutu
Sa pine dans l' trou du cul.

VARIANTES :

(1) Vive l'amour et le bon vin !
(2) Qui leur foutra demain
(3) L'accordent avec bon cœur,
(4) Baiser également

LA POMPONNETTE.

Aim's-tu mieux boire
    Et dégueuler
Que de n' pas boire
    Et t'emmerder ?
— Oui, j'aim' mieux boire
    Et dégueuler
Que de n' pas boire
    Et m'emmerder.

Qu'on vers' à boire à c' cochon-là,
On verra bien s'il dégueul'ra.
Et pendant qu'il boira,
Que son voisin s'apprête ;
Pendant qu'il s'apprét'ra
Chantons la Pomponnette,
La Pomponnette, la Pomponnette,
    Il dé-gueu-l'-ra !!

LAPIN - CHAUDE & SYPH.

Air : — " *Au bois de Boulogne* "

Quand on cherche une femme au Quartier,
Qu'on n'a pas d' braise pour la payer,
C'est pas la peine, on peut s' fouiller ;
    Faut d' la Galette.
Si on lui dit : — " J' n'ai pas un rotin,
" Mais j' te r'vaudrais ça l' mois prochain. "
La p'tite vous dit : — " J' 'aime pas l' lapin,
    " Pas d' ça... Lizette ! "

Quand on est michet... par hasard,
Il faut casquer... c'est sans retard
Pour avoir une femm' qu'a du fard
    Plein sa gueule blême.
Les jours suivants, c'est en tremblant
Qu'on va pisser, et si l'on sent
Quelque léger picotement
    L'on a la flème.

Car la chaud'pisse, c'est ennuyeux,
Mais ça n'est pas trop dangereux
Et ça vaut tout d' même encor' mieux
    Qu' la Syphilis.
Car quand on l'a... presque toujours
C'est pour jusqu'à la fin d' ses jours
Qu'on peut chanter sur ses amours
    De Profundis.

Aussi, quand on n' veut pas casquer,
Encor' moins se fair' entamer,
Il faut tâcher de dégoter
    Une belle,

..... Une ouvrière au frais minois ;
On peut en changer tous les mois ;
Ça peut même arriver parfois
  Parlé : — " *C'est râre !* "
      Qu'elle soit pucelle !

D^r B.

BALLADE DE L'IRRIGATEUR

Il est l'ami du genre humain,
L'obscur et modeste ustensile,
Le vrai bénitier de demain
Qui purifie le côté.... pile.

L'irrigateur, tant attaqué,
Mieux qu'un fusil toujours braqué
Sur le sperme qu'il a traqué,
Donne à l'amant de l'assurance
Et permet, sans braver la chance,
Le maximum dans la jouissance.

Quoi de plus beau, Dieu ! que pouvoir
Sans un danger pour son... tiroir
" Pêcher souvent sans concevoir " ?
Et Marie qui dut, la pauvrette,
Accoucher sans une crampette, (1)
Maintenant, bien sûr, le regrette !

De la pudique à la putain,
De la mondaine au doux trottin
Et de la blonde à la châtain,
Toutes lui doivent quelques choses
Et ne peuvent malgré leurs poses
Demeurer pour lui lèvres closes,

Bienfaiteur de l'Humanité,
Protecteur de la Société
Le bock a vraiment mérité,
D'une si minime dépense,
Un tribut de reconnaissance
Pour tant et tant de bienfaisance.

Il est l'ami du genre humain,
Obscur et modeste ustensile,
Le vrai bénitier de demain,
Qui, pour tout coup, " met dans le... mille ! "

R. FELD
Etudiant en Médecine.

(1) ou ... courbette.

><-

LE CORDONNIER PAMPHILE

Près d'un couvent de filles,
Le cordonnier Phamphile
Etablit domicile,
Et bien il s'en trouva.
Ah ah ! ah ah !
Et bien il s'en trouva. } *bis*

Car la gent monastique
Jetait dans sa boutique
Des trognons et des chiques,
Restes de ses repas.
Ah ah ! ah ah !
Restes de ses repas. } *bis*

Un jour, la sœur Javotte
S'asticotait la motte,
Avec une carotte
Grosse comme le bras.
Ah ah ! ah ah !
Grosse comme le bras. } *bis*

Se p'lotait les tétasses,
S'astiquait la connasse ;
Mais si bien qu'elle fasse,
Le foutre ne vint pas.
Ah ah ! ah ah !
Le foutre ne vint pas } *(bis)*

Or, comme tout a un terme,
Enfin parut le sperme ;
Son con s'ouvre et se ferme,
Et puis elle déchargea.
Ah ah ! ah ah !
Et puis elle déchargea. } *(bis)*

De l'ouverture béante,
Elle retire, écumante,
La carotte fumante,
Et puis elle la jeta.
Ah ah ! ah ah !
Et puis elle la jeta. } *(bis)*

Par un hasard unique,
La carotte impudique
Tomba dans la boutique
De maître Barabas,
Ah ah ! ah ah !
De maître Barabas. } *(bis)*

— " O, dit-il, quelle chance :
" Elle est à la sauce blanche ;
Emplissons notre panse. "
Et ouippe il l'avala.
Ah ah ! ah ah !
Et ouippe il l'avala. } *(bis)*

LÉOPOLD.

Chanson de Brest.

Angiboust not' père,
Le buveur de bière,
Qu'à Brest l'on vénère ;
N'est rien auprès d' moi ;
Car je suis un homme
Que partout l'on nomme
Et que l'on surnomme
    Léopold-roi.

J' suis un peu panouille
Et si ma citrouille
A l'aspect d'une couille
Et fait de l'effet,
C'est que ma bêtise,
Mon excès de franchise
Et ma vantardise
Ont assez d' succès.

J' travaille la médecine,
Je buche, je turbine,
Je dissèque les pines ;
J'ai vu l'os pénien,
Jamais je n' recule :
L'ami d' Caracule
Et Jean la Virgule
Sont là comme témoins.

C'est moi qui demande
A chac' son offrande.
J' fais d' la propagande.
Pour l'apéritif,

Dans la circonstance
On se s'coue la panse ;
J' fais les frais d' la danse,
C'est toujours kif-kif.

On m' prend pour une bête ;
Souvent ma casquette
Fait une pirouette
Au fond d' quelque trou,
Et si je fais l'âne
Et que je chicane
On m' soulève ma canne,
Ma canne d' bambou.

A la chirurgie,
Souvent l'on me lie ;
Je suis plein d' charpie
Quand je sors de là ;
Faut bien qu'on rigole,
Qu'on se paie ma fiole,
Car j'ai l' monopole
De ces machins-là.

Je suis encor vierge,
Et j' promets un cierge
Pour quand ma flamberge.
Plongera quelque part ;
Car ça me chagrine
Qu'un méd'cin d' marine
Possède une pine
Comme celle d'Abélard.

Je f'rai voir aux belles,
Aux demi-pucelles,
A ces demoiselles
A qui j' ferai la cour,

Qu'on fait de science,
Surtout si j' commence,
Mon cœur est immense
En matière d'amour.

Je suis un' mascotte,
Quelquefois j'en rote ;
J' suis aussi la p'lote
Que l'on fait sauter ;
J' suis l' bon émissaire,
Qui toujours vous sert,
Et dont le derrière
N' cesse d'être fouetté.

Il faut qu' ça finisse ;
Sans ça, Dieu m' bénisse,
J'aurai la jaunisse,
Entrant à Bordeaux.
Bref, les camarades,
Assez d'rigolade ;
Finie la ballade
De l'ami d' Cléo.

————·o·————

BALLADE DU POINT DE MAC-BURNEY

Lorsque, pour suivre la coutume,
Une fois l'an tu baigneras,
Ton corps aussi blanc que l'écume ;
Ton nombril tu regarderas.
Puis, menant la diagonale
Vers l'os coxal, sans ronchonner,
Place au milieu ta main loyale :
Ça, c'est le point de Mac-Burney !

Au Louvre, parmi les vieux bronzes
De l'Inde ou du Béloutchistant
Tu verras d'héraldiques bonzes,
Des dieux étranges contemplant
La droite de leur hypogastre ;
Ce qui prouve, sans barguigner,
Que nos plus anciens médicastres
Savaient le point de Mac-Burney.

Mais si, plus désolé qu' Oreste,
Tu sens gronder ton intestin,
Fataliste, murmure : — " Au reste,
" L'appendicite est mon destin ! "
Puis, meurs dans l'opium et la glace
Et clame au Seigneur, étonné
De voir ton âme en son Parnasse :
— " C'était le point de Mac-Burney ! "

ENVOI !

Prince ! respecte ma ballade,
Ou ma dextre irait vers ton nez
Et tu dirais, le cœur malade :
— " Zut ! c'est le *poing* de Mac-Burney ! "

Dr LEFÈVRE.

------- ◆ -------

PARODIE DU MONOLOGUE
DE SAINT-VALLIER

Une insulte de plus. — Vous, Sire, écoutez-moi,
Comme vous le devez, puisque vous êtes roi.
Vous la fîtes mener, nue, en place de Grève ;
Vous la baisâtes là, comme Adam foutit Eve.
Elle vous bénissait, ne sachant, en effet,
Ce qu'un roi cache au bout d'une pine qu'il met.

Puis, vous avez foutu le vit à mon derrière ;

Oui, Sire, sans respect pour ma race guerrière,

Pour le cul de Poitiers, puceau depuis mille ans,

Tandis que, revenant le con tout plein de sang,

Elle priait tout bas le Dieu du pucelage

De rendre votre vit moins dur en son passage,

Vous, François de Valois, le soir du même jour,

Vous avez, sans pitié, sans pudeur, sans amour,

Des joies du cul, du con, usant toute la gamme,

Dans votre lit, tombeau de la vertu des femmes,

Flétri, déshonoré, déculotté, baisé

Moi, moi, de Saint-Vallier, vicomte de Brezé !

En m'enculant ainsi d'une manière infâme,

Vous preniez donc mon cul pour le con d'une femme ?

Vous, roi François, sacré chevalier par Bayard,

Jeune homme, il vous faut donc des fesses de vieillard ?

Et les poils de mon cul, déjà blanchis par l'âge,

N'ont pu me préserver de ce cruel outrage !

O vous, Dieu des bordels, qu'avez-vous dit, là-bas,

Lorsque vous avez vu, dans le pli de deux draps,

S'enfoncer raide et dure, et rougeâtre et sanglante,

Une pine royale en mes fesses saignantes ?

Sire, en enfonçant trop, vous avez mal agi.

Que du sang d'une enfant votre vît fût rougi,

Cela peut s'expliquer: on comprend qu'une femme

Ait pu se laisser prendre à votre piège infâme,

Mais que vous ayez pris et le père et l'enfant ;

Que vous ayez flétri, sous votre vît bandant,

Le con d'une comtesse et le cul d'un vicomte,

C'est une chose impie et dont vous rendrez compte,

Quand votre braquemart, de fatigue brisé,

Sur vos roustons vidés pendra inerte, usé,

Sire, je ne viens pas insulter votre pine ;

Quand on est enculé l'on fait mauvaise mine ;

Et mon pauvre vieux cul, flétri par cet affront,
A bien assez à faire à garder son étron.
Je me tais ; seulement, je me suis mis en tête
De venir vous montrer mon cul dans chaque fête.
Et jusqu'à ce qu'un père, un frère ou quelqu' époux
— La chose arrivera — vous ait enculé, vous !
En me grattant le cul, je reviendrai vous dire :
— " Vous m'avez enculé ; vous m'avez fait mal, Sire !
" Je fut tout déchiré par votre nœud puissant,
" Tout barbouillé encor et de foutre et de sang ! "
Peut-être voudrez-vous me forcer à me taire,
M'enculer à nouveau ? Vous n'oserez le faire,
De peur que dans la nuit ce soit mon spectre nu
Qui vienne vous trouver, un bouchon dans le cul !

LES TREMBLEMENTS DE TERRE

Chanson de la Taupe

Les tremblements de terre,
La foudre et le tonnerre
Ne sont pas ce que l'on dit ;
Mais quand la terre tremble,
Ce sont les dieux qui se branlent
Au fond du Paradis. (*bis*)

C'est le beau Ganymède
Qui tient la pine raide
Au puissant Jupiter ;
Il la branle en cadence,
Ses couilles se balancent
Jusqu'au fond des Enfers. (*bis*)

La belle Diane, lasse
Des plaisirs de la chasse,
Dort au fond d'un vallon.
Elle sent, avec délices,
Glisser entre ses cuisses
Le beau vit d'Apollon. *(bis)*

Les trois Parques fileuses
Sont trois filles pêteuses
Qui tiennent dans leurs mains,
En guise de quenouilles,
Le fin poil noir des couilles
Du maître des humains. *(bis)*

Dans un boxon d'Athènes,
Le puissant Démosthène
Enculait Cicéron :
Le jus philosophique,
De sa pine élastique,
Coulait à gros bouillons. *(bis)*

———— ✕ ————

SUR UNE DALLE

Un cadavre, sur une dalle,
Exhibait son corps violacé.
On l'avait mis dans une salle
Ornée de tibias enlacés ;
Dans un coin du réceptacle
Des squelettes grimaçants :
C'était un horrible spectacle,
A la morgue, c'est moins dégoûtant !

Dans un coin du réduit funèbre,
Des femmes étaient entassées ;
Et on voyait, dans les ténèbres,
Des débris de tibias, rongés.

Un démon, d'un air macabre,
De la table s'approche à pas lents ;
Quand il fut près du cadavre
Il murmura-t-entre ses dents :

— " Ce cadavre à la chair tendre
" Me semble d'un goût exquis ;
" Mais on aurait dû-t-attendre
" Qu'il fût tout-à-fait pourri.
" Car y a-t-il rien de plus beau,
" Quand la viande tombe en morceaux,
" Et qu'elle se promène sur la table,
" Toute seule, grâce aux asticots ! "

Ceci dit, il fit une soupe
Qui avait un aspect folâtre :
Il y avait, dans la marmite,
Des glaires d'un aspect verdâtre.
Ce fut un souper putride,
Composé de vieilles humeurs,
De jus extraits d'hémorrhoïdes
Et de vieilles chaussettes de facteur.

····<·|·>·····

ANGIBOUST.

Chanson de Brest

Comme un ivrogne dans la ville
Qu'on ramasse au bord du chemin,
Qu'on ramène à son domicile
Vers toi (*bis*) nous étendons la main.
Angiboust ! Angiboust ! Angiboust !
Angiboust !!

Que de nos pipes culottées
La fumée s'élève vers toi
Et que nos voix avinées
Célèbrent (*bis*) le plus grand des rois.
Angiboust ! Angiboust ! Angiboust !
Angiboust ! !

Nous ne craignons pas le déluge,
Car si Dieu inondait l'Univers,
A ta large panse je juge
Que seul (*bis*) tu viderais les verres.
Angiboust ! Angiboust ! Angiboust !
Angiboust ! !

Salut à toi, Roi des ivrognes ;
Enfoncé Bacchus et Gambrinus ;
Ils buvaient sec, mais tu les cognes.
Salut à toi qui te saoûlas le plus !
Angiboust ! Angiboust ! Angiboust !
Angiboust ! !

BALLADE DU GONOCOQUE

à Paul GUILLON.

Les nombreux coqs de la nature
Sont célébrés dans *Chantecler*,
Tous amoureux de verte allure,
Portant beau, crête sur le blair.
Mais Rostand, qui s'emberlucoque
Dans son symbolisme baroque,
En omit un — le plus amer —
Car ce coq, c'est le Gonocoque.

Le plus amer, car il torture
Fort cruellement dans leur chair
Les amants qui, par aventure,
Font confiance à leur partner ;
Le plus amer, car il disloque
Jusques au tréfond de leur coque
Les Roméo et les Werther
Qui méprisent le Gonocoque.

Seul l'urologue a sa pâture,
Grâce à ce microbe très cher
Chez les amants dont la mâture
Est mise à mal en un éclair
Par ce roi des bêtes en *coque*.
Comme ils assiègent sa bicoque,
Joyeux, il clame haut et clair :
— " Honneur et gloire au Gonocoque ! "

ENVOI :

Prince ou manant, rustaud ou clerc,
Vassaux de l'amour équivoque,
Qui trop souvent manquez de flair,
Dieu vous garde du Gonocoque.

Dr Lucien NASS (*1910*).

NON OMNIA..... SANITAS.

L'amour lasse l'amour, comme un clou l'autre chasse ;
Le drap léger s'envole et nous va découvrant
Misérables mortels qui trimons en soufflant,
Les seins contre les seins, la face sur la face.

Sous le bleu ciel de lit, on se lèche, on s'embrasse ;
L'heure tourne et le temps file comme le vent
Et sans compter les coups on les donne en suivant :
En mille positions on s'aime, on s'entrelace.

Un essai vers la fin meurt sans avoir vécu,
Le pénultième encor par Eros et vaincu,
Le dernier, bien piteux, ne peut plus compter guère.

Ainsi désirs d'amour à l'excès sont poussés,
Mais que sert tant d'ardeur, ô jouisseurs insensés ?
Il faut tous à la fin mettre étendard à terre !

E. FELD
Etudiant en Médecine.

————◆✕◆————

LA CÉSARIENNE.

Air : " *Le Biniou* ".

I

Dans tous les bassins dont l'aire
Est étroite de partout :
Bassins oblique-ovalaire
Et rachitiques surtout ;
Une intervention s'impose,
Césarienne, c'est son nom
Et Potocki la propose
Quand procide le cordon.

L'accoucheur toujours guette
L'occiput bloqué dans l'étroit bassin
Quand son bistouri s'apprête,
Le gosse farceur paraît soudain.

II

Mais lorsque dans sa malice
Le moutard a trop tardé,
Sur la table on vous le glisse,
Cette fois il est pincé.
Pour que soit conservatrice
L'utérine opération
Il faut que votre matrice
Soit vierge d'infection,

Le nombril est au centre
De votre incision, remontant très haut
Vous pénétrez dans le ventre
En guidant du doigt le couteau.

III

L'utérus paraît énorme
A vos regards radieux.
Vous en repérez les cornes
Pour chercher son milieu.
Puis, d'une main très prudente,
Vous ponctionnez vers le fond
Et de façon diligente
Bourrez de champs l'incision.

Mais voici que s'écoule,
Tel un vrai torrent, un liquide vert.
A cet aspect déjà roule
En votre esprit un doute amer.

IV

D'un coup de doigt, c'est facile,
Agrandissez l'incision ;
Le couteau est inutile,
Compliquant l'opération.
N'allez pas porter la lame
Trop en bas, grossière erreur ;
Malheur à qui trop entame
Le segment inférieur !

Puis la main tout entière
Va chercher les pieds du petit fœtus
A travers la boutonnière
Qui baille au fond de l'utérus.

V

L'opérateur s'impatiente :
Que tout soit bien préparé

Pour l'insufflation urgente
Et le bain sinapisé ;
Puis, d'un effort énergique
Il attire à l'extérieur,
Par la version podalique,
Une véritable horreur !

Voici que des phlyctènes
Laissent écouler leur sérosité ;
Déplorable phénomène,
Le gosse est mort et macéré.

LA COMPLAINTE DES CORSETS

Nous sommes les abandonnés
Par les ingrates Amoureuses
Au lendemain des nuits heureuses
Où les amants se sont donnés.

Corset brodé de Mimosa
Sur des étoffes précieuses,
Moulant des formes prometteuses,
Parfumé de Pao-Rosa ;

Merveilleux corset de satin,
Garni de rubans et de ruches ;
Corset de changeantes peluches,
Fleurant fort les muscs de Guerlain ;

Corset de vulgaire coton
Jouant les étoffes coûteuses,
Exhalant les senteurs douteuses
Du Corylopsis du Japon ;

Très-humble corset de coutil
Avec armure de peau blanche,
Humide à l'endroit de la manche
D'où monte un parfum peu subtil ;

Et d'où que nous soyons sorti,
Du Louvre ou de chez la mercière,
Ou que, d'origine princière,
Nous soyons né chez Léoty ;

Corset de mondaine très bien,
Corset de cocotte très chère,
Corset de bourgeoise adultère,
Corset de modeste trottin ;

Malheur au corset dégrafé
Par les maîtresses trop légères
Dans les alcôves étrangères
Où les amants ont triomphé !

Car négligeamment, au matin,
Après la dernière syncope,
D'un journal on nous enveloppe,
Et nous roulons dans un sapin ;

Tandis qu'un frisson à la peau,
Songeant aux récentes ivresses,
Se pâment encor nos maîtresses,
Les seins libres sous leur manteau.

Prenant des chemins détournés,
Enfin le fiacre arrive ! Heureuses,
Elles se sauvent, oublieuses,
Et nous restons abandonnés.

Les honnêtes automédons
Nous portent à la Préfecture
Et là, sur une planche dure,
Patiemment nous attendons.

Mais elles ne viennent jamais
Chercher leur bien, les infidèles !
Et nous restons séparés d'elles,
Pauvres épaves désormais !

Mornes d'être ainsi dédaignés,
Nous acceptons le sacrifice ;
Dans les bureaux de la police
Nous nous endormons, résignés.

Des Gardiens de la Paix, puants,
Nous contemplent d'un œil d'envie
Et leur haleine d'eau-de-vie
Se mêle à nos parfums mourants !

Pourquoi d'inutiles sanglots ?
Notre vaine gloire est fanée !
C'est notre seule destinée
De faire $\begin{Bmatrix} \text{bander} \\ \text{rêver} \end{Bmatrix}$ les Sergots !

HÉBÉ *(15 Novembre 1890).*

LE FORCEPS

Air : *"L'Anatomie"*

Quand la malade a épuisé
Ses forces et votre patience,
Vous pouvez alors proposer
Un p'tit forceps de complaisance.
La rassurant de votre mieux,
Pendant que votre instrument flambe,
Vous donnez des conseils à ceux
Qui bientôt vont tenir la jambe.

Doucement vous introduisez
Deux doigts, trois doigts,... la main entière ;
Chez les primipares, laissez
Pourtant le pouce à la portière,

Péniblement, du bout du doigt
Vous recherchez, premier repère,
Au fond de ce couloir étroit,
Le pli retro-auriculaire.

Il est trouvé, fait important.
La chose est dès lors anodine :
Il vous suffit d'être prudent,
De prodiguer la vaseline.
Sur le malaire du moutard
Vous placez bien votre cuillère
C'est ce qu'on nomme en terme d'art
La Prise Pré-auriculaire.

En un tour de spire élégant
Qu'enseigna dame Lachapelle
Presque mathématiquement
Se place le branche femelle
Vous serrez bien la vis à fond
Et d'un coup de doigt circulaire
Vous vérifiez que le cordon
N'est pas pincé dans la cuillère.

Ayant ajusté le tracteur
Nous négligez toute prudence
Et vous tirez avec vigueur ;
Sentant que le travail avance,
L'enfant jaillit avec fureur.....
A la Belle mère étonnée
Vous annoncez, la bouche en cœur :
— " Il n'y a plus de Périnée ! ! "

BASIOTRIPSIE SENTIMENTALE

Air : " *Valse de Durieu* ".

Pour faire une bonne *Basiotripsie*,
Vous choisissez un enfant vigoureux ;
Puis la main gauche, en gouttière infléchie,
Va vous guider ; ne soyez point peureux.
Pendant qu'un aide non jaloux, serviable,
Maintient la tête au détroit supérieur
La dextre prend l'instrument formidable
Qui répond au nom de *Perforateur*.

Du bout des doigts la pointe est dirigée
Et carrément vise le pariétal :
Traversez-le de main délibérée,
Vrillez encor jusqu'à l'occipital.
Quand vous sentez la crépitation fine
Qui vous traduit l'os basal sous le fer,
Arrêtez-vous ! Goûtez la joie intime
Du cerveau qui coule en un flot amer.

Dès ce moment, l'aide est indispensable,
Qui sans bouger vous tiendra l'instrument,
Rappelant votre science obstétricale,
In-petto vous murmurez doucement :
— " Dans la main gauche est prise cuiller gauche,
" Par la main droite guidée lentement ! "
Puis vous serrez la vis et c'est l'ébauche
De ce que l'on nomme *Petit Broiement*.

Pour terminer, plaçant la cuiller droite,
Un gros écrou permet d'articuler ;
L'opération est d'autant plus adroite
Que d'autant moins vous aller vous presser.

— " Prenez, dit Tarnier, une cigarette ;
" Asseyez-vous, et, lentement, vissez. "
Et pour que le mari ne vous embête,
Ayez bien soin de l'extérioriser.

C'est qu'en effet le *Grand Broiement* commence :
Péniblement la tête se réduit ;
Les bruits du cœur traduisent la souffrance !!!
Pauvre fœtus, ton dernier jour a lui...
Et cependant, d'une humeur guillerette,
Tournant toujours votre vis sans merci,
Vous annoncez à la famille inquiète :
— " L'opération a fort bien réussi ! "

SONNET DU... DARD VERT

Je lève haut la tête et dois encore prétendre
Que Nemrod à mon maître enseigna l'art de tendre ;
Tendre et dur à la fois ! Le seul art vénérien
Les fait, les synthétise en ne partant de rien.

O beauté pénisienne, ô beauté préputiale !
Pour vous plus d'une fille à... l'âme virginale
A désiré tailler cette plume d'amour
Qui sait mettre en relief le charme du contour.

Aussi mon possesseur me chérit, me vénère,
Il sait, quand il le faut, m'appeler : — " Petit frère ".
Et puis d'une caresse augmenter mes appas.

A toutes j'ai montré, prodigue, ma plastique,
Fidèle à mon dicton : — " Qui s'y frotte... s'y pique "
Mais j'ai... pleuré souvent en ne m'essuyant pas !

E. FELD
Etudiant en Médecine.

LE TABLIER DE L'INTERNE

Air : " *La robe et les bottes* "

De l'internat, humble et modeste insigne,
Tu n'eus jamais d'un couplet la primeur ;
Pourtant, amis, quel sujet est plus digne
D'enthousiasmer un interne rimeur ?
Excusez-moi si, dans ce jour de fête,
A le tenter j'ose être le premier.
Du tablier pénible est la conquête,
Je vais chanter l'honneur du tablier. (*bis*)

Pour arriver à posséder le titre
Que tous ici sommes fiers de porter,
De longs travaux quel ennuyeux chapitre !
La conférence et les os à gratter...
Les hôpitaux nous offrent en revanche
Leur triste table et leur dur oreiller ;
Mais des anciens la réception franche
Vous fait aimer déjà le tablier. (*bis*)

A son réveil, on le voit sur la table,
En carré long plié négligemment ;
D'iode et d'argent la tache ineffaçable
Déjà lui donne un piquant agrément.
De savon rance une odeur s'en exhale...
Nouvel interne il faut le déplier,
Ceindre tes reins, t'élancer dans la salle
Et soutenir l'honneur du tablier. (*bis*)

Sa vaste poche, arsenal de l'interne,
Fait en bâillant entendre un cliquetis ;
Jeunes conscrits, c'est là votre giberne ;
Vos armes sont pinces et bistouris.

Ces instruments, que votre main hardie
Chaque matin apprend à manier,
Coudoient la mort en redonnant la vie ;
Respect au sang qui teint le tablier. (*bis*)

Cherchez encore des moyens pour détruire :
Sabrez, hachez les hommes par milliers,
Et qu'avec vous l'enfer entier conspire,
Grands inventeurs des engins meurtriers !
Quand tout un peuple, enivré de jactance,
Jusqu'à Paris s'en vint se déployer,
L'interne a su, digne enfant de la France,
Porter bien haut l'honneur du tablier. (*bis*)

Oui, son honneur est bien notre richesse ;
Sachons partout le faire respecter ;
Il nous soutient, nous élève sans cesse ;
Mais que parfois il est lourd à porter !
Serrons nos rangs ; si l'un d'entre nous tombe
Victime, hélas ! d'un fléau meurtrier,
Saluons bas et gravons sur sa tombe :
— " Mort en gardant l'honneur du tablier ". (*bis*)

Au tablier, l'hommage légitime
Qu'ici je chante est rendu par nous tous ;
De nos anciens il nous donne l'estime ;
Il nous unit par les liens les plus doux ;
Au souvenir de la salle de garde
Sachons, amis, gaîment nous rallier.
Que l'amitié nous prête sa cocarde ;
Notre drapeau, c'est notre tablier. (*bis*)

Dʳ TILLOT.

LE CURÉ DE CHAMARANDE

Vieux rejeton du sang gaulois
Qui voulez chansons après boire,
Amateurs de propos grivois
Venez écouter mon histoire :
Je vais vous faire le portrait
Du bon curé de Chamarande ;
Vrai disciple de Rabelais,
Il s'appelait : Monsieur Silbande.

Il avait un triple menton
Et disait sa messe après boire ;
Sa nièce avait minois fripon,
Et sa servante un sein d'ivoire.
Chaque matin, à son lever,
Des dévotes, la pieuse bande,
Criaient toutes à s'égosiller :
— " Nous voulons voir Monsieur Silbande ! "

— " D'où vous vient cet esprit malin ! "
S'écriait, en courroux, la bonne ;
— " Monsieur Silbande, le matin,
" Si ce n'est moi, ne voit personne. "
Et la nièce, à son tour venant :
— " Patience je vous demande,
" Car je reviens dans un instant,
" Je vais voir mon oncle Silbande. "

Chaque mariage qu'il faisait
Etait pour lui une joie pure.
Quand deux époux se présentaient,
Il demandait à la future :
— " Vous promettez à ce garçon

" Fidélité, Dieu le commande. "
— " Je le promets, répondait-on,
" Et je le jure, Monsieur Silbande. "

Il est mort, ce prélat aimé,
Pour qui l'on fit un cénotaphe.
En lettres d'or fut gravée
Sur son tombeau cette épitaphe :
— " Ci-gît le pasteur des Elus,
" Le bon curé de Chamarande ;
" Passant, ne vous informez plus
" De ce pauvre Monsieur Silbande. "

FABLES

Un pet flânait dans l'air, le nez d'une marquise
S'offrit à son vol vagabond.
— " Parbleu ! c'est une retraite exquise ",
Dit-il, et il y vole d'un bond.
Il n'y fut pas plus tôt qu'il fut empoisonné :
La marquise puait horriblement du nez.

Morale :

Il ne faut jamais aspirer aux grandeurs !!!

Un soir, au pied d'un mur un passant s'arrêta.
Le concierge grincheux contre lui s'emporta.
Mais, sans se retourner, l'homme éclata de rire.

Morale :

Bien faire et laisser dire.

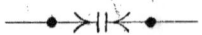

13

LE GABIER DE ROSCOFF

Chanson de Brest.

Oyez, braves gens de France,
D'asie et de Tombouctou,
D'Amérique et de partout,
D'ailleurs et de Recouvrance ;
Ecoutez le beau récit
Que je vais vous faire ici :

Un pauv' gabier de Roscoff
Tomba du grand mât sur l'dos ;
C'est au pays des mocos
Qu'arriva la catastrophe,
Dans la rade de Toulon,
A bord du transport " Vinh-Long ".

L' pauv' gabier fut mis en miettes
Et s' pulvérisa les os
En mille milliers de morceaux.
N'restait plus d'entier qu' la tête ;
A coup d' faubert on r'leva
Les morceaux qu'on conserva.

A l'hôpital maritime,
Qu'on appelle Saint-Mandrier,
On am'na dans un panier
Ce qui restait d' la victime.
Et tout c' qu'il y avait de majors
S'en vinrent examiner le mort.

Ils mirent toute leur science
A sauver le mathurin ;
Mais l'infortuné marin

Ne r'prenait pas connaissance.
Les mocos ne pouvaient pas
Ranimer l' malheureux gas.

Voyant qu'ils n' pouvaient rien faire,
On décida d' renvoyer
Le cadavre dans ses foyers,
A la seule fin qu'on l'enterre.
C'est à Brest que l' pauvr' matelot
Fut r'mis au s'cond maître Juteau.

Mais à Brest y a une école
Ousqu'il y a des étudiants
Très capables et pas feignants
Et connaissant la bricole.
Ces jeunes gens voulurent tenter
Encore de le ranimer.

En moins d' temps qu'il n' faut pour l' dire,
L' gabier se r'leva soudain,
En d'mandant son quart de vin.
On ne sait comment ils firent,
Tant ils avaient mis d'entrain
A sauver le mathurin.

C' qui prouve qu'en cas d' maladie
Faut jamais désespérer ;
Mais venir se faire soigner
A l'Ecole de chirurgie
De Brest, qu'est un grand port,
Ousqu'on ressuscite les morts.

LES BOTTES D'ORDONNANCE

Un accusé, les yeux remplis de larmes,
Disait un jour : — "Monsieur le Président,
" Fait's reculer ce cochon de gendarme
" Qui pue des pieds considérablement ! "
— " Accusé, ton châtiment commence
" Et, dussions-nous en être asphyxiés,
" Gendarmes, remuez vos pieds en paix
" Dedans vos bottes d'ordonnance. " (*bis*)

— " Messieurs, Messieurs, dans la gendarmerie ",
— Dit, à son tour, le procureur du roi —
" Puer des pieds n'est pas une maladie,
" C'est un usage, et usage fait loi.
" Nos bons aïeux, la narine bouchée,
" Après avoir créé l'institution,
" En l'honneur de l'odeur du poisson
" L'avaient nommée : maréchaussée. " (*bis*)

— " Messieurs, messieurs, le droit de la défense
" Est parmi nous un droit sain et sacré.
" Croyez-vous donc que dans cette audience
" On peut parler en se bouchant le nez ?
" Souffrez-vous donc que de cette audience
" Ce gendarme puant soit expulsé,
" Ou bien qu'il y laisse ses pieds en paix
" Dedans ses bottes d'ordonnance ? " (*bis*)

— " Ché lé sais pien, et burtant ché m'en moque,
" Ché lé sais pien qué ché né sens bas pon ;
" Tant pis pur fous si l'odeur fous suffoque,
" Faut-il bour ça qu'on me fasse un affront ?

" Ché lé sais pien qué ché sens la charogne ;
" Et croyez-fous qué lé coufernement
" Me tonne si chents francs par an
" Pur qué ché sente l'eau de Gologne ? " (*bis*)

A JEANNE D'ARC

Airs : " *Ne parle pas, Rose je t'en supplie !* "
    La Famille du Gros-Caillou et *Le Meeting du Métropolitain.*

Ru' d' Rivoli, coin d' cell' des Pyramides,
Près des Tuil'ries et d'un bouillon Duval,
On voit à travers le brouillard humide
Une estatu' de jeun' fille à cheval.
Elle a-z-un chic pour se tenir en selle !
Y a pas d'erreur, c'est un' gonzess' de marqu' ;
Toute sa vie elle resta pucelle.
Y en a pas lourd comm' çà. C'est Jeanne d'Arc.

Le croirait-on ? Ell' n'est pas enrhumée,
Dans ce carr'four ous'qu'y a des courants d'air.
De Géraudel la pastille embaumée
Est inutile ; elle est bardé', de fer.
Plus que les chauds-et-froids, faut craindr' pour Jeanne
L' satyriasis de quelque vieux croquant.
Car dans Paris quelle fleur ne se fane !
Fleur de vertu, surtout, qu' c'est épatant !

Ne le perds pas, Jeanne, je t'en supplie,
Car ce serait le plus noir des péchés !
Dis " *zut* " ou " *schneb* " au paillard qui te prie ;
Envoi dinguer carrément les michés.
Si quelqu'un veut décrocher ta cuirasse,
Pique ton ch'val pour qu'il leur pette au nez.
Manqu'rait plus qu'ça que tu devienn's pétasse !
Les Parisiens en seraient étonnés !

Qu'est-c' que j'apprends, jeun' fill' ? Cell' là serait dure!
Parait que depuis peu tu t' fais p'loter !
La nuit tu saut's à bas de ta monture ;
Et tes cuissards, t'es pas loin d' les ôter !
Quel vert-galant à la fière moustache
A sû gagner ton cœur pourtant d' métal ?
Est-ce un Jockey-Club ? Peut-être un potache ?
Quelque Ministre ? Hein ? C'est l' brav' Général !

Ah ! n' fais pas ça, Jeanne, je t'en conjure !
Garde ton cœur et rengaîn' ton béguin !
Ne l'écout' pas ! N' défais pas ta ceinture !
Nous l' connaissons ! Il te pos'rait un lapin.
Sois toujours grande, et que rien ne pollue
Ta chaste gloire et ton sein virginal !
Y a pas un gueux qui devant ta statue
N' s'inclin', fût-il du Conseil M'nicipal !

HÉBÉ *(Janvier 1889).*

MARCHE TAUPINALE

Chanson de la Taupe
Air : *Les Avariés.*

Nous sommes les Taupins de France,
Gais et paillards, toujours contents ;
Nous aimons à faire bombance
Et à gueuler de temps en temps.
Qu'importe l'opinion publique,
Nous nous foutons de Marc Sangnier,
Le vieux pompier.
Car nous sommes en République,
Et nous avons le droit de gueuler *(bis)*

La Taupe, une et indivisible,
Est aujourd'hui persécutée ;
Mais il n'a pas été possible
D'abattre sa vieille fierté.
Car le taupin est plus vivace
Que Rambaud l'aurait jamais cru,
      Ah ! le vieux cul !
Les circulaires dégueulasses
N'ont pas eu la moindre vertu
Et l'on s'en est torché le cul.

C'est nous les facteurs du Monôme,
Le seul, l'unique, l'épatant ;
Chaque taupin est un atome
De ce reptile géant.
A la lueur de nos lampions,
Nous ameutons tout le Boul'Mich',
      Jusqu'aux boniches.
Et l'on voit même les morpions,
Pour faire amphi, quitter leurs niches. (*bis*)

Notre P. G. est illusoire,
Il est de la forme $a + bi$,
Et c'est là sa plus grande gloire
D'être muni du nombre i.
La Taupe a choisi un module
Pour représenter son P. G.,
      Oui, son P. G.
Certains le traitent de crapule,
Mais ceux-là sont des enragés ;
Le plus loufoque est Marc Sangnier.

Mais quand viendra la fin du monde
De tout le domaine réel,
Le P. G., comme Van der Monde,

Sera, lui aussi, immortel.

Alors, dans l'espace infini,

Tous les Taupins vadrouilleront

Et beugleront,

Prenant la forme $a + bi$,

Pour éviter leur destruction ! *(bis)*

IL RE UMBERTO [1]

Un giorno, il Re Umberto, se réveillante, se regarda la cauda, como aveva la costume de far tutti lei matini. Suddente, il remarca, con terrore, che aveva un punto nero all' estremita della.

Immediatemente, fa venire le primo medico della corona, et lui montra la sua bitta, dicente : — " Dottore medico, che cosa e questo punto nero all' estremita della mia bitta ? ". Il primo medico della corona prene la bitta en la mano, la rigarda con attentzione, e dice : — " Sire, e la castapiana. "

Il Re Umberto le fouti alla porta con suo piede nel culo. Poi fa venire le secundo medico della corona, li presenta parimanto le Reale membro, et dice : — " Dottore medico, qu'es aco ? ". Il secunda medico della corona prenda la sua loupa, e riguarda con massima attentzione le punto nero, poi dice : — " Sire, probabile que e la verola. "

Il re Umberto le fouti alla porta con suo piede nel culo, como le primo medico. Poi fa venire le tritto medico della corona, se deculotta encora e monstra le punto nero dell' estremita della sua Reale Bitta che tante le tormento. Il tritto medico della corona esamina l'augusto membro della su Majesta, le prene en la mano, le palpa con rispetto, le rigarda alla loupa, et poi dice : — " Sire, certamente e un chancre indurato. "

Il Re Umberto le fouti alla porta con su piede nel culo,

commo lei dui precedenti medici della corona. In desespoire
di cosa, fa venire le cuciniere della corona, et lui monstra
l'estraordinaire punto nero all' estremita della sua bitta dicente :
— " Signor cuciniere, che pensa-tu de questo punto nero
all' estremita dello mia cauda ? ". Il cuciniere della corona
prende le membro en la mano, le palpa, le senti, passa la
langua sull' estremita e dice, melto tranquillamente : — " Sire,
e selamente un poco di merda. "

Il Re Umberto rifletti un momento, poi responde : —
" Possibile. "

(1) Quoique cette histoire soit diversement racontée, attribuée d'après
certains à Ricord consulté par l'Empereur Napoléon III, au même visité par un
simple curé de paroisse, nous préférons la publier ici en *italo-gaulois*, telle qu'elle
nous a été communiquée. — Une saveur plus spirituelle s'en dégage.

(N. D. l'E.)

LE MÉDECIN DE CAMPAGNE

Reçu d'hier, il a quitté la ville,
Pour exercer dans un hameau lointain.
Au fond d'un bois est un modeste asile ;
C'est là que doit s'écouler son destin.
Dans l'avenir qui pour lui s'inaugure,
Voit-il briller de l'argent, de l'honneur ?
Non, car sa vie est à jamais obscure.
Mais un pays bénira son Docteur.

Le voyez-vous sous la neige, à la pluie,
Par la campagne affronter les frimas ?
Qu'un homme souffre, et du froid il oublie
L'âpre rigueur, quand on l'attend là-bas.
Mais, en revanche, on guette son passage,
Chacun s'incline, et d'un bonjour flatteur
Le saluera quand il rentre au village ;
On dit déjà : — " C'est notre bon Docteur. "

De grand matin, il quitte sa demeure.
A ses clients il se doit tout entier.
Il partira nuit et jour, à toute heure,
Car le malade est un dur créancier.
A son sommeil que de fois on l'arrache :
— " Monsieur, ma femme expire de douleur,
" Mon enfant souffre et gémit sans relâche ! "
Pas de repos pour le pauvre Docteur.

Aussi parfois ses yeux s'appesantissent,
Au coin du feu, de fatigue accablé,
Et devant lui des images se glissent,
Doux souvenir d'un temps vite écoulé.
Le mot : " Paris " résonne à son oreille,
Il voit au loin un mirage enchanteur.
Mais c'est un songe, et triste il se réveille :
Que de regrets pour le pauvre Docteur !

Quand un fléau traverse le village,
Aux paysans prodiguant ses secours,
Comme un marin qui fait face à l'orage,
Sans hésiter, il va risquer ses jours.
Au conquérant on dresse une statue,
Et l'on oublie, hélas ! le bienfaiteur.
L'oubli pour lui, mais la gloire à qui tue ;
L'homme est-il juste, ô mon brave Docteur ?

Aux moribonds glisser quelque espérance,
Le corps et l'âme au Docteur ont recours,
En médecin adoucir leur souffrance,
Et, comme ami, les consoler toujours.
Par des bienfaits mesurer tes journées,
Aux cœurs ingrats opposer un grand cœur ;
Atteindre ainsi le déclin des années,
Voilà ta vie, ô mon brave Docteur.

Courage donc ! plus la tâche est pénible,
Et mieux on fait, quand on sait remplir.
Aux coups du sort montre une âme insensible,
Fais ton devoir sans jamais défaillir ;
Et de tes jours quand finira la somme,
Les paysans se diront : — "Quel malheur !
" Il a vécu comme un brave et digne homme,
" Dieu fasse paix à notre vieux Docteur. "

Dr E. TILLOT.

QUESTIONS D'EXAMEN

Q. — Quel est le muscle le plus utile d'une danseuse ?
R. — Le constricteur du vagin !

Q. — Quel est le muscle le plus sot de l'économie ?
R. — Le long supinateur, qui n'a jamais supiné.

Q. — Quel est le muscle le plus heureux ?
R. — L'anconé.

Q. — Quelle est la longueur de l'urèthre ?
R. — Seize centimètres.

L'Examinateur : — " Si une *femme du d'Harcourt*(1) se contente de 16 centimètres, une *femme du monde* est beaucoup plus exigeante. "

Q. — Où se trouvent les glandes de Bartholin ?
R. — Sous la langue.

L'Examinateur : — " Quelquefois, Monsieur ! "

(1) Nous avons remplacé par ces mots conventionnels les noms authentiques des dames visées.

PETITE TACHE NOIRE

L'aut' jour la p'tit' Suzette,
Se baignant à cul nu, (*bis*)
Aperçut par hasard
Son petit chat velu,
     Oh uh !
Ah ! petite tache noire, ⎫ (*bis*)
Jamais je ne t'avais vue. ⎭

Aperçut par hasard
Son petit chat velu, (*bis*)
Et jura que sur l'heure
Il serait tondu.
     Oh uh !
Ah ! petite tache noire, ⎫ (*bis*)
Jamais je ne t'avais vue. ⎭

Et jura que sur l'heure
Il serait tondu, (*bis*)
Avec des grands ciseaux
Tout frais rémoulus,
     Oh uh !
Ah ! petite tache noire, ⎫ (*bis*)
Jamais je ne t'avais vue. ⎭

Avec des grands ciseaux
Tout frais rémoulus. (*bis*)
Mais, en voulant le tondre,
Elle se l'est fendu,
     Oh uh !
Ah ! petite tache noire, ⎫ (*bis*)
Jamais je ne t'avais vue. ⎭

Mais, en voulant le tondre,
Elle se l'est fendu. *(bis)*
Tous les méd'cins d' la ville
Sont bien vite accourus.
   Oh uh !
Ah ! petite tache noire,   *(bis)*
Jamais je ne t'avais vue.

Tous les méd'cins d' la ville
Sont bien vite accourus, *(bis)*
Et dirent tous en chœur :
— " Encor un cul d' foutu ! "
   Oh uh !
Ah ! petite tache noire,   *bis*
Jamais je ne t'avais vue.

Et dirent tous en chœur :
— " Encor un cul d' foutu ! " *(bis)*
Et c'est le cousin Blaise,
Qui lui a recousu,
   Oh uh !
Ah ! petite tache noire,   *bis*
Jamais je ne t'avais vue.

Et c'est le cousin Blaise
Qui lui a recousu, *(bis)*
Avec sa grande aiguille
Qui lui pendait au cul.
   Oh uh !
Ah ! petite tache noire,   *bis*
Jamais je ne t'avais vue.

Avec sa grande aiguille
Qui lui pendait au cul, *(bis)*
Et ses deux pelotes de fil

Qui lui sont suspendues !
　　　Oh uh !
Ah ! petite tache noire, ⎫ *bis*
Jamais je ne t'avais vue. ⎭

⟶⟶◆⟵⟵

PASTORALE

Dans un bois planté par l'amour, *(bis)*
Avec grand plaisir, l'autre jour, *(bis)*
　　　Une jeune bergère
　　　　Eh bien !
　　　Faisait sur la fougère..... ⎫ *(bis)*
　　　Vous m'entendez bien. ⎭

Faisait à Sylvain un bouquet
De lavande et de serpolet
　　　Son berger la rencontre ;
　　　　Eh bien !
　　　Tout d'abord il lui montre....
　　　Vous m'entendez bien.

Il lui montre sa vive ardeur
Et lui demande pour faveur
　　　Qu'enfin ell' lui permette ;
　　　　Eh bien !
　　　Qu'il l'aime et qu'il lui mette.....
　　　Vous m'entendez bien.

Qu'il lui mette un lis sur le sein,
D'abord, il y porta la main ;
　　　La belle le découvre ;
　　　　Eh bien !
　　　Sans résistance elle ouvre.....
　　　Vous m'entendez bien.

Elle ouvre, pour le soulager,
Le fond de son cœur au berger.
    Et pour toute réponse,
        Eh bien !
    L'heureux Sylvain enfonce.....
    Vous m'entendez bien.

Sylvain enfonce son chapeau ;
Puis il gonfle un gros chalumeau.
    D'une main, il chiffonne ;
        Eh bien !
    De l'autre, il déboutonne....
    Vous m'entendez bien.

Il déboutonne son habit :
La pucelle en tremble et frémit.
    Il chiffonne avec grâce ;
        Eh bien !
    Et sans cesse il repasse.....
    Vous m'entendez bien.

Il repasse le bavolet
De celle qu'il tient au collet ;
    La bergère follette,
        Eh bien !
    Perdit dessus l'herbette.....
    Vous m'entendez bien.

La bergère perdit ses gants.
Le berger, sans perdre de temps,
    Plus hardi qu'un satyre,
        Eh bien !
    La baise et se retire.....
    Vous m'entendez bien.

Il se retire au fond d'un bois,
Après plusieurs galants exploits,
Tout prêt à faire encore,
Eh bien !
A celle qu'il adore.....
Vous m'entendez bien.

Mars et l'amour, différemment,
Tous deux combattant vaillamment :
Mars à tête baissée,
Eh bien !
L'amour, tête levée.....
Vous m'entendez bien.

Quand ils reviennent du combat,
Ils ont tous deux changé d'état :
Mars va tête levée,
Eh bien !
L'amour, tête baissée.....
Vous m'entendez bien.

LE PANORAMA

Venez au Temple de Mémoire,
Accourez, filles et garçons ;
Vous y apprendrez l'histoire,
Accourez filles et garçons.
Et allez donc,
Sonnez, trompettes ;
Et allez donc,   (bis)
Sonnez, clairons.

Vous tous, amateurs de l'histoire,
Venez au Temple de Mémoire ;

Vous y verrez, bien conservés,
Une foule de curiosités :
Trois poils de cul de Démosthène, *(bis)*
Trouvés sur les ruines d'Athènes,
Et les roustons de Cicéron,
Bien enfermés dans un flacon. *(bis)*

Vous y verrez Esculape
Enculant not' Saint-Pèr' le Pape
Pendant la bénédiction. *(bis)*
Il fallait voir' comme le Saint-Père
Faisait tortiller son derrière
En recevant ce goupillon. *(bis)*

Vous y verrez la chaste Diane,
Le cul dans l'eau comme une cane,
Faisait la chasse à ses morpions. *(bis)*
Comment dépeindre l'allégresse
De la divine chasseresse
Quand ell' en pince au bord du con. *(bis)*

Vous y verrez la matrice
De la célèbre impératrice
Qui donna le jour à Néron. *(bis)*
Et cette infâme impératrice
Sut toujours faire de sa matrice
Un nid de chancr's et de morpions. *(bis)* (1)

Vous y verrez le Dieu Neptune,
Profitant d'un beau clair de lune,
Pour enculer un vieux triton. *(bis)*
Au moment du bonheur suprême,
Alors qu'il lui disait : — " Je t'aime ! "
Un maqu'reau lui gob' les roustons. *(bis)*

Vous y verrez les jésuites
S'enculant tous à la suite
Pendant les bénédictions. (*bis*)
Ils sont si chauds quand ils jouissent,
Qu'ils attrappent tous la chaud' pisse,
Et c'est là leur punition. (*bis*)

Vous y verrez la dépouille,
Au milieu de cent pair's de couilles,
Du premier-né des morpions. (*bis*)
Cet animal passa sa vie
Sur la motte d'Iphigénie,
Caracolant du cul au con. (*bis*)

Vous y verrez aussi Diogène.
Le plus grand fouteur d'Athènes.
Ce bougre, pour passer son temps, (*bis*)
Avec son vit, sur une assiette,
S'amuse à casser des noisettes
Qu'il offre gratis au passants. (*bis*)

Vous y verrez l' grand Saint-Antoine,
Le plus cochon de tous les moines,
Branlant le vit de son cochon. (*bis*)
Il fallait voir la pauvre bête
Comme elle tortillait la tête,
En perdant le jus d' ses roustons. (*bis*)

VARIANTES :

(1) On dit que cet homme tua sa mère,
Pour savoir par quel mystère
Il était sorti de son con. (*bis*)

LA LORETTE DE LA VEILLE

Prudes sournoises,
Vertus bourgeoises,
Qui des attraits ignorez tout le prix ;
Arrière, arrière !
Pauvreté fière,
Je suis lorette et je règne à Paris.

Humble grisette au bonnet populaire,
Vas, tu n'es plus qu'une ombre sans renom ;
De mon coupé n'approches pas, ma chère ;
Ne mêlons pas la soie et le coton.
Ma pauvre fille,
De ta famille
Tu crains toujours les reproches grossiers ;
Chez moi, ma mère,
Pour se distraire,
Fait la cuisine et vernit les souliers.

Loin de la tourbe immonde et prolétaire,
Je place haut mon palais passager ;
Terme nouveau, nouveau propriétaire,
Nouvel amour : en tout j'aime à changer.
Oiseau volage,
Sur mon passage,
A chaque fleur j'arrête mes désirs.
Et puis, frivole,
Mon cœur s'envole
Sous d'autres cieux chercher d'autres plaisirs.

Je ne vis pas des soupirs de la brise,
De l'air, de l'eau, de la manne du ciel ;
Non, non, je vis de l'humaine bétise ;
Vous le voyez, mon règne est éternel.

Enfant crédule,
Vieux ridicule,
Gueux ou banquier, payez, payez, mon cher !
L'un, mes toilettes ;
L'autre, mes dettes ;
Vous, mes dîners ; vous, mes chemins de fer.

Chacun de vous, marquant ici sa place,
D'un souvenir a couronné mon char :
Je vois Alfred dans cette armoire à glace ;
Ce canapé me représente Oscar ;
Voici le cadre
De mon vieux ladre,
Le bracelet de mon petit futur,
La croix bénite
Du bon jésuite,
Le lit d'Octave et le portrait d'Arthur.

Mon mobilier, c'est ma biographie,
Qui doit finir au Mont-de-Piété ;
Et chaque objet, incident de ma vie,
Me dit encor le prix qu'il m'a coûté.
Jeunes prodigues,
Combien d'intrigues,
Pour exciter vos folles vanités ;
Que de caresses,
Que de tendresses,
Pour échauffer vos cœurs, vieux députés !

Mieux que Guizot, de ma diplomatie
Je sais partout étendre les filets ;
Sauver le Turc sans froisser la Russie ;
Flatter l'Espagne et conserver l'Anglais ;
Etre rieuse,
Et vaporeuse ;

Aimer le calme et puis la Maison d'Or ;
     Etre classique,
     Et romantique ;
Aimer Ponsard et sourire à Victor.

Sur le carré d'une antichambre étroite,
Discrètement introduire, le soir,
L'artiste à gauche et le lion à droite,
Quand le banquier attend dans mon boudoir.
     Voilà ma vie,
     Et mon génie ;
Je sais partout être aimable à la fois ;
     Et chacun pense,
     En conséquence,
Tromper un sot....., Ils ont raison tous trois.

Dieu ! les bons tours, les plaisantes histoires,
Les bons romans comme on n'en écrit pas :
Je veux, un jour, rédiger mes mémoires
A la façon d'Alexandre Dumas.
     Les cavalcades,
     Les mascarades,
S'y croiseront en croquis illustrés ;
     Mes décadences,
     Mes renaissances,
Mes noms changeants, vulgaires ou titrés.

Les gais propos, les châteaux en Espagne,
A deux, le soir, au bord du lac d'Enghien ;
Puis les soupers ruisselants de champagne,
Et les chansons qui ne respectent rien.
     Je suis lorette,
     Je suis coquette,

Reine du jour, reine sans feu ni lieu ;
Eh bien ! j'espère
Quitter la terre
En mon hôtel !.... peut-être à l'Hôtel-Dieu.

———————•✕•———————

LA LORETTE DU LENDEMAIN.

J'étais lorette,
J'étais coquette ;
Ah ! qu'ils sont loin les beaux jours d'autrefois.
La République
Démocratique
A détrôné les reines et les rois.

Quelle fureur a fait tourner leurs têtes ?
Hommes légers, ils ont tout jeté bas.
Ils étaient fous, ils sont devenus bêtes,
Et leurs journaux ne les guériront pas.
O décadence,
Toute la France
Fume aujourd'hui des cigares d'un sou !
L'argent est rare,
On est avare,
Et ces Messieurs aiment je ne sais où.

Où sont-ils donc, ces fringants gentilshommes,
Qui jetaient l'or sur les tapis douteux ?
Ils sont foutus et, sottes que nous sommes,
Tous nos beaux louis sont partis avec eux.
Adieu, conquêtes,
Joyeuses fêtes,
Où le champagne au lansquenet s'unit ;
Belles soirées,
Nuits adorées,
Qu'un jeu commence et qu'un autre finit.

De mes succès voici pourtant la place ;
Mais quel silence en mes salons déserts !
Sur mon sofa la poussière s'amasse
Et tout le jour mes rideaux sont ouverts.
    Plus de mystère !
    Là, solitaire,
Je fais des bas ou j'arrose mes fleurs ;
    Et quand arrive
    La nuit tardive,
Je reste seule et je crains les voleurs.

Je ne l'ai plus mon galant équipage,
Tout est chassé, mes chevaux sont vendus ;
Mon serin seul est resté dans sa cage,
Il chante à peine et je ne chante plus !
    Robes nouvelles,
    Bijoux, dentelles,
Ma tante, hélas ! sait où je vous ai mis ;
    Elle s'envole,
    Ma gaité folle,
Plus de plaisirs, plus d'amants, plus d'amis.

Oiseaux plumés qu'a dispersés l'orage,
Ils vont chercher un monde plus parfait ;
Mon épicier devient un personnage ;
Arthur n'est rien, Oscar est sous-préfet.
    Mon cœur se vide,
    Mon front se ride,
Mon boulanger ne me fait plus crédit.
    Je crois qu'on sonne ?
    Non, non, personne !
Que devenir en cet état maudit ?

Faudra-t-il donc, pour gagner l'existence,
Tombant plus bas dans mon étroit sentier,

De mes attraits tarifer l'impudence,
Et du plaisir enseigner le métier ?
    Ou bien, plus sage,
    Dans un village,
Irai-je au loin racheter mon passé ?
    Ou, pauvre fille,
    Avec l'aiguille,
Dois-je finir comme j'ai commencé ?

Ou bien, quittant cette terre chérie,
Irai-je, enfin, chercher fortune ailleurs ?
Non, non, jamais ; la France est ma patrie,
Je vais attendre ici des jours meilleurs.
    J'étais lorette,
    J'étais coquette,
Ah ! qu'ils sont loin les beaux jours d'autrefois ;
    La République
    Démocratique
A détrôné les reines et les rois.

———————— ✠ ————————

LE COMBAT DES POUX & DES MORPIONS

O Muse ! prête-moi ta lyre,
Afin qu'en vers je puisse dire
Le grand combat des morpions,
Qui eut lieu autour d'un con. (1)
    De profundis !
De profundis morpionibus !

Cent mille poux de forte taille,
Sur une motte, livraient bataille
A nombre égal de morpions
Portant écus et mousquetons. (2)
    De profundis !
De profundis morpionibus !

La bataille fut gigantesque,
Tous les morpions périrent presque,
Et plus d'un noble chevalier
Fut mis à bas des étriers. (3)
      De profundis !
De profundis morpionibus !

Pour reprendre l'avantage,
Les morpions luttaient avec rage ;
Mais leurs efforts furent superflus,
Les poux gardèrent le dessus.
      De profundis !
De profundis morpionibus !

A cheval sur une roupette,
Tenant à la main sa lorgnette, (4)
Le capitaine des morpions
Examinait les positions.
      De profundis !
De profundis morpionibus !

Le capitaine, voyant plier son aile,
Dit à ses compagnons fidèles :
— " Ah ! mes amis ! Nous sommes foutus,
" Piquons une charge dans l'trou du cul. "
      De profundis !
De profundis morpionibus !

Ce morpion de haute origine,
Qui revenait du bout d'la pine,
Leva sa lance et s'écria :
— " Le morpion meurt, mais n'se rend pas ! " (5)
      De profundis !
De profundis morpionibus !

Bardé d'un triple rang de crasse,
Transpercé, malgré sa cuirasse, (6)
Le capitaine des morpions
Tomba sans vie au fond du con.
        De profundis !
De profundis morpionibus !

Pour retirer leur capitaine,
Tous les morpions firent la chaîne ;
Ils s'épuisèrent en vains efforts :
L'abîme ne rend pas ses morts,
        De profundis !
De profundis morpionibus !

Un soir, au bord de la ravine,
Pleine de règles et d'urine,
L'on vit un grand fantôme tout nu,
A cheval sur trois poils du cul.
        De profundis !
De profundis morpionibus !

A ce spectacle épouvantable,
Et croyant que c'était le diable,
Les femmes enceintes, en accouchant,
Pondaient d' la merde au lieu d'enfants.
        De profundis !
De profundis morpionibus !

C'était l'ombre du capitaine,
De chancres et d'asticots pleine,
Qui, faute d'inhumation,
Puait le marolles et l'arpion.
        De profundis !
De profundis morpionibus !

Le troupeau, sitôt, prend les armes ;
L'enterre en versant force larmes,
Comme un convoi d'un cardinal,
Ou bien d'un garde national.
      De profundis !
De profundis morpionibus !

Ils le suivirent au cimetière,
S'assirent en rond sur leur derrière,
La crotte au cul, la larme à l'œil,
Tous les morpions étaient en deuil.
      De profundis !
De profundis morpionibus !

Douze des plus jolies morpionnes
Portaient en pleurant des couronnes
De fleurs blanches et de poils du cul
Qu'avait tant aimés le vaincu.
      De profundis !
De profundis morpionibus !

Son cheval de guerre l'accompagne,
Quatre morpions, Grands d'Espagne,
La larme à l'œil, le crêpe au bras,
Portaient les quatre coins du drap.
      De profundis !
De profundis morpionibus !

Sur un superbe cénotaphe,
L'on inscrivit cette épitaphe :
— " Ci-gît un morpion de valeur,
" Tombé sans vie au champ d'honneur !
      " De profundis !
" De profundis morpionibus ! "

Sur une couille, grosse et velue,
L'on érigea une statue
A ce capitaine de morpions,
Mort si bravement au fond d'un con.
De profundis !
De profundis morpionibus !

Depuis ce temps, dans la vallée,
On entend des bruits de mêlée ;
Les morpions, pour venger le vaincu,
S' cramponnent à tous les poils du cul.
De Profundis !
De profundis morpionibus !

VARIANTES :

(1) Les exploits de nobles morpions,
Morts vaillamment au fond d'un con.

(2) Portant cuirasse et morions.
   ou bien
Qui défendaient l'entrée d'un con.

(3) Et la vallée du cul au con
Etait jonchée de morpions.

(4) Placé dans une meurtrière,
Dans une fente du derrière,

(5) C'est un général plein d'audace,
Descendant de l'antique race
Des morpions que Mars donna
A Vénus, lorsqu'il la baisa.

(6) Malgré son épaisse cuirasse,
Faite de foutre et de crasse,

(7) Un orateur, devant l'assistance,
     Déploya toute son éloquence :
     — " Ce fut, dit-il, un morpion de cœur,
     " Qui mourut au champ d'honneur ! "

LE DOCTEUR GRÉGOIRE

Refrain :

Quel plaisir ! quel plaisir !
De boire l'élixir
Du Docteur Grégoire,
Du fameux Docteur Grégoire !

Le Docteur que j'ai
N'est pas agrégé ;
Il n'a ni cordon, ni grade ;
Il est détesté
De la Faculté :
Il guérit tous ses malades.
Ah ! le bon Docteur
Et le remède admirable !
C'est une liqueur
Qu'on peut même prendre à table.

Il dit : — " Mes enfants,
" Soyez bons vivants,
" Suivez bien mon ordonnance :
" C'est la bonne humeur
" Qui fait le bonheur,
" Voilà toute la science.
" Votre corps va mal ?
" Vite, prenez-moi ce verre ;
" Si c'est le moral,
" Prenez la bouteille entière. "

Au pauvre ouvrier,
Lassé du métier,
Et qu'on veut mettre à la diète,
Il dit : — " Viens ici,
" Tiens, prends-moi ceci,
" C'est de l'or dans ta cassette. "
Et quand il a bu
Le remède de Grégoire,
L'ouvrier fourbu
Se met à chanter victoire.

A qui voudrait voir
Tout le monde en noir,
Il met des lunettes roses ;
Aux pauvres rimeurs
Qui versaient des pleurs
Il a fait chanter des choses !
Il a, de plus, guéri
Deux ou trois cents journalistes,
Cent mille maris
Et quatre socialistes.

Eh bien ! la liqueur
De ce brave docteur,
Est-ce le jus d'une racine
Qui vient du Pérou,
De je ne sais où,
De Golconde ou de Chine ?
Non ! c'est du raisin,
Qui pousse dans la campagne
Et qui fait du vin
D'Argenteuil ou de Champagne.

NADAUD.

LE CHEVEU DANS LA MERDE

Refrain :

Si je mange bien, si je chie peu,
C'est afin que rien n' se perde ;
Si j' suis dégoûté d' la merde,
C'est qu' j'y ai trouvé un ch'veu !

Quand un vieil invalide
A fait cinq ou six lieues,
Je lui lèche le coin des yeux
Et la plante des pieds humide.

Mon frère, qu'est poitrinaire,
Crache et dégueule la nuit ;
Si je couche auprès de lui,
C'est pour siroter ses glaires !

Quand j' manque de confitures,
Pour mettre dessus mon pain,
J' prends d' la graiss' de roues d' voitures,
C'est moins cher et c'est plus sain.

Ma femme, suivant l'usage,
Chaque mois saigne du con ;
Si j' conserve linge et tampons,
C'est pour faire un bon potage ! (1)

Le con d'une femme enceinte
Suppure en accouchant ;
C'est un met très alléchant ;
J'en conserve pour la Semaine Sainte. (2)

Quand un vésicatoire
Suppure et donne du jus,
Je passe ma langue dessus :
J'y trouve à manger et boire.

Quand le long de la rivière,
On retire un chien crevé,
Je lui tire les vers du nez,
Et je les fous sous une molaire (3)

Sur le bord du canal,
J' rencontre un vieux cheval mort ;
Je lui tire les tripes du corps,
C'est d' çà qu' je m' fais un régal.

Lorsqu' Anatole glaviotte,
Croiriez-vous qu' l'imbécile
Pend ses glaires au bout d'un fil,
De peur qu' je n' les lui boulotte.

Lorsque je vais voir mon oncle,
Je ne cesse de le p'loter ;
C'est afin qu'il m' laisse sucer
Le pus qui sort de son furoncle.

Les macchabées d'Asnières
M' font un régal parfait ;
Mais faut qu'ils soient assez faits,
Pour manger à la cuillère.

Mesdames, si ma ballade
Vous donne le hoquet,
Soulagez-vous dans l' baquet :
J' bouffe aussi la dégueulade !

VARIANTES :

(1) C'est moi qui bouffe le torchon,
Pour éviter l' blanchissage.

(2) Le jus qu'une femme enceinte
Rejette en accouchant
Est un mets très succulent
Que j' garde pour la s'maine sainte.

(3) Au coin d' la rue Vivienne,
    J' rencontre un chien crevé ;
    J' lui tire les vers du nez,
    Et j' les bouffe à l'Italienne.

————————※————————

LE BANQUET D'HIPPOCRATE.

Le Dieu de Cos, pour fêter sa naissance,
Dans un banquet convia ses enfants ;
On mangea fort, on but en abondance,
Des cris joyeux partaient de tous les bancs.
Le bon vieillard retrouvait sa jeunesse,
Aucun souci ne troublait son bonheur,
Et, tout rempli d'une douce allégresse,
En gais refrains il épanchait son cœur.

Quand Thémison, l'antique méthodiste,
Vint à parler du *strictum*, du *laxum* ;
Puis Galien, savant thérapeutiste,
Préconisa le *diascordium*.
Mais Paracelse, habile en alchimie,
Veut renverser Thémison, Galien :
— " Il n'est, dit-il, que cabale et magie,
" Pour bien guérir, c'est l'unique moyen ! "

Mais Riolan, retroussant sa moustache,
Combat d'Harvey la circulation.
Le noble Anglais veut répondre et se fâche ;
Pecquet aigrit cette discussion.
Pringle, avalant sa dernière bouchée,
De Van Helmont attaque les *ferments*,
Et Rasori, pour renverser l'*archée*,
Vient soutenir les *contro-stimulants*.

15

Chacun prend feu; maint orateur se brouille ;
Par-dessus tout on entend Galvani ;
Volta vexé lui lance une grenouille
Qui rebondit sur le nez d'Aldini.
Le bon Pinel ne voit qu'adynamie,
Malgré l'ardeur qu'on apporte au combat :
On se croirait en pleine Académie,
Stahl croit prudent de vider le... débat.

Mais, ne pouvant dominer le tapage,
Le dieu de Cos fit venir aussitôt
Deux pots, non pas d'émétique en lavage ;
Mais du Léthé qu'il avait en dépôt.
Les conviés, par un effet magique,
Oubliant tout, se tendirent la main.
Bonnet vanta la secte astrologique,
On vit Guénaut rire avec Guy Patin,

Pour faire un whist, vont à la même table,
Stahl, Morgagni, Lisfranc et Dupuytren ;
A la bouillotte, on vit, chose incroyable !
Brown et Broussais, Hahnemann et Cullen.
Au menuet, brillaient Rufus d'Ephèse ;
Averrhoès, Capuron et Portal ;
Roux, dans un coin, discourant à son aise,
Avec Chaussier fumait le caporal.

Si nos aînés, dans leur vaste pratique,
Entr'eux ont eu quelque discussion,
Nous, que rassemble un intérêt unique,
Ici, formons une sainte union ;
Qu'à notre appel, grand ou petit réponde,
(Dussions-nous boire un peu d'eau du Léthé)
Le verre en main, trinquons tous à la ronde
A l'Union, à la Fraternité !

Dr A. CORLIEU.

DÉMÉNAGEMENT.

Amicalement dédié à MATHIEU PIERRE-WEIL.

Pourquoi ce bruit inusité ;
Ces camions à la Charité ;
Pourquoi donc toutes ces charrettes ?
Va-t-on licencier l'Hôpital ?
Pour quels motifs, dans ce local,
Amasse-t-on tant de brouettes ?

Du 1er Mai, a-t-on l'effroi ;
De ces paquets, de ces charrois
Va-t-on faire des barricades ?
Ces Forts, de la Halle accourus
Pour nous sauver, en temps congru
Dresseront-ils des palissades ?

O timorés, rassurez-vous !
Vos rêves sont des rêves fous ;
Resaisissez votre courage :
Ces gros ballots, ces paniers pleins
Sont les pathologiques engins
De Pierre-Weil qui déménage.

Voici des oiseaux, des lapins,
Une chienne, ses petits chiens,
Des grenouilles, des souris blanches ;
Là-bas, gémit, dans un bocal,
L'ankylostome duodénal,
Près d'un gros foie coupé en tranches.

Ici, des rates en morceaux,
Des cobayes, des reins, des cerveaux,
Une branche de l'arbre-de-vie ;
Sous la tente du cervelet

S'abrite le trypanosoma Gambiense
En pleine crise d'hystérie.

Tout près d'un rat hémiplégique,
Un chat au rire sardonique ;
Des bacilles de toute nature,
Des carottes et des fourneaux,
Des bouillons et des chalumeaux,
De l'urine, des confitures.

Mais, arrivé au Carrousel,
Croyant à un Romanichel,
Un de nos agents, polyglotte,
Faillit, en entendant les cris
De tous les camions partis,
Expulser Weil et sa roulotte.

Maurice GASTALDI (*1er Mai 1908*)

LE MOULIN.

Jean demande à sa voisine
Où il placerait bien son moulin.
La voisine,
D'humeur badine,
Répondit à son voisin :
— " Si tu veux qu'il n'y manque rien,
" Entre mes jambes il sera bien :
" Car si l'eau manque par devant,
" Par derrière il aura du vent. "

PAROLES DE BIENVENUE

D'UN PHALLUS EN PLATRE, SE DRESSANT EN LA SALLE
DE GARDE D'IVRY, AUX CHARMANTES INVITÉES.

O femme ! brune ou blonde tu sois,
Si ta vulve est hospitalière,
Je t'offre ce morceau de choix
Pour chevaucher, gente écuyère.
Trousse tes cottes lestement,
D'une main douce, bien experte,
Dirige délicatement
Ma raideur dans ta fente ouverte.
Si tu n'aimes ce sport divin,
Et que ta bouche le permette,
J'en accepte le tiède écrin :
Fais-moi de mignonnes bisettes.
Ainsi, l'Amour tu connaîtras,
Ses pâmoisons et ses délices ;
De grâce, ne me casse pas,
Et, surtout, pas de chaude-pisse !

M. R. G. (*1909*).

————————•ọ•————————

ODE A MA MIE.

Oui ! je veux vous aimer ainsi qu'une déesse !
Et, quand le jour prendra son manteau brun du soir,
J'élèverai vers vous, ma blonde enchanteresse,
    Ma pine comme un ostensoir.

Et je ferai sortir, en blanchissante écume,
Le foutre parfumé de mon raide flacon ;
Je transvaserai cette liqueur qui fume
    Dans le vase de votre con.

Votre con si barbu qu'un sapeur de la garde,
En voyant sa toison, est devenu jaloux.
O Madame ! j'en veux faire le corps de garde
    Où campe ma pine en courroux !

OLD ENGLAND.

A mon ami R.-B., qui séjourne
en Angleterre (30 Janvier 1910)

Tandis qu'avec la blonde miss
Tu cherches, par ton savant kiss,
A franchir son canal farouche,
Je me mets enfin à rougir
Pour t'envoyer mon souvenir :
— " Ohé ! Mon Vieux ! " à pleine bouche.

Te voilà débarqué enfin
(Chacun son tour, sacré matin !)
Tel le fameux aéronaute.
Refoule les avec ardeur ;
Pour ne pas blesser leur pudeur
Fais usage de leur capote.

A l'idiome avec ferveur
(Une miss comme professeur !)
Travaille dur, à ton aise.
Elle saura s'ingénier,
Pour que tu puisses apprécier
Les douceurs de la langue anglaise.

Par dessus tout, sois bien prudent ;
Méfie-toi de leurs grandes dents,
Et plus encor du viel adage

Qui veut que, pour vite parler,
On vous sectionne le filet ;
Tu n'apprendrais pas davantage.

M. R. G. (1910).

O MON BERGER FIDÈLE !

Refrain :

Ah ! fourre-moi ta pine dans l' cul,
    Et que cela finisse ;
Ah ! fourre-moi ta pine dans l' cul,
    Et n'en parlons plus.

O mon berger fidèle,
Viens goûter au bonheur.
A ma voix qui t'appelle,
Repose sur mon cœur !

Déjà tes testicules
Battent sur mon pétard ;
Voilà que tu m'encules,
Je sens ton braquemard.

Ta langue me trifouille
Plus haut que le gosier,
Et ton doigt me chatouille
Plus bas que le gésier.

Ton vit devient mollasse
Et ne peut plus bander ;
Tes roustons sont de glace
Et ne peuvent plus décharger.

Refrain (Variante pour terminer) :

Ah ! retire-moi ta pine du cul,
Et que cela finisse ;
Ah ! retire-moi ta pine du cul,
Et n'en parlons plus.

QUATRAIN BÉAT.

Heureux qui, loin du bruit, des tracas de la terre,
Fout dans un petit cul et boit dans un grand verre,
Remplit l'un, vide l'autre, et passe avec gaîté
Du cul de la bouteille au con de la beauté.

AU SOLEIL.

Au soleil, sous un mur, une merde fumait
Et parfumait
Les airs et les gazons à cent pas à la ronde.
C'était bien, s'il faut croire, au dire d'un gourmet,
La plus belle merde du monde.

A ses pures vapeurs mariant leur ensemble,
Cent étrons soupiraient à ses appats naissants.
Mais un cochon survient, la flaire, la regarde,
Et l'avale sans sel, sans poivre, ni moutarde.

Comme une merde, hélas ! chacun passe à son tour;
Le temps est un cochon qui détruit sans retour
La beauté, la gloire, l'amour.

OUSQU'EST DONC LE MOUCHARD ?

Refrain :

Ousqu'est donc le mouchard,
L'homme au Père Pinard,
Que j' fasse foutre au rancard
C'te pompeuse ed'dards ?

Je cherche un sergent de ville,
Pour faire foutre au bloc
Cette putain peu civile
Qui fait là le raccroc.
La v'là-t-y point qu'ell' m'accoste
En m'appelant : — " Maqu'reau ".
J' vas la faire foutre au poste,
Çà ne s'ra pas trop tôt.

Voyez-vous point c' dromadaire
Qui m'appelle poisson,
Et cela devant ma mère :
Merci de l'occasion.
Voyez-vous point d' là la gueule
Que c'te pauvr' femme a fait ;
C'est pas qu'elle soit bégueule,
Mais ça y a fait d' l'effet.

Voyez-vous point c'te pourriture !
Si elle avait-z-été
Convenable avec ma figure,
Je serais p't' êtr' monté.
J'y ai même dit comm' ça,
— J'peux vous fair' cet aveu —
— " J' te donn'rai ces vingt sous là,
" Si tu veux m' pomper l' nœud. "

C'est la faute aux journalisses,
Aux républicains,
Qu'emmerdent tous la police
Et qu'engueul'nt les putains.
J' sais bien que c'te clique infecte,
Ell' se fout d' son honneur ;
Mais, moi, qui veux qu'on m' respecte,
J' suis pour l'empereur.

LE DOIGT DANS L' CUL.

Air : *Tout ça n' vaut pas l'amour.*

I

Avant de te connaître, ô ma chère Angélique,
Je n' savais pas ce que c'était qu' l'art érotique.
Je croyais qu' l'érection et l'éjaculation
D'vaient se r'chercher dans nos bocaux, dans nos potions.
Mais maintenant, depuis qu' t'es devenue ma maîtresse,
Je suis comm' qui dirait un type à la redresse.
        Pour devenir torride,
        Pas besoin d' cantharides,
        De Quinquina,
        D' Noix vomique ou d'Kola.

Refrain :

Rien qu'un p'tit doigt dans l' cul,
        Un doigt dans l' cul, (*bis*)
        Un p'tit doigt qui s'agite
            Et vous excite
        Comm' bouillon pointu.
Rien qu'un p'tit doigt dans l' cul,
Quand c'est bien mis, a d'la vertu.
Tu pourras y ajouter, c'est moins sec,
        Les autr' et l' pouce avec.

II

J'étais bien fou de rechercher dans les bandages
Quelqu' accessoir' pour vous donner plus d'avantages ;
De me fout' sur la queue un tas de machins doux ;
De m' fair' sauter la cervell' dans du caoutchouc.
Mais maintenant, sans craindr' qu'on se paie ma bouillotte,
Ça m' s'rait égal de donner jusqu'à ma capote,

> Mes suspensoirs vainqueurs
> Et mes excitateurs
> En peau d' zébi
> Et tous mes autr' fourbis.

Refrain :

> Rien qu'un p'tit doigt dans l'cul,
> Un doigt dans l' cul. (*bis*)
> Tu verras, ma maitresse,
> Comm' cett' caresse
> Aura d' la vertu.
> Rien qu'un p'tit doigt dans l' cul ;
> Il n' faut pas avoir peur du jus :
> Quand ce sera le moment de mouiller,
> Tu prendras du papier.

III

J'étais aussi rud'ment fort sur la botanique :
J' savais qu' les gouss' n' sont pas semblabl' à des siliques ;
Mais avant de t'avoir en ma propriété
J' n' savais pas qu' les ros' ne serv' qu'à s'effeuiller.
J'étais aussi rud'ment ferré sur la légume ;
Mais j' suis d'avis que tous ces beaux dons de Vertumne :

> Les carott', les navets,
> Les poireaux, les panais,
> Les salsifis,
> Les asperg', les radis.

Refrain :

Ça n' vaut pas l' doigt dans l' cul,
Le doigt dans l' cul. (*bis*)
Plus que l' topinambour,
Ça pousse à l'amour,
Ça rend tout ému.
Ah ! voui ! ton doigt dans l' cul,
Avec un peu d' salive dessus,
Il en entrerait bien certainement
Du coup un régiment.

IMITÉ DU SONNET D'ARVERS.

Son corps a son secret, son vagin son mystère ;
Mal horrible, éternel, en un moment conçu.
Et, puisqu'il est secret, pourquoi ne pas le taire ?
Car ne vaut-il pas mieux qu'il n'en soit rien sû.

Ciel ! je vous remercie de m'en être aperçu ;
Je vous en remercie pour mon ver solitaire,
Car j'aurais pu passer près d'elle sur la terre,
N'ayant rien demandé, pourtant l'ayant reçu !

Pour elle, quoique Dieu l'ait faite douce et tendre,
Elle ira son chemin, cruelle et sans entendre
Les soupirs douloureux élevés sur ses pas.

A son noble métier obstinément fidèle,
Elle dira, le mal l'effleurant d'un coup d'aile :
— " Quel est donc le salop ? " Mais ne trouvera pas.

NATURE MORTE.

Air : *Musique de Chambre.*

C'était un bien pauvre étudiant
Qui s' préparait pour la méd'cine ;
L'argent n'étant pas son client,
Ça sentait plutôt la débine.

L' soir, il rencontrait sur son ch'min,
En revenant d' l'amphithéâtre,
Une brunett' à l'air câlin,
Qui lui f'sait un' offre folâtre.

Elle lui disait : — " Va, sois pas fier,
" Laiss' toi fair' un' petit' sucette ;
" Et puis ça n' te r'viendra pas cher :
" Cinq sous, c'est pas beaucoup d' galette."
Il répliquait — " Evidemment,
" Cinq sous, la somm' n'est pas énorme ;
" Mais vois-tu, tu n' bouff'rais qu' du vent,
" Car, ce soir, je n' suis pas en forme. "

Un jour que l' futur carabin
Disséquait un mort sur la table,
Il se dit : — " Mon cochon... eh bien !
" Voilà l'occasion introuvable. "
Puis, prenant le scapel en main,
D'un geste ignorant la tremblotte,
Il saisit c' que j' pens', et, soudain,
Fourra l'objet dans sa culotte.

En revenant sous le ciel noir,
Il rencontra la bayadère,
Qui lui dit : — " C'est-t'y pour ce soir,
" Mon chéri, qu' tu la laiss'ras faire ? "
L'étudiant répliqua : — " Bon sang,
" J' veux bien, mais que l' diable t'emporte ! "
Et... d'un beau geste nonchalant,
Il lui sortit sa... nature morte.

Comm', malgré tout, ça n' rendait pas,
— Malgré son labeur énergique, —
Elle lui dit : — " Mon p'tit, ca n' va pas,
" J'ai beau fair', c'est mou comm' une chique. "

Lors l'étudiant lui répliqua,
Entre les mains lui laissant l'membre :
— " Tiens, fous-moi la paix, garde-la,
" Tu la finiras dans ta chambre !.... "

M. M.

GOURMANDISE.

Air : *Il était un' bergère.*

Il était un' pétasse,
Et ron ron ron
Petit patapon,
Il était un' pétasse
Qui f'sait des michetons ⎱
Ron Ron !   ⎰ *(bis)*

Un monsieur la reluque,
Et lui dit : — " Vieill' guenon.

" Veux-tu m' sucer la pine
" Pour trois ou quatre ronds ? "

— " Ça va — dit la gonzesse —,
" Je crois qu' nous jouirons. "

Arrivés dans la chambre,
Il ôt' son pantalon.

Soudain la porte s'ouvre ;
— " Ah ! malheur ! quel guignon !

" Mon amant, — dit la dame —,
" Alphons' de son p'tit nom. "

Alphons' sur le bonhomme
Fixe des yeux tout ronds.

— " Tu vas m' vider tes poches,
" Sans faire de façons ! "

L' michet, qui n' s'épat' guère,
Dit : — " J' n'ai que mes deux roustons. "

— " C'est bien, — répond l'Alphonse —,
" Nous te les couperons. "

Il les coupe et les mange,
Disant que c'était bon.

Mais v'là qu'il tombe raide,
En poussant un juron.

C'était des couill's d'Evêque,
        Et ron ron ron
        Petit patapon,
C'était des couill's d'Evêque :
Paraît qu' c'est du poison ⎫ (bis)
        Ron Ron !   ⎭

HÉBÉ *(1889)*.

LES CONSIDÉRANTS
DU JUGEMENT LAPORTE

Considérant que l' sieur Laporte,
Le soir, au lieu de roupiller,
De sa chambre fermait la porte
Et se mettait à travailler
La méd'cine et la botanique,
Vertébrés comme invertébrés :
Nous concluons que c't' être unique
Etait un déséquilibré.

Considérant que l' pauvre hère
La plupart du temps crevait d' faim
Et s' débattait sous un' misère
Dont il ne voyait pas la fin,
Donnant ses soins aux pauvr's malades
Gratuit'ment ou bien pour pas cher,
Nous concluons qu' ces jérémiades
D'vaient cacher quéqu' chos' de pas clair.

Considérant que, dans l'espèce,
Il employa d' sal's instruments,
Avec une insign' maladresse,
Pour fracturer l' crâne de l'enfant.
— " Pas d' trouss', dit's-vous ! — Ach'tez-en une.
— " Pas l' sou? — Tant pis ! y a pas d'erreur. "
Nous concluons que, sans fortune,
On s' fout mendiant et pas docteur.

Considérant que l'épicière,
L' fruitier et l' charbonnier du coin,
L' frotteur d'en haut et la portière
S' trouvaient là ; — je n' sais pour quels soins ; —
Et que, d'après leur état d'âme,
Ils trouv'nt ce qu'il a fait odieux ;
S'y connaissant mieux qu' la sag'-femme,
Nous trouvons leur rapport bien mieux.

Bref, d'après tout ce qui précède :
Bûcheur, brave homme et bon méd'cin,
Nous concluons, sans aucun aide,
Que c' n'est qu'un vulgaire assassin ;
Et, dans notre sagesse suprême,
R' connaissons qu'il avait raison.
Ce qui n'empêch' pas que, tout d'même,
Nous lui collons trois mois d' prison.

Mais, pour adoucir la blessure
Que vont lui causer ces trois mois,
Nous r'levons dans la procédure
Qu'il ne s'est pas servi d' ses doigts.
Tant de pudeur nous rend amène
Et nous permet d' tout arranger,
Car nous appliquons à sa peine
L' bénéfic' d' la loi Bérenger.

MORALITÉ :

Vu qu' les gens d' la magistrature
S' permett'nt de juger c'qu'i n' sav'nt pas,
Nous voulons, par un' bonn' mesure,
L' retour just' des chos's d'ici-bas :
F'sant un métier, comm' la méd'cine,
Exigeant du discernement,
Moi j' demand' qu'on les guillotine
Quand ils condamn'nt un innocent.

Jean VARNEY.
(Revue des Nouveautés Médicales)

————————•←•|•→•————————

GONOCOQUES & FAUX GONOCOQUES

au Dr L. W.

Ami, d'un grand merci je suis ton tributaire,
Mais n'oserai jamais sonner à ton palier ;
Du coup, tu me prendrais pour blessé de Cythère
    Implorant de ton ministère
    La faveur d'être un instillé !

Et pourtant, je l'ai lu, tu fais si bien les choses !
Ton oxycyanure est, aux vibratiles cils,
Le seul, le vrai salut ; bon à tout, tu l'opposes
    A mon zinc trop à l'eau de roses
    Dont j'ai vu pleurer les pistils.

On te sait bon pour tous, de noblesse ou de plèbe;
Quand vient — meâ culpâ — découragé du bol
Parfumé de santal ou poivré de cubèbe,
     Rien qu'à te voir, ce jeune éphèbe
     Est sauvé par ton arrhéol !

Celui dont le passé compte maintes surprises,
Qui, près, loin de la fosse, a le jet rétréci,
De ta dextre, en douceur, tu le catéthérises,
     Et tant le démilitarises,
     Qu'il va se marier, guéri.

Toi qu'un Micrococcus ne trompe, qui décèles
Le Fallax d'un Neisser, grâce à ton œil de lynx,
Béni sois-tu de tous, béni surtout de celles
     Que guettent les hématocêles
     Et les infections du salpinx.

Dr Adolphe JOB (*1910*)

L'AVORTON.

Mystérieux débris de vie et de néant,
Mort avant d'être né, malheureuse victime
D'un fourbe préjugé, le bourgeois, légitime
Disciple de Malthus, t'estime malséant.

Car tu lui fais grand peur en ton bocal gisant,
Evoquant à ses yeux le fruit illégitime
De l'ancillaire amour qu'en un logis intime
Son hypocrite ardeur pratique trop souvent.

Peste soit des savants ! quelle macabre idée
De mettre en alcool cette chair inondée,
Ce funèbre avorton qui pend paisiblement.

Ses yeux semblent deux trous et sa bouche entr'ouverte
Déclame au visiteur : — " Je suis le châtiment,
" L'image symbolique,.... et je prends une *verte*. "

Dr Henry LABONNE (*Janvier 1908*).

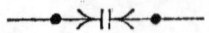

GONOLOGUE.

Air : *La Morgue*, de MONTOYA.

Je suis éclos dans le vagin
D'une jeune et charmante catin
Me reproduisant par centaines,
J'ai envahi l' col utérin,
Malgré la douche et le lubin,
  D' la demi-mondaine.

On m'arrosa d'antiseptique,
Au moyen d'une poire élastique,
Pour me décrocher du mucus ;
Afin d' fuir le permanganate,
L'urêthre servit de casemate
  Au Diplococus.

Puis, j'émigrai dans le méat
D'un gros phallus qui pénétra,
Croyant trouver la jouissance ;
En vain a-t-il éjaculé,
Il n'a pas pu me décrocher
  D' ma résidence.

Depuis ce jour, petit frère pleure ;
O combien grande est sa douleur !
Tout le jour et toute la nuitée,
Surtout quand il veut faire pipi,
Faut s'cramponner aux bois de lit.....
  Chaude-pisse cordée.

Grands lavages au permanganate,
Airol, protargol, trisulfate,
Vraiment ça n'a rien de folâtre ;
Si les gonos n' veulent pas mourir,
Faudra couper, pour les occir,
La bite en quatre.

Mais les bacilles récalcitrants
Résistent à tous les ingrédients,
Espèrent devenir centenaires ;
Pour se guérir c'est peau d' zébie,
Vaut mieux les garder toute sa vie.....
Goutte militaire.

MORALE :

Sitôt que vous aurez baisé,
Pour ne pas être contaminé,
Faut s'faire, — c'est une bonne coutume,
Pour décrocher tous les virus, —
Depuis le gland jusqu'à l'anus,
Tailler une plume !

LE CURÉ DE SAINT-SULPICE.

(1877-81)

Le Curé de Saint-Sulpice,
Atteint d'une chaude-pisse
Qui lui suintait sur la cuisse,
S'en alla trouver Ricord.
Dès qu'il entre dans la chambre,
Devant lui Ricord se cambre, (1)
Et, reconnaissant le membre,
Il lui dit : — " Quoi ! vous encor ! " (2) *(bis)*

— " Ah ! Docteur, je suis malade ; (3)
" J'ai la pine en marmelade,
" Le gland en capilotade,
" Tout le membre endolori. (4)
" J'ai un gros bubon dans l'aîne,
" Une couille qui me gêne ;
" Je coule comme la Seine ;
" Ah ! docteur, je suis bien pris. " (5) *(bis)*

" Et puis, quand je dis la messe,
" Ou bien lorsque je confesse,
" Je ressens dessous la fesse, (6)
" Un picotement cruel ;
" Et je bande, bande, bande ;
" Et la douleur est si grande
" Que je ne puis faire offrande
" Du calice à l'Eternel. *(bis)*

" Hier, en préparant l'hostie, (7)
" Une douleur inouïe,
" Une rage inassouvie,
" Me saisissant aux roustons,
" Fait que le bon Dieu m'échappe
" Et — me pardonne le Pape —
" D'une main je le rattrappe ;
" L'autre grattait mes couillons. " *(bis)*

" Je me grattais de la sorte
" Et — que le diable m'emporte ! — (8)
" La douleur était si forte
" Que je l'appelai : putain !
" Bordel de Dieu, quelle histoire !
" Par la merde, ah ! quel déboire !
" Me croyant à l'offertoire,
" Amen ! dit le sacristain ! *(bis)*

" Dites-moi, que faut-il faire (9)
" Pour soulager ma misère,
" Grand docteur, car la prière
" N'a porté aucun effet ? (10)
" J'ai pourtant dit à l'office
" L'oraison à Saint-Sulpice
" Qui guérit la chaude-pisse.
" Hélas ! cela n'a rien fait. " (11) (*bis*)

    — " Suivez bien mon ordonnance, " (12)
    — Lui dit l'homme de la science —
" Du coït, fait's abstinence ; (13)
" Injectez-vous au tannin.
" Mettez-moi, je vous en prie,
" Pendant la cérémonie,
" Du cubèbe sur l'hostie,
" Et n'avalez pas le vin. " (*bis*)

(1)   " Surveillez votre régime :
" Qu'il n'y ait pas d'albumine
" Ni de sucre dans vos urines,
" Sans quoi, jamais ça n' guérit.
" Avec ces sacrées chaudes-lances,
" Qui vous gâtent l'existence,
" On sait bien quand ça commence,
" Dieu seul sait quand ça finit. "

Le curé, plein d'espérance,
Vers le médecin s'avance,
Et lui remet en silence
Quatre écus : C'était le prix.
Puis, aussitôt, il s'échappe :
    — " Cochon ! des pièces du pape,
" Dit Ricord, — si j'te rattrappe, (14)
" Je te fous la syphilis ! " (*bis*)

(1) NOTE. — Couplet relativement récent.

VARIANTES :

(1) Le bon vieux docteur se cambre,

(2) Quoi ! dit-il, c'est vous encore !

(3) Grand docteur, je suis malade ;

(4) Tout l' système endolori.

(5) Grand docteur, je suis bien pris.

(6) Pendant que je dis la messe
Et pendant que je confesse
Je ressens entre les fesses

(7) Hier, en prenant l'hostie

(8) Tout en grattant de la sorte,
Que le diable m'emporte,

(9) Ah ! Docteur, que faut-il faire

(10) Car le jeûne et la prière
N'ont produit aucun effet ?

(11) Mais ma foi ça n'a rien fait.

(12) Observez mon ordonnance

(13) Faites jeûne et abstinence,

(14) Nom de Dieu ! des pièces du pape ;
Ah ! coquin, si j' te rattrappe

———:o:———

TAPE TA PINE.

En revenant de la fête,
De la fête de chez nous,
J'ai rencontré trois fillettes,
Tape ta pine,
Qui se chatouillaient le bouton,
Tape ta pine contre mon con.

J'ai rencontré trois fillettes
Qui se chatouillaient le bouton,
Je demande à la plus belle,
    Tape ta pine,
— " Comment vous appelle-t-on ? "
Tape ta pine contre mon con.

Je demande à la plus belle :
— " Comment vous appelle-t-on ? "
— " On m'appelle Gabrielle,
   " Tape ta pine
" Gabrielle, c'est mon nom. "
Tape ta pine contre mon con.

" On m'appelle Gabrielle,
" Gabrielle c'est mon nom. "
Je la prends et je l'embrasse,
    Tape ta pine,
Je la couche sur le gazon,
Tape ta pine contre mon con.

Je la prends et je l'embrasse,
Je la couche sur le gazon,
Je relève sa jupette,
    Tape ta pine,
Lui fais voir mon Jean Luron,
Tape ta pine contre mon con.

Je relève sa jupette
Lui fais voir mon Jean Luron,
Jean Luron, très en colère,
    Tape ta pine,
Crache au nez de Barbançon
Tape ta pine contre mon con.

Jean Luron, très en colère,
Crache au nez de Barbançon.
Barbançon, qu'est fou de rage,
 Tape ta pine,
Avala mon Jean Luron,
Tape ta pine contre mon con.

Barbançon, qu'est fou de rage,
Avala mon Jean Luron.
Mes deux couilles restent à la porte,
 Tape la pine,
A la porte, en faction,
Tape ta pine contre mon con.

Mes deux couilles restent à la porte,
A la porte, en faction ;
Un poil du cul leur demande,
 Tape ta pine :
— "Que faites-vous là, deux couillons ? "
Tape ta pine contre mon con.

Un poil du cul leur demande :
— "Que faites-vous là, deux couillons ? "
— " Nous attendons notre maître,
 " Tape ta pine,
" Qui est entré chez Barbançon. "
Tape ta pine contre mon con.

— " Nous attendons notre maître,
" Qui est entré chez Barbançon ;
" Est entré levant la tête,
 " Tape ta pine,
" Il en sortira couillon,
" Tape ta pine contre mon con."

LE PÈRE SIMON.

Il était un petit homme
Qui s'app'lait le pèr' Simon ;
Il alla sur la montagne,
    Ton ton tai-ai-ne,
Pour voir tirer le canon,
Ton ton taine et ton ton ton !

Il alla sur la montagne,
Pour voir tirer le canon ;
Il serra si fort les fesses,
    Ton ton tai-ai-ne,
Qu'il fit dans son pantalon,
Ton ton taine et ton ton ton !

Il serra si fort les fesses
Qu'il fit dans son pantalon.
Tout's les dames de la ville,
    Ton ton tai-ai-ne,
S'en vinr'nt avec des torchons,
Ton ton taine et ton ton ton.

Tout's les dames de la ville
S'en vinr'nt avec des torchons,
Et lui essuyèrent les fesses,
    Ton ton tai-ai-ne,
La raie du cul tout au long,
Ton ton taine et ton ton ton.

Et lui essuyèrent les fesses,
La raie du cul tout au long :
— " Je vous remercie, mesdames,
    " Ton ton tai-ai-ne,
" De votre bonne intention,
" Ton ton taine et ton ton ton.

" Je vous remercie, Mesdames,
" De votre bonne intention,
" Quand vous irez par la ville,
  " Ton ton tai-ai-ne,
" N'oubliez pas ma maison,
" Ton ton taine et ton ton ton. "

" Quand vous irez par la ville,
" N'oubliez pas ma maison ;
" Nous y trouperons la soupe,
  " Ton ton tai-ai-ne,
" A la merde et à l'oignon,
" Ton ton taine et ton ton ton. "

" Nous y tremperons la soupe
" A la merde et à l'oignon,
" Et celles que c'la dégoûte,
  " Ton ton tai-ai-ne,
" Auront la merde sans l'oignon,
" Ton ton taine et ton ton ! "

LA SOURCE.

Refrain :

C'est pas là qu' j'irai fair' la vie, *(bis)*
Quand j'aurai cent sous. *(bis)*

Sur le boul'vard Saint-Michel,
Il y a un sal' petit trou,
  Sal' petit trou.
C'est *la Source* que ça s'appelle,
On n'y est pas bien du tout.

Le patron de cette guinguette,
Le père Bourg est un grippe-sou,
    Un grippe-sou,
Qui ménage sa bonne galette,
En faisant valser nos sous.

Le gérant s'y fait des rentes,
En ayant l'air de bouffer tout,
    De bouffer tout ;
N' bouffe qu' les affair's d' ses clientes ;
Faut qu'il fourre son nez partout.

La patronne, si grosse, si belle,
De loin vous met sans d'sus dessous ;
    Met sans d'sus d'sous ;
Mais quand on s'approche d'elle,
On s'aperçoit qu' tout est mou.

Quant à Mam'zell' Léontine,
Je ne la gobe pas du tout,
    Gob' pas du tout ;
Elle fait trop sa bobine,
Ça doit être un mauvais coup.

Les clients sont tous des poires,
Qui se laissent monter le cou,
    Monter le cou ;
Tous les soirs on leur fait boire.
Des chartreus's vert's à quinz' sous.

Si cette complainte est si bête,
Bonnes gens, ah ! plaignez-nous,
    Ah ! plaignez-nous :
C' qui nous a vidé la tête,
C'est d' trop boire dans ce sal' trou.

POUR UNE FEMME AUX POILS ROUX

Oh ! sucer ta salive et respirer ton souffle,
Tresser tes blonds cheveux, branler ton clitoris,
M'éclairer de tes yeux comme d'une camoufle,
Enfiler ton anus, bague de mon pénis.

Sur ma bouche amener tes deux seins en dérive,
Mordre leurs mamelons de ma plus folle dent,
Pour en faire jaillir le colostrome dive,
Affolante rosée en ces fraises d'amant.

Oh ! pouvoir parcourir de ma verge stérile
Ta montagne Vénus, couverte de poils roux,
Arroser ton jardin de mon foutre fébrile,
Cueillir tes blanches fleurs au parfum le plus doux.

Et, ta jambe écartée et ta vulve ent'ouverte,
Sentir ma propre chair s'enfoncer dans ta chair
Et, répandant mon sperme et négligeant sa perte,
Venir et revenir et grouiller comme un ver.

Et contempler tes poils, respirer leur odeur,
Leur transformer mon vit en un fer qui les frise,
Qui les boucle et fasse refléter leur rousseur ;
Les parer d'un scrotum qui complète leur mise ! !

E. FELD
Etudiant en Médecine.

CHANSON DE L'HOTEL-DIEU

Refrain :

Sacré nom de Dieu, quelle allure
Nom de Dieu,
Sacré nom de Dieu, quelle allure !

} (*bis*)

Tout près de l'Hôtel-Dieu, nom de Dieu ! (*bis*)
Y avait une servante,
Elle a tant d'amoureux, nom de Dieu !
Qu'elle ne sait lequel prendre,
Ah ! nom de Dieu !

Elle a tant d'amoureux, nom de Dieu ! (*bis*)
Qu'elle ne sait lequel prendre.
Le maître sellier du train, nom de Dieu !
En a fait la demande,
Ah ! nom de Dieu !

Le maître sellier du train, nom de Dieu ! (*bis*)
En a fait la demande.
Le père le veut bien, nom de Dieu !
La mère est consentante,
Ah ! nom de Dieu !

Le père le veut bien, nom de Dieu ! (*bis*)
La mère est consentante.
Mais les époux entr' eux, nom de Dieu !
Ne peuvent pas s'entendre.
Ah ! nom de Dieu !

Mais les époux entr' eux, nom de Dieu ! (*bis*)
Ne peuvent pas s'entendre.
Malgré les envieux, nom de Dieu !
Ils couchèr'nt ensemble.
Ah ! nom de Dieu ?

Malgré les envieux, nom de Dieu ! (*bis*)
Ils couchèr'nt ensemble.
Dans un grand pieu carré, nom de Dieu !
Tout garni de guirlandes.
Ah ! nom de Dieu !

Dans un grand pieu carré, nom de Dieu ! *(bis)*
  Tout garni de guirlandes.
Aux quatre coins du lit, nom de Dieu !
  Quatre cannonniers bandent.
  Ah ! nom de Dieu !

Aux quatre coins du lit, nom de Dieu !
  Quatre cannonniers bandent.
La belle est au milieu, nom de Dieu !
  Elle écarte les jambes,
  Ah ! nom de Dieu !

La belle est au milieu, nom de Dieu ! *(bis)*
  Elle écarte les jambes.
Les règles lui sort'nt du cul, nom de Dieu !
  Encore toutes fumantes.
  Ah ! nom de Dieu !

Les règles lui sort'nt du cul, nom de Dieu !
  Encore toutes fumantes.
Vous tous qui m'écoutez, nom de Dieu !
  Y mettriez la langue.
  Ah ! nom de Dieu !

L'AMOUR QUI NOUS MÈNE.

Refrain :

Don daine
L'amour qui nous mène,
Don don.

Bridez mon cheval, et mettez lui la selle ; *(bis)*
C'est pour aller voir Jeanneton la belle.

C'est pour aller voir Jeanneton la belle ; *(bis)*
Jamais tu n'auras ce que j'ai eu d'elle.

Jamais tu n'auras ce que j'ai eu d'elle ; *(bis)*
J'ai eu de son cœur la fleur la plus belle.

J'ai eu de son cœur la fleur la plus belle ;
J'ai couché trois fois la nuit avec elle.

J'ai couché trois fois la nuit avec elle ; *(bis)*
Dans un grand lit blanc garni de dentelle.

Dans un grand lit blanc garni de dentelle ; *(bis)*
Aux quatre coins du lit, y a des pommes d'orange.

Aux quatre coins du lit, y a des pommes d'orange ; *(bis)*
Et au milieu du lit, le rossignol y chante.

PÉRÉGRINATION ANATOMIQUE.

Le soleil commençait sa course en son orbite,
Et le pilote Iris, de la faulx du cerveau
Tranchant le lien du vaisseau qui s'agite,
La corde du tympan, nous filâmes sur l'eau !
Alors, pleins d'allégresse, abandonnant les côtes,
Nous les saluâmes une dernière fois,
Ayant tous éprouvé, véritables ilotes,
Les rigueurs de la soif et de la faim parfois !
Un doux zéphir enfla soudain toutes nos voiles
Dont la trame tissée en tiges pituitaires,
Bandelettes pectinées dans les larges toiles,
Rehaussaient de la nef les formes légendaires !
Sans cesse ballottés sur leurs nombreux sillons,
L'on parcourut toutes les circonvolutions ;
Au cap de la troisième on prit le remorqueur,
L'oculaire moteur commun, qu'on avait eu
Par l'intermédiaire de Wrisberg en humeur,

Pour doubler sans danger l'insula mise à nu.
Bientôt fut franchi l'isthme de l'encéphale,
Mais la tempête là nous retint quelque temps,
Nous rejetant tantôt vers le trou ovale,
Tantôt sur le rocher, région sans printemps,
Voisinage du vague, ô cruel désespoir !
La pie-mère et les petites méningées
Sortaient du labyrinthe à l'approche du soir,
Implorant à genoux les Ondes enragées !
Comme on ne pouvait plus supporter le grand bruit
Des marteaux qui frappaient en cadence l'enclume,
On convint tout d'abord qu'on passerait la nuit
Dans le vestibule où l'otholite s'allume !
Tandis que, se penchant aux fenêtres otiques,
A la rampe, à l'ovale, à la fenêtre ronde,
Les méninges tendaient des rameaux sympathiques,
Dans le colimaçon se dansait une ronde !
Un orchestre choisi jouait des airs gris pâles,
Dont Bergmann au plancher, sa baguette en avant,
Conduisait l'harmonie, aux accents des scybales,
Des trompes d'Eustache et des caisses de tympan.
De Scarpa le triangle et de Corti les cordes
Gémirent à leur tour et d'un air pathétique
Fléchirent le courroux des dieux en discorde.
Le ciel se fit serein et revint magnifique ;
Et tous les voyageurs poussaient des cris stallins.
Jacobson s'avançait, son rameau dans les mains,
Et suivi d'au plus près par ses quatre neveux
Les deux superficiels et les profonds pétreux.
Après leurs compliments faits au mâle Caduc,
Ils s'engagèrent tous au fond de l'aqueduc !
Nous, l'âme criblée d'une douleur profonde,
Nous vîmes, qui passaient, enlacés deux à deux,
Portant de riches selles turciques sur l'onde,

Hennissant, des hippocampes au corps calleux !
Au trou borgne on les vit peu après arrêtés
Pour faire leur repas de vieux corps godronnés !
Un nouveau changement de veines nous jeta
Dans les lacs sanguins, à-travers la scissure
Du fameux Sylvius ; d'un trait l'on arriva
De l'axis à l'atlas en une crypte sûre,
Où mère Arachnoïde nous reçut fort bien,
Offrant du liquide céphalo-rachidien.
La dure-mère aussi, sous les tentes légères
Du petit cervelet, convia les galères
A son frugal repas d'olives bulbeuses.
On vit en peu d'instants les âmes nébuleuses,
Car tous se pressaient en une longue file
Pour déguster les vins du pressoir d'Hérophile !
Les frères Palmaire, le petit et le grand,
Vénus, on ne sait trop comment, dans cette fête,
En tombant tous deux secs, piquèrent une tête
Dans l'antre d'Highmore au vaste trou béant.
Ils n'avaient plus l'estomac chic !... A la fin
Il fallut s'engager dans un nouveau chemin.
Du canal thoracique on suivit la voie
Qui mène à l'Ile Eon en contournant le foie ;
Nous pûmes atterrir dans des champs immenses,
Tout couverts d'épis blonds, où les buccinateurs,
Venant à nous, de l'air tiraient des sons intenses
Des trompes de Fallope enlevées à leurs sœurs !
L'abbé Nula disait une messe aux colons,
Il avait revêtu ses habits, son vélum
A frange épiploïque et ses nombreux galons.
Nous chantâmes en chœur l'air du duodenum.
Par erreur, un colon montra son appendice
Au plus beau moment du divin sacrifice ;
L'on n'entendit partout qu'un même cri d'horreur

Pour se sec homme aveugle et jouant de malheur !
Tout à fait indigné, le brave père Itoine,
Avec un air honteux, montrait tant de colère
Que le vaste Interne, depuis devenu moine,
Lui cria : — " Bouge plus, ou je te mets en terre ! "
Nous passâmes enfin le détroit supérieur ;
Sous le mont de Vénus on fit faire une pause.
Chacun selon ses goûts pris place à l'intérieur,
Cherchant les meilleurs coins de l'endroit, et pour cause.
Les Nymphes, vêtues de tissus érectiles
Et coiffées du capuchon clitoridien,
Portaient de nombreux vases aberrant en piles,
Qu'elles allaient remplir, près du petit bassin,
Dans une cavité cotyloïdienne.
Le père Iné, soudain pris d'une sainte ardeur,
Surprit l'une d'elles sous la méridienne
Et voulut lui montrer son nerf obturateur.
Jeune et fort gentille, belle en tous ses appas,
La nymphe refusa qu'il se mît à ses trousses,
Puis, à son grand regret, elle ne permit pas
Qu'il défît tant soit peu le cordon de ses bourses.
Et l'on put déjeûner enfin, à la fourchette,
D'un excellent repas, où la fine andouillette,
Les œufs de Naboth frais et les museaux de tanche,
Les glands humides doux, un morceau de la tranche,
Avec du camembert, restèrent sans débris.
Puis on se rafraîchit de liqueur séminale,
Qu'au méat de la source pompait une vestale.
Au milieu du festin nous étions tous gris !
En ce moment passait un funèbre convoi
Qui se dirigeait vers la voie sacrée
En suivant lentement la ligne innomminée.
Le père Ioste, en tête, pleurait, tout en émoi.
Il était entouré des cinq fils du pubis.

N'ayant pas pu plus tôt nous en donner avis,
Il nous dit qu'on portait le petit Troc en terre,
Qui s'en allait ainsi au commun cimetière :
On n'avait plus de place en la fosse iliaque !
Le malheureux s'était fracturé la colonne
En voulant s'élancer, dans un accès maniaque,
De l'anneau du troisième sur la très bonne
Tête du père Oné. Ce jour fut mémorable.
Enfin heureusement le vent fut favorable.
En la voie inguinale il fallut s'engager
Pour arriver à Tarse, où l'on fit élever
Aux victimes de ce long voyage splendide
Un mausolée d'airain, monument cuboïde
Avec calcanéum tout orné d'astragales,
De festons arrondis, de voûtes ogivales,
De contours scaphoïdes, d'une arcade plantaire
Avec inscription cunéiforme en l'aire ! ! !

Dr G. MARCOU.
(Chron. Méd. 1er Mai 1901)

MARSUPIALISATION INTEMPESTIVE.

Chanson chirurgicale
A-propos du regrettable penchant qu'ont les chirurgiens à prendre
leurs clients pour des marsupiaux.

Est-il une proi' plus facile
Aux professionnels contempteurs :
Critiqu's, chansonniers, imbéciles,
Que ces pauvres braves Docteurs ?...
Après s'être lavés les mains,
Ils sont heureux de s'dire : — " En somme,
" C'est bon d' soulager son prochain. "

Si l'un d'eux oubli', sans malice,
Dans l'intérieur d'un d' ses clients,
Son chapeau, sa canne ou sa p'lisse,
Ça fait des scandal's effrayants !.,.
Et c'pendant, il est la première
Victim' de ce malentendu :
En plus qu'ça lui coûte son vestiaire,
C'est encore un client d' perdu !...

Donc, un chirurgien populaire,
De péritoin's grand pourfendeur,
Venait d'extirper les ovaires
D'une cliente à la hauteur.
Ayant terminé sa toilette
Et vérifié, cinq à six fois,
Que sa trousse est bien complète,
Il s' dit : — " L' cas est uniq', ma foi ! "

Mais au bout de quelques semaines,
Quand on retira les pans'ments,
La dame avait une bedaine
De jeune fill'..... que plaque son amant !
L' docteur s'dit : — " Dans c' ventre qui s' dév'loppe
" J'ai dû laisser quelqu's détritus !... "
Mais, l'étudiant au stéthoscope,
Il entendit l' cœur d'un fœtus.

— " Mill' scalpels, jura-t-il, madame !
" Sans organ's ad hoc, sans époux,
" Seriez-vous donc un cryptogame
" Pour vous reproduir', malgré tout ?
" Il faut, pour qu'ainsi ce goss' vienne,
" L'opération du Saint-Esprit ;
" Aussi vais-j' la fair' " Césarienne ",
" Pour voir ce nouveau Jésus-Christ ! "

Dès que fut fait un orifice,
Du ventre on vit, stupéfaction !
Surgir l'ex-extern' de service,
Disparu d'puis l'opération !...
— " Quelle distraction singulière ! "
Fit l'docteur,.. puis il opina :
— " C'est tout d'même un' foutu' manière
." De préparer son " internat " !... "

LES MEUBLES DE LA MARIÉE

Refrain :

Jamais j' n'avais fait tant d' bonds,
    Dit la marié-é-e ;
Jamais j' n'avait fait tant d' bonds,
    Dit l'édredon.

Ah ! ah ! ah ! dit l'édredon, *(bis)*
Jamais j' n'avais fait tant d' bonds. *(bis)*

Ah ! ah ! ah ! dit l'oreiller, *(bis)*
Faudrait pas m'écrabouiller. *(bis)*

Ah ! ah ! ah ! dit la couverture, *(bis)*
J' n'ai jamais rien vu d' si dur. *(bis)*

Ah ! ah ! ah ! dit la cuvette, *(bis)*
Je crois qu'il lui fait minette. *(bis)*

Ah ! ah ! ah ! dit l' drap du d' sus, *(bis)*
Jamais j' n'en avais tant vu. *(bis)*

Ah ! ah ! ah ! dit l' drap du d' sous, *(bis)*
C'est toujours moi qui prends tout. *(bis)*

Ah ! ah ! ah ! dit le matelas, *(bis)*
Surtout ne m' transpercez pas. *(bis)*

Ah ! ah ! ah ! dit le bois de lit, *(bis)*
Si vous continuez, je crie. *(bis)*

Ah ! ah ! ah ! disait Thomas, *(bis)*
Surtout ne m' remplissez pas. *(bis)*

LE MARINIER.

Refrain :

Il nous faut du vin-in,
Et du vin nouveau-au,
Du vin nouveau.

Etait une fois un marinier, *(bis)*
Qu'avait ben envie d' s'amuser : *(bis)*
S'en fut sur la courtille,
Là iousque l' vin pétille.

L'hôtesse lui ayant demandé *(bis)*
Quoi qu' c'est qu'i voudrait bien bouffer: *(bis)*
— " D' la merde ou ben d' la viande,
" Pourvu que ça soie tendre. "

L'hôtesse lui ayant demandé *(bis)*
Où qu' c'est qu'i voudrait ben coucher : *(bis)*
— " Dans la plus haute chambre,
" Avec votre servante. "

Quand arriva l'heure de minuit, *(bis)*
La belle voulut sortir du lit : *(bis)*
Il la prit par la cuisse,
Lui dit : — " Faut que j' t'emplisse. "

Le lendemain matin au jour, (*bis*)
La belle pleurait ses amours : (*bis*)
— " Qu'a pleure, qu'a chie, qu'a chante.
" Al' en a plein le ventre. "

Celui-là qu'a fait la chanson, (*bis*)
C'est un marinier de Coüeron ; (*bis*)
Coüeron tout près de Nantes,
Ville très commerçante.

LA LÉGENDE DE L'HOPITAL ST-ANTOINE

(*D'après les Chroniques authentiques*).

Le bienheureux Antoine
Par un' gru' fut tenté ;
Mais cet illustre moine
Garda sa pureté.
Il eut même dans l'âme,
A cette occasion,
Pour la publique femme
Une compassion.

Quand il eut pris sa place
Dans le céleste azur,
Il implora la grâce
De la pauvre roulur'.
Mais le Dieu de clémence
Dit à l'intercesseur :
— " Qu'elle aille en pénitence
" Avec toutes ses sœurs ! "

— " Merci, Dieu ! dit le Moine ;
" Mais, pour les convertir,
" Il faudrait être idoine
" A l'art de bien parlir ;

" Envoyez-leur un ange :
" Celui qui fut l' mari,
" Par un coït étrange,
" De la vierge Mari'. "

— " Je crois que j'ai l'affaire :
" Foulques, le chapelain,
" Des croisades naguère
" Fut le grand bout'-en-train.
" Vers ces filles de joie
" Envoyons-le prêcher ;
" Qu'il leur montre la voie
" Ous'qu' il faut s'engager. "

Superbe d'éloquence,
Le curé de Neuilly,
Par les putains de France
Fut fort bien accueilli.
Ce fut en l'an de grâces
Mil-cent-quat' vingt-dix-huit
Que beaucoup de pétasses
Changèrent de conduit'.

On fit un monastère
Ous'qu'on les enferma ;
Par une règle austère
On vous les comprima ;
A ces ex-courtisanes
On donna pour patron
Le glorieux Antoine
Et son petit cochon.

Durant longues années
Le couvent fut fameux :
Des donzelles bien nées
Y prononcèr'nt des vœux ;

Saint-Louis, Roi de France,
Leur donna des r'venus,
Le Pap' des Indulgences,
Le cochon ses vertus.

Mais voilà, triste affaire !
Qu'la Révolution
Confisqua le douaire
Sans explication.
L'Assemblé' Nationale,
Au mois de germinal,
Dans l'Abbaye Royale
Ouvrit un hôpital.

Longtemps les sœurs soignèr'nt
Les pauvres moribonds ;
Plus tard des infirmières
Prirent leur succession ;
Mais parmi les donzelles,
Nonnettes ou laïqu's,
Y eut-il beaucoup d' pucelles ?
Dame ! voilà le hic !

Aussi crut-on bien faire
D' laisser le nom du Saint
De l'ancien monastère ;
Comme au temps des Nonnains,
Ce monument profane
A toujours pour patron
Le glorieux Antoine
Et surtout son cochon.

HÉBÉ (7 Juin 1891).

LES MOINES DE SAINT-BERNARDIN

Refrain :

Voilà qui est bon, bon, bon, (*bis*)
Et voilà la vie, la vie, la vie,
Et voilà la vie que les moines font.

Nous sommes les moines de Saint-Bernardin,
Nous nous couchons tard et nous levons matin,
Pour aller à mâtines boire un verre de Mâcon.

Nous couchons la nuit dans des draps bien blancs,
Avec des fillettes de quinze à seize ans,
Bien dodues des fesses, bien fermes des têtons.

La nuit tous ensemble nous nous enculons,
Jusqu'au jour ensemble nous buvons, buvons,
Puis après sous la table nous roulons et dormons.

Si telle est la vie que les moines font
Je me ferai moine avec Jeanneton,
Puis, couché sur l'herbett', j'lui chatouill'rai l'bouton. (1)

VARIANTE :

(1) Puis, couché sur l'herbett', lui patinerai le con.

LES MÈRES D'A-PRÉSENT

Dieu que les mères d'à-présent
Ont du tourment avec leurs filles ;
Elles ont toutes des amants,
Surtout celles qui sont gentilles.
Pour un amoureux,
Jeune et vigoureux,
Elles briseraient fers et grilles. (*bis*)

Coline, un jour, à son amant,
Qu'elle aimait tant, à la folie,
Donnait un rendez-vous charmant,
Pour satisfaire son envie :
  — " Tu viendras ce soir,
  " Colin pour me voir,
" Mais ne manque pas, je t'en prie. *(bis)*

" Tiens, voilà mon passe-partout,
" Je loge au quatrième étage ;
" Tu prendras bien garde, surtout,
" De ne pas faire de tapage.
  " Tu sais le secret
  " De mon cabinet,
" Je ne t'en dis pas davantage. " *(bis)*

Colin, ne demandant pas mieux,
Trouva ce jour comme une année.
Au rendez-vous, notre amoureux
Se rendit à dix heur's sonnées.
  Tout en appelant,
  Frappe pan, pan, pan :
— " Ma chèr' Coline, es-tu couchée ? " *(bis)*

— " Ah ! Colin, enfin te voilà,
" Que j'étais dans l'impatience
" De te serrer entre mes bras,
" J'en avais perdu l'espérance ;
  " Et puisque c'est toi,
  " Déshabille-toi ;
" Nous agirons en conséquence. " *(bis)*

La mère, prise d'un soupçon,
Bat le briquet, puis s'habille ;
Elle se doutait qu'un garçon
Etait couché avec sa fille,

Elle monte doucement,
Frappe, pan, pan, pan.
Colin dans les draps s'entortille. (*bis*)

— " Ma mère, ne le découvrez pas,
" Il fait plus froid que de coutume ;
" Si vous l' découvriez, ma foi,
" Il pourrait attraper un rhume ;
 " Si vous le chassez,
 " Ma mère vous aurez,
" Le cœur bien plus dur qu'une enclume." (*bis*)

La mère, se souv'nant qu'à vingt ans
Elle en faisait bien davantage,
Pour ne pas priver sa fille d'amants,
Cessa de faire du tapage.
 Quand Colin le soir,
 Coline vient voir,
Elle lui souhaite elle-même bon courage (*bis*)

LE TROU QUI PÊTE

(Chœur du 1er ouvrier) :

Les Anglais sont débarqués
 Dans ma limace ;
Je n' peux plus caramboler,
V' là c' qui m'embarasse.

(Chœur du 2e ouvrier) :

Moi, quand ma femme me dit non,
 Qu'elle a ses affaires,
Je la r'tourne et j' lui fends l' rond.
 V'là mon caractère.

(Chœur des Gougniottes) :

Vivent les gougniottes,
N'y a qu' ça qui m' botte,
Les hommes n'en faut plus :
Ça n' sait pas vous bouffer l' cul.

(Chœur des Tapettes) :

Vivent les tapettes,
Et le trou qui pête;
Au vagin qui pue,
Je préfère le trou du cul.

LA BOTTE DE PAILLE.

Air : *C'est un oiseau qui vient de France.*

I

Un matin du printemps dernier,
Dans un couvent, rue Mazarine,
On vit venir un étranger,
Qu'avait, ma foi, fort belle mine.
Il portait un falzar mastic,
Un pardessus doublé d' fourrure ;
Bref, l'ensemble de sa tournure
Dénotait un miché très chic.

Les cœurs palpitaient d'espérance,
Et Madame disait à mi-voix :
— " Mesdemoiselles, en place pour le choix, *(bis)*
" C'est un miché d' la Banque de France. "

II

— " Monsieur, regardez par ici. "
— " Voyez comme je tire bien la langue. "
— " Voyez cela. " — " Voyez ceci. "
De tous côtés on le harangue.

Mais lui, comme en son élément,
Très calme devant la bourrasque,
De son habit levant les basques,
S'asseyait très tranquillement.

Les cœurs battaient à se rompre,
Et Madame répétait tous bas :
— " Mesdemoiselles, ne remontez pas, (*bis*)
" C'est un miché qui vient de Londres. "

III

" Monsieur désire peut-être un moss,
" Ou bien une bouteille de Champagne ;
" Monsieur désire passer en soce,
" Dans l'autre salon ? " — Mais lui, sans magne,
Dit : — " Merci, je ne prendrai qu' la peau ;
" N' vous dérangez pas, j' vous en prie ;
" Comme je n'ai pas de parapluie,
" J'attends qu'il ne tombe plus d'eau. "

Les cœurs se r'tirèrent avec perte,
Et Madame se mit à gueuler :
— " Mesdemoiselles, descendez souper, (*bis*)
" C'est eune flanelle qui vient d'Montmertre ! "

———— ✳ ————

LES POILS DU CUL.

Faut-il avoir du poil au cul ?
Comment résoudre cette affaire ?
Les uns disent : — " C'est nécessaire."
Et les autres : — " C'est superflu. "
En ce débat contradictoire,
Où rien encore n'est résolu,
La Bible, la Fable et l'Histoire   } *bis*
Vont nous parler des poils du cul.   }

Adam sans doute était poilu; (1)
Car cet insecte parasite
Qui, sur nos couilles, fait son gîte,
Par le froid vif est morfondu.
Et Dieu, qui donne la pâture
Aux oiseaux faibles et peu velus,
Aux morpions, pour couverture,
Donna les poils de notre cul. } bis

Ce fut David, sans poil au cul,
Qui, d'une main que Dieu seconde,
Bien qu'armé d'une simple fronde,
Frappe, et Goliath est abattu.
Ceci nous montre bien, je pense,
Qu'un bon chrétien, faible ou trapu,
Doit compter sur la Providence
Plus que sur les poils de son cul. } bis

Ce fut par un poil de son cul,
D'une longueur phénoménale,
Qu'au bout de la branche fatale,
Absalon resta suspendu.
Depuis ce trépas misérable,
Tous les Hébreux ont résolu,
Pour éviter un sort semblable,
De se raser les poils du cul. } (bis)

Samson, qui certes était velu,
A vu, par une main traîtresse,
Avec le poil noir de ses fesses,
Tomber sa force et sa vertu.
Sous le ciseau qui le dépeuple,
Tout son poil tombe, il est foutu !
C'est ainsi que le sort d'un peuple
Tient, dit la Bible, aux poils du cul. } (bis)

— " Faut-il avoir du poil au cul ? "
Disait Hercule aux pieds d'Omphale,
" Que peut te faire, ô ma Vestale !
" Un rouston plus ou moins velu? "
Il dit, et, découvrant ses couilles,
D'un poil lustré, fin et touffu,
Il enroula sur la quenouille
Cent écheveaux de poils du cul ! } *(bis)*

— " Faut-il avoir du poil au cul ? "
Disait Thésée au Amazones,
Quand, à trois cents de leurs personnes,
Sa pine au cul il eut foutu.
Bandant encore à la dernière :
— " Eh bien ! ma chère, qu'en penses-tu ?"
— " Cré nom de Zeus, dit la guerrière,
" Il faut avoir du poil au cul ! " } *(bis)*

Jadis, sous les rois chevelus,
C'était un titre honorifique,
Digne d'admiration publique,
Que d'avoir tout son poil au cul.
Mais, notre siècle égalitaire
A réformé tous ces abus,
Et désormais le prolétaire
Peut se payer du poil au cul. } *(bis)*

Faut-il avoir du poil au cul ?
Vous connaissez tous la pucelle.
Eh bien! certes, ce fut par elle
Que les Anglais furent battus ;
Car, en voyant son oriflamme,
Tous les Anglais au cul velu
Sont foutus l' camp devant une femme
Qui n'avait pas de poil au cul. } *(bis)*

18

Avaient-ils donc du poil au cul,
Quand, saisis d'un courage antique,
A l'appel de la République
Jeunes et vieux sont accourus ?
Remplis d'une ardeur sans pareille,
Jusqu'aux enfants, tout s'est battu,
Car la valeur, a dit Corneille,
N'est pas fonction du poil au cul.   } (bis)

— " Si vous avez du poil au cul, "
Disait, aux pieds des Pyramides,
A ses bataillons intrépides,
Un général fort bien connu,
" Souvenez-vous qu'à la bataille,
" Fût-il vainqueur, fût-il vaincu,
" Jamais Français, sous la mitraille,
" N'a montré les poils de son cul.   } (bis)

Faut-il avoir du poil au cul ?
Nous avons, en cette rencontre,
Plaidé le pour, plaidé le contre,
Et rien encore n'est résolu.
Mais un avis que je crois sage,
Qui jamais ne fut combattu,
C'est qu'il vaut mieux, pour son usage,   } (bis)
Un cul sans poil, qu'un poil sans cul.

VARIANTE :

(1) Adam n'avait pas de poil au cul,
Et l'Eternel restait morose ;
Il décida qu'une triple dose
A la belle Eve fût dévolue.
Et Lui, qui donne la pâture
A l'oiseau faible et peu trapu,
A donné, comme couverture,   } (bis)
Aux morpions les poils du cul.

A PROPOS DU CHOLÉRA DES POULES

Lettre de M. J. Prudhomme à son neveu, Interne des hôpitaux.

Air : *Le Roi d'Yvetot.*

Qu'apprends-je, mon cher Barnabé,
Par ma feuill' quotidienne ?
Que l' choléra s'est déclaré
Dans la race poulienne ?
Comment se fait-il qu'un pasteur
D' cett' découverte ait l'honneur,
     L' bonheur ?
L'Académie a r'connu ça :
Les poules ont le choléra,
    Oui-dà !

J' m'étonn' que ce grand inventeur,
Vrai jardinier, cultive
Le germe, dégoûtant auteur
Du mal qui nous arrive ?
Il nomm' ça : cultur' du bouillon !
Fi ! ça doit sentir le graillon,
    L' poêlon !
Ma cuisinièr' frémit déjà ;
Les poules ont le choléra,
    Oui-dà !

L'om'lett' jusqu'ici j' l'adorais
Au lard, aux confitures ;
Je n' veux plus voir ni d' loin ni d' près
Cett' poule en miniature.
Désormais avec l'œuf brouillé
J'entends qu'il soit de mon foyer
    Rayé ;

Sur sa coquille ont lit déjà :
Les poules ont le choléra,
    Oui-dà !

A ta tant' je donnais le nom
De : Ma poule adorée !
Je répudierai le surnom
Dont j' l'avais décorée.
Mes jours heureux sont donc passés
Puisque j'ai des gallinacés
    Assez.
Mon coq inquiet s'agit' déjà ;
Ses poules ont le choléra,
    Oui-dà !

Quand, fruit de l'humide saison,
J'avais pris un fort rhume,
Un lait de poule, saine boisson,
M'endormait sur la plume.
Au diable le bouillon d'poulets !
Je lui prohib' de mon palais
    L'accès.
Malheur à qui s'enrhumera !
Les poules ont le choléra,
    Oui-dà !

Un jour si ce fléau malsain
S'abattait à tir' d'aile
Sur le bataillon féminin
Que cocott's on appelle,
Quel bonheur ce s'rait pour les mœurs !
Et dans le mond' quelles clameurs
    En chœur :
Ah ! ah ! ah ! ah ! Savez-vous ça ?
Les cocott's ont le choléra,
    Oui-dà !

Mon n'veu, pour terminer c' propos,
Ton tendre oncle t'embrasse ;
Reste toujours froid et dispos
Comme le just' d'Horace ;
Contre la poule au bec goulu
Tiens bon, redoutant tant et plus
       Sa glu.
Qu'on se le dis' dans l'Internat :
Les poules ont le choléra,
       Oui-dà !

                    Dr E. TILLOT.

LES ODEURS SUAVES

Des parfums je n'ai pas l'horreur,
       Cou-cou,
Mais j'estime qu'une odeur pure
Est préférable à toute odeur
Sans rapport avec la nature ;
Aussi, je suis bien convaincu,
Comme de la plus simple des choses,
Qu'un cul, ça doit sentir le cul,
Et non pas l'essence de rose.

Je n' comprends pas qu'une putain
       Cou-cou,
Aille se fourrer entre les cuisses,
Et jusque z'au fond du vagin,
Des parfums qui gâtent la matrice.
Un livarot qui sentirait bon
N' s'rait pas un fromage honnête ;
Un con, ça doit sentir le con,
Et non pas l'essence de toilette,

J'ai dit à ma femme ce matin
   Cou-cou,
— " As-tu bientôt, fini, sale bête,
" De te parfumer au Lubin,
" Et d' fout' ton cul dans la cuvette ?
" R'nifl' donc un peu l' bout d' mon nœud :
" Ne sent-il pas la vieille charogne ?
" Un nœud, ça doit sentir le nœud,
" Et non pas l'eau de Cologne. "

Je comprends qu'au comble de l'amour
   Cou-cou,
Une femme suce la pine à son homme,
Et qu'aussitôt, faisant d'mi-tour, (1)
Il lui bouffe le cul comme une pomme ;
Ce sont là des plaisirs de Dieux,
Car il faut que rien se perde ;
Mais, pour s' gougnioter dans les lieux,
Il faut vraiment aimer la merde.

Je comprends que, changeant de trou,
   Cou-cou,
On encule sa ménagère,
On s'emmerde, mais, après tout,
On jouit plus, puisque ça serre. (2)
Elle vous dit, en baissant les yeux :
— " Il fallait bien que je la perde. "
Mais, pour s' gougnioter dans les lieux,
Il faut vraiment aimer la merde.

Bref, je vous l' dis en terminant,
   Cou-cou,
En amour je comprends les choses ;
Qu'on suce un vit mou et gluant,
Qu'on s' fasse minette et feuille de rose,

Baisant dur comme nos aïeux ;
Un puc'lage c'est fait pour qu'on l' perde ;
Mais, pour s' gougnioter dans les lieux,
Il faut vraiment aimer la merde.

VARIANTES :

(1) Je comprends qu' dans l' feu d' la passion,
Une femme suce la pine à son homme,
Et que, changeant de position,

(2) Ça fait du bien, puisque ça serre.

————— ⟨·|·⟩ —————

SONNET DE..... HONTE.

(Imité du Sonnet d'Oronte, de MOLIÈRE)

L'Amour, il est vrai, nous soulage
Et nous calme un besoin pressant ;
Mais, Syphilis, triste avantage
Quand tu troubles l'amusement !

Mieux vaut garder son pucelage
Quand d'une bourse on tire argent
Et fait du mercure partage
Aux deux autres (1) également.

Quand nez, oreilles, dents, succombent ;
Quand pieds et bras et jambes tombent
Et ces poils doux comme velours

Frisés, soyeux, qu'on aime en père ;
O Syphilis, on désespère
Alors qu'on en perd chaque jour !

(1) *Bourses*, naturellement.

E. FELD
Etudiant en Médecine.

————— ▸◂▸◂ —————

ET AUTRE CHOSE ITOU.

Et autre chose itou
Que je n'ose pas dire ;
Et autre chose itou,
Je n'ose dire tout.

La vie est emmerdante,
On n'a que du chagrin ;
Pour la rendre amusante,
Il faut aimer le vin.

D'une épine fleurie,
Au fond d'un jardinet,
Colas et Virginie
Se faisaient un bouquet.

En le faisant, la belle
Regardait son berger :
— " Mon ami, lui dit-elle,
" Tiens ! prends donc un baiser ! "

Il la prend, il la baise,
La couche sur le jonc,
Et là, tout à son aise,
Il lui prend le menton.....

La bergère enflammée
Lui dit, d'un ton charmant :
— " Dieu ! que je suis aimée !
" Que ton amour est grand ! "

Mais le berger peu sage,
Enflammé, plein d'ardeur,
Lui montra qu'à son âge
On a toujours du cœur.

Après mainte fleurette,
Notre couple divin
S'endormit sur l'herbette
En se tenant la main.....

La Belle, demi-nue,
Se réveillant soudain,
Lui dit : — " Je suis émue,
" Retire-donc ta main..... "

Quand ils se réveillèrent,
La belle au cotillon
S'en fut à la rivière,
Pour laver son jupon.....

Le curé du village,
En les voyant tous deux,
Sentit, malgré son âge,
Se dresser ses cheveux.....

Et, depuis l'aventure,
Savez-vous ce qu'on dit ?
On dit que la ceinture
De Virginie grossit.

Les fill's de mon village,
Garçons et francs-lurons,
Toutes, malgré leur âge,
Ont un esprit profond.....

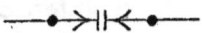

LE TROU DE MON CUL

A mon dernier voyage en Chine,
Un mandarin, un mandarin,
Gras et poilu, gras et poilu,
Voulait me fout' le bout d' sa pine

Dans l' trou d' mon cul, dans l' trou d' mon cul,
Dans l' trou d' mon cul,
Trou d' mon cul, trou d' mon cul,
Trou d' mon cul, trou d' mon cul,
Cul, cul, cul, cul.

Dans l'artillerie d' la marine,
Tous les obus, tous les obus,
Sont si pointus, sont si pointus,
Qu'ils entreraient, j'imagine,
Dans l' trou d' mon cul,.....

Je m' suis foutu dans la Médecine,
Où les clystères, où les clystères
Sont si pointus, sont si pointus,
Qu'ils entreraient, je l'imagine,
Dans l' trou d' mon cul.....

J'ai fait trois fois le tour du monde,
Dans mes voyages, dans mes voyages,
J' n'ai jamais vu, j' n'ai jamais vu,
J' n'ai jamais vu chose plus ronde
Que l' trou d' mon cul.....

Quand j' s'rai un vieux qu'a la tremblotte,
Et que d' baiser, et que d' baiser,
Je n' pourrai plus, je n' pourrai plus,
J'irai, chez Jeanne ou chez Charlotte,
M'y faire passer, m'y faire passer,
Des langues dans le l' cul,
Langues dans l' cul, langues dans l' cul,
Langues dans l' cul, langues dans l' cul,
Cul, cul, cul, cul.

MONSIEUR ET MADAME DENIS

Air : *Le Bal à l'Hôtel-de-Ville.*

Monsieur et Madame Denis,
    S'aimaient dès leur jeune âge ;
Et, depuis qu'ils étaient unis, (1)
        Ils faisaient bon ménage.
        Avant le sommeil,
        Après le réveil,
        A Madame pour plaire,
        Monsieur la p'lotait
        Pinait et foutait
    Si tant qu'elle en fut mère. (*bis*) (2)

Se promenant un certain jour
    Dans un lieu solitaire,
Monsieur, se sentant pris d'amour,
        Etend Madame à terre.
        Puis, sortant son nœud,
        Aussitôt il veut (3)
        Son désir satisfaire :
        — " Mais, — dit la maman —
        " Prends garde à l'enfant,
        " Qui nous regarde faire. " (*bis*)

— " Il n'y comprendra rien du tout ! "
    Reprend le digne père ;
Et sans que rien l'arrête, il fout,
        Pine, baise la mère. (4)
        Mais le garnement
        Dit à la maman :
        — " Lève le cul, que diable !
        " Eh ! ne vois-tu pas (5)
        " Les couill's à papa
        " Qui traînent dans le sable ! " (*bis*)

MORALITÉ :

Que l'histoire de ce moutard,
Parents que Dieu conserve !
Vous préserve d'un tel écart,
Et d'exemple vous serve.
Quand vous baiserez,
Que vous fouterez, (6)
Cachez-vous, Dieu l'ordonne !
Vos fils banderont,
Et se poliront
Assez tôt la colonne ! (*bis*) (7)

Nicolas BRAZIER (1785-1838).

VARIANTES :

(1) Comme deux tourtereaux unis,

(2) Ne sachant trop que faire,
Monsieur pinochait,
Madame bandochait,
Si bien qu'elle fût mère. (*bis*)

(3) Un jours se promenant tous deux,
Dans un bois solitaire,
Monsieur se sentant pris de feu,
Coll' Madame par terre,
Et, tirant son nœud,
Tout de suite il veut

(4) Répond l'excellent père,
Et sans que rien l'arrête : — " Fou ! "
Il vous baise la mère.

(5) Ne vois-tu donc pas

(6) Que la moral' de cette histoire,
Parents que Dieu conserve !

Vous préserve de tous déboires
Et de leçon vous serve.
Quand vous baiserez,
Quand vous pinerez,

(7) Aussitôt la colonne *(bis)*

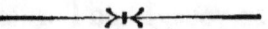

LES CONSEILLERS MUNICIPAUX [1]

Air : *Les Gardes Municipaux.*

Refrain :

C'est nous qui somm's le con-
    seil municipal,
Nous tenons tous à con-
    trôler l'hôpital,
Et nous sommes si con-
    vaincus du scandal',
Que nous voulons mater tout le corps médical.

Nous sommes l'ornement
De la bell' capitale ;
Plus que l' gouvernement,
La puissance rivale,
Nous avons au respect
Que tout l' mond' nous refuse,
Fussions-nous tous des buses,
Le droit le moins suspect.

L'autr' jour nous somm's allés
A l'hôpital Antoine,
Pour voir comment vont les
Malades qu'on y soigne.

Dubois nous l' disait bien :
Ces médecins d'hospice
Font très-mal leur service,
Ils n'y connaissent rien.

Qu'est qu' c'est que c' pékin-là
Qu'a l' chapeau sur la tête ?
Dirait-on pas que v'là
Qu'il fume un' cigarette !
Malheur, s'écria Strauss,
Il brav' notre puissance !
D'une telle insolence
On va punir c'te ross' !

Encore un d' ces méd'cins
Qui touchent des chos's sales,
Nous foutent des vaccins
Et coup'nt nos amygdales ?
Nous en avons assez,
Tous, les chefs, les internes,
Les roupious, les externes,
Nom de Dieu !... tous cassés.

Nous nous foutons pas mal
Qu'ils trouvent des bacilles !
Il faut qu'à l'hôpital
Ils respect'nt nos Ediles.
Qu'ils meur'nt du choléra !
Qu'ils crèv'nt de diphtérie !
Qu' leur race soit périe
Qu'est' c' que ça nous fera ?

Il n' faut plus d' médecins,
Ça gêne le malade ;
Tout ça c'est comm' les saints,
C'est de la couillonnade.

Faut de l'égalité,
Y faut pas d'autres règles.
Nous seuls, étant des aigles,
Planons en Liberté !

(*Hôpital Saint-Antoine, 1890*)

(1) Chanson composée à la suite d'une visite du Conseil Municipal à l'hôpital Saint-Antoine.

RÈGLEMENT

On sait les fâcheux incidents qui se sont produits, avant-hier, entre un conseiller municipal et un externe de l'hôpital Saint-Antoine. Pour éviter le retour de pareils scandales, M. Peyron, directeur de l'Assistance publique, vient de lancer une circulaire réglant définitivement le cérémonial de réception des conseillers municipaux dans les hôpitaux de la Ville.

Voici les principaux passages de ce règlement qui, dès demain, sera mis en vigueur :

"... Sitôt que l'interne ou l'externe de garde aura connaissance de l'arrivée d'un conseiller municipal, il rénnira (1) dans le vestibule de sa salle les infirmiers de service armés de leurs instruments, les placera sur deux rangs et se tiendra lui-même sur le seuil, chapeau à la main, dans la position militaire.

" Lorsque le conseiller paraîtra, les infirmiers pousseront par trois fois le cri de : — " *Los au Seigneur conseiller* " et présenteront les instruments.

" En même temps, l'interne fera, à reculons, trois grandes références;(2) après quoi il s'arrêtera et dira:—" Seigneur conseiller, gloire à vous qui daignez nous honorer de votre illustre présence ! "

" Puis le cortège pénétrera dans la salle des malades dans l'ordre suivant : en tête deux infirmiers, l'interne de service, Son Excellence le conseiller municipal, entouré de quatre infirmiers de première classe.

" Les malades seront tenus de retirer leurs bonnets de coton. Ils répondront respectueusement à toutes les questions qu'il plaira au Seigneur conseiller de leur adresser. Les acclamations ne leur sont pas défendues.

" La visite achevée, le Seigneur conseiller sera reconduit jusqu'à la porte dans le même cérémonial.

" Dans le vestibule l'interne lui tendra, en ployant le genou, un hanap d'or plein de champagne ou d'alcool ou d'alcool mélangé d'eau.

" Tandis qu'il boira, les infirmiers crieront : — " Le Conseiller boit ! "

" Enfin, après le départ de l'honorable édile, l'interne fera aux malades une conférence sur la vie et la carrière politique de l'illustre visiteur. "

Nous sommes heureux d'être les premiers à féliciter M. Peyron de sa généreuse et intelligente initiative, si conforme aux traditions démocratiques de notre assemblée municipale.

Le Journal, 21 novembre 1892.

Paris. — Imp. WATTIER et Cⁱᵉ, 4, rue des Déchargeurs.

NOTES (1), (2). — Le document *imprimé* qui nous a été communiqué porte ces orthographes ; ignorant s'il y a erreur ou intention, nous les reproduisons intégralement.

(1) Ce RÈGLEMENT fut affiché (comme une affiche ordinaire, timbrée au timbre proportionnel) dans les hôpitaux à la suite des évènements de 1892 à l'hôpital Saint-Antoine.

LE CHEF DES TRAVAUX PRATIQUES [1]

Air : "*En rev'nant d' la R'vue.*"

Je suis l' chef des travaux pratiques
A la Faculté de Paris ;
J'enseigne la science anatomique
A mes jeunes collègues moins instruits.
Mes cheveux gris, ma barbe noire,
Qui sont mon plus beau titre d' gloire,
   M'ont valu d' la célébrité ;
   Des étudiants j' suis écouté.
   Dans l'intervall' des cours
   Je fais de p'tits discours,
   Et sur le cas de M'sieu Salmon
   J' porte des jugements comme Salomon.
   Quand on m' voit arriver
   Tout l' monde vient m'entourer,
   Et l' lendemain les journaux
   M' traitent d'éminent chef des travaux !
      Après Bichat,
    Auquel je cède le pas
    Mais qui n' dirigeait pas
    D' travaux pratiques,
      Sans hésiter,
    Seul je puis affronter
    Toutes les difficultés
      Anatomiques.

Sanglé dans ma-â veste blanche,
Quittant mon tube, mon pardessus,
Pour vous parler d'une façon franche,
Au milieu d' vous je suis venu.
Bien qu' de vot' naïveté j' rigole,
J' vous ai comblés de bonnes paroles,

Et si vous m'y autorisez
En vot' faveur je parlerai :
J'irai trouver Peyron,
J'interviewerai Sauton,
J'imposerai votre cas au préfet,
A Carnot même si ça vous plaît.
J' f'rai des professions d' foi,
J' dirai n'importe quoi,
Pourvu qu'on parle de moi
Et qu'on crie mon nom sur les toits.

    Etudiants
    Aux cœurs indépendants
    Recevez poliment
    Dans le derrière
    Les coups de pied
    Qu' voudront vous allonger
    Messieurs les Conseillers
    D' la Ville Lumière.

Envahissant la maison de ville
Comme aux jours de révolution,
Aux temps affreux des guerres civiles,
Vous avez conspué Peyron,
C'est là qu' commence l'irréparable,
Et, pour jouer cartes sur table,
    Je n' veux pas vous dissimuler
    Que c'est ça qui vous a coulés.
    Cependant c'est d'ici
    Autrefois qu'est parti
    Le premier cri de réprobation
    Contre le soldat de rébellion
    Qu'avait un beau dada,
    Que je n' vous nommerai pas,
    Et pourtant vous savez

Très bien de qui je veux parler.

Aux hôpitaux,

Des électeurs cipaux

Allez soigner les maux

Sans r'pos ni trève.

Dans not' métier,

Nous n' sommes pas ouvriers,

Y n' faut pas prononcer,

Le mot de : " Grève " !

(1) Chanson composée à la même époque que la précédente. — Appelée aussi *Chanson du Professeur Poirier.*

SEIZIÈME LEÇON D'ANATOMIE PRATIQUE

(1)

Faite à l'ouverture des Pavillons par
le Docteur P. P. (2)
Agrégé reçu le dernier (Concours de 1886)
Chirurgien des Hôpitaux
Reçu le dernier (Concours de 1889)
Chef des Travaux (Reçu sans concours, faute
d'autres candidats, 1887)
Recueillie par MM. Friteau et Juvara,
futurs internes des Hôpitaux.

2ᵉ ÉDITION REVUE ET CORRIGÉE

Nous avons pensé derechef faire œuvre utile en publiant cette seizième leçon qui, nous l'espérons, aura plus de succès que les *quinze premières* ; elle a été rédigée, presque sténographiée, après le cours, et nous nous sommes efforcés de lui conserver la forme vivante, lyrique, originale, hachée, sous laquelle elle a été faite. Nos couplets n'ont d'autre prétention que de reproduire la parade que notre maître débitait au tableau, avec sa voix onctueuse et cette ampleur des gestes qui l'ont classé au premier rang parmi les élèves de MM. PAULUS, BARON & MANGIN, " frappant en même temps l'œil et l'oreille pour mieux entrer, pénétrer et rester. "

F. J.

Air : " En Rev'nant d' la R'vue. "

J' commandit' la maison Battaille,
J' suis libraire et chef des travaux,
Nous vendons en gros, en détail,
Mes chefs-d'œuvre anciens et nouveaux.
J' fais d'ordinair' la clavicule,
Mais c'est l' treizièm' travail d'Hercule !
  Aujourd'hui c'est sur l'humérus
  Que j' vais vous pousser mon virus.
  D'abord faut qu' vous sachiez
  Combien cela m' fait..... suer (3)
  Quand on m'accus' d'avoir volé
  Luschka, Gegenbaur ou Henlé !
    Je n' détrouss' que Merkel ;
    Et, grâce à son scalpel,
    Je puis attester le ciel
Que j' n'écris rien que d' personnel !
    J'ai découvert
    Que le biceps s'insère,
    Par deux tendons divers,
    A l'omoplate ;
    Dans mon traité,
Que j' vous ordonn' d'ach'ter,
    Nous les avons teintés
    En écarlate !

Dans les pavillons où je règne,
Défens' formell' d'avoir Testut !
Scientifiqu'ment c'est pas qu' je l' craigne ;

Mais il fait tort à mes r'venus.

Le meilleur, le seul guide à suivre

Pas besoin d' dir' que c'est mon livre ;

Ceux qui n' l'apport'ront pas demain

Seront collés à l'examen.

Abonnez-vous aussi

Aux journaux que voici,

Où Chincholle, Edwards et Laurent

M' font des articl's estomirants !

Lisez *Le Figaro* !

Dans chaque numéro

Vous trouv'rez des échos

De mes miracl's chirurgicaux.

Pour quelques sous,

Messieurs procurez-vous,

Mon portrait chez Pirou

Le grand artiste !

Pigez mes traits,

Et dit's s'il n'est pas vrai

Que j' suis le plus beau des (4)

Anatomistes !

NOTES contenues dans l'original :

(1) Ab unâ disce omnes.

(2) Pr Paul Poirier.

(3) La rime est pauvre, mais il n'est pas défendu de l'enrichir.

(4) Prière de ne pas lire *baudet*.

LA NAISSANCE DE GAVROCHE

ou

LA RONDE DU FORCEPS

Air : *Dis-moi soldat, dis-moi t'en souviens-tu ?*

Il est minuit ; à la salle de garde

L'interne dort comme en un paradis ;

—" Madame Cinq, Monsieur, ça vous regarde,
" Près d'accoucher, vous réclame à grands cris. "
L'interne accourt et son doigt le rassure,
Le col est large et la tête est en bas.
Oyant le cœur en son lointain murmure
Il dit : — " Fœtus, que ne passes-tu pas ? " (*bis*)

" Dépêche-toi, petite créature,
" Ta pauvre mère en toi met son espoir ;
" Fille ou garçon, belle ou laide figure,
" Elle t'attend, heureuse de te voir.
" De blancs habits composent ta layette ;
" Pour être au monde il te suffit d'un pas.
" Viens essayer cette belle toilette. "
L'enfant dit : — " Non ! je ne passerai pas ". (*bis*)

—" Dépêche-toi, gracieux petit être,
" Tu n'est pas seul, d'autres sont plus pressés :
" Tu me feras ainsi manquer, peut-être,
" Quelques enfants, à venir empressés !
" A leur secours, bientôt on me réclame,
" Viens avec eux commencer tes ébats...
" Une douleur ! poussez, poussez, Madame. "
Mais l'enfant dit : — " Je ne passerai pas. " (*bis*)

— " Dépêche-toi, cette salle est glacée,
" J'ai pris l'onglée en ce maudit local,
" Et, par le froid, ma main paralysée
" Peut mal couper ton lien ombilical :
" Qu'attends-tu donc, créature têtue ?
" La poche est vide, et le col au plus bas ;
" Ta pauvre mère à pousser s'évertue. "
L'enfant dit : — " Non, je ne passerai pas. "

— " Dépêche-toi, maudite créature ;
" Mais pourquoi donc cette obstination ?

" N'entends-tu pas la voix de la nature ?

" Mets à profit la dilatation.

" Si tu ne veux être assez raisonnable,

" D'entrer au monde, obligé tu seras ;

" Car j'emploierai l'instrument secourable. "

L'enfant dit : — " Non, je ne passerai pas. " (*bis*)

L'interne, alors, transporté de colère,

Prend son forceps, le désarticulant,

La branche gauche à gauche est la première,

Et puis la droite est mise en un instant :

La tête vient, mais le menton s'accroche,

Avec deux doigts on le saisit en bas,

Dans ce moment, on entendit gavroche

Qui grommelait : — " Je ne passerai pas ! " (*bis*)

Cette chanson ici personnifie

Ces gens bornés, par nature entêtés,

Que l'avenir, le progrès terrifie,

Aveugles-nés pour toutes les clartés !

A trois pas d'eux, leur montrant le bien-être,

Le soleil brille ; ils ferment leur fenêtre,

En répondant : — " Je ne sortirai pas ! " (*bis*)

Dr E. TILLOT.

LA GUILLOTINE.

La guillotine est à Cythère

En usage comme à Paris ;

Seulement la chose diffère

A la Cour de Dame Cypris.

Là, toujours gentil patriote

A ce supplice est condamné

Et l'on voit, hélas ! sans culotte

Quiconque est le guillotiné,

L'appareil est sur un théâtre
Orné d'un tapis de lin blanc.
Entre deux colonnes d'albâtre
S'ouvre le fatal instrument.
L'ouverture en est purpurine ;
L'ébène en forme le contour ;
Le désir ouvre la machine
Et l'exécuteur c'est l'amour.

Dans une attitude fière
Doit s'asseoir le patient,
Plus il dresse sa tête altière
Et plus il est intéressant.
L'étreinte excite son envie,
Il s'irrite et brave son sort ;
Le plus doux moment de sa vie
Est le plus voisin de sa mort.

O Vénus ! dont mon cœur fidèle
Garda toujours les douces lois,
Donne-moi pour prix de mon zèle
Une guillotine à mon choix.
Et, par un effet de ta puissance,
Après ce trépas fortuné,
Oh ! rends-moi, rends-moi l'existence,
Pour être encore guillotiné.

TENTATRICE.

à MM. METCHNIKOFF et GAUCHER.

Viens-tu ? chéri ! le froid, le vent brumeux, l'ennui
Glacent le corps et fendent l'âme ;
Tout s'assombrit, s'attriste et pleure dans la nuit :
Il fera bon de prendre femme.

On aura chaud, tu sais ; et ce sera franc jeu :
      J'ai dans ma chambre du bon feu !

Beau blond, tu fuis ? Il faut avoir le cœur de stuc
      Pour se refuser cette joie.
Bah ! tu crains qu'on te fasse un tarif de grand-duc
      Et qu'on te plume comme une oie ?
Va, je suis bonne, et, sans que rien en soit gâché,
      J'ai du bonheur à bon marché.

Mais reste donc, frisé ; sais-tu ce que tu perds ?
      (Ça vaudra bien la tentative !)
D'agilité précise et de gestes experts,
      Je suis si gentiment active !
Tu ne me quitteras que vanné. Viens ! mon loup ;
      J'ai des baisers à rendre fou.

Tu refuses, le cœur, d'ailleurs, plein de regrets.
      Craindrais-tu d'attraper la... gale ?
Mais si j'ai du bon feu, des prix doux, des secrets
      A contenter Sardanapale,
J'ai, — pour te préserver d'un risque trop réel, —
      De la pommade au calomel !

TRÉPONÈME.

(Formulaire mensuel)

ODE VIRILE.

Membres virils des Patriarches
Que les épouses des Hébreux
Baisaient en foule sur les marches
Des sanctuaires ténébreux ;

Longs appendices qu'au Bengale
Les Vichnous montrent aux enfants

Et dont l'amplitude est égale
A la trompe des éléphants ;

Beaux Phallus que la Grèce antique
Adorait dans les temps d'erreur
Et que les vierges de l'Attique
Voyaient passer avec terreur ;

Priapes de forme rigide
Qu'on voyait le long des chemins
Dressés comme une sainte égide
Aux portes des jardins romains ;

Vastes braquemards des vieux Carmes,
Qui résonniez sur leur nombril
Et qui faisiez dans vos vacarmes
Crier les femmes en péril ;

Vits énormes et longues queues,
Pénis gros comme des jambons ;
Verges rendant les cuisses bleues,
Chybres augustes des Bourbons ;

On a beau vous vanter, j'opine,
Sans fol amour pour mon copain,
Que vous ne valez pas la pine
De mon ami Arsène Lupin. (1)

(1) Nous avons remplacé ici, par Arsène Lupin, le nom d'une personnalité
très en vue, actuellement encore vivante.

———————+×+———————

VAN DEN PEREBOOM.

Chanson Septentrionale.

Refrain :

O Van den Pereboom !

O Van den Pereboom !

O Van den Pereboom !

Pereboom !
Pereboom !
Pereboom !
Boom-Boom !

J' t'emmèn' à ma clinique,
J' t'emmèn' à ma clinique,
J' t'emmèn' à ma clinique,
  Ma cliniqu', ma cliniqu'
  Ma cliniqu', niqu', niqu'.

On t'y coupera la queue, *(ter)*
  P'ra la queue, *(bis)*
P'ra la queue, queue, queue.

Et les roupett's aussi *(ter)*
  Pett's aussi, *(bis)*
  Pett's aussi, si si,

Tu n' bais'ras plus Thérèse, *(ter)*
  Plus Thérèse, *(bis)*
 Plus Thérèse, rèse, rèse,

Tu n'boiras plus d' kummel *(ter)*
  Plus d' kummel *(bis)*
Plus d' kummel, mel, mel.

Tu as l' kummel odieux *(ter)*
  Mel odieux *(bis)*
Mel odieux, dieux, dieux.

L'OPÉRATION A PARFAIT'MENT RÉUSSI.

L'autr' jour on porte à l'hôpital
Un blessé qu'allait pas trop mal,
L' chirurgien dit : — " Faut qu'on lui taille

" Un bifteck au-dessous d' la taille ;
" C'est indispensabl' dans c' cas-ci ! "
L'opération a parfait'ment réussi.

Mais voilà qu'après ça, l' malheureux
Poussait des hurlements affreux.
L' chirurgien dit : — " On voit sans peine
" Qu'il est menacé d' la gangrène ;
" Faut lui couper un' jambe aussi ! "
L'opération a parfait'ment réussi.

Comm' l'homm' jetait toujours des cris,
Les intern's avaient l'air surpris ;
L' chirurgien dit : — " Sur ma parole,
" Pour l' sauver, tranchons l'aut' guibolle ;
" C'est indispensabl' dans c' cas-ci ! "
L'opération a parfait'ment réussi.

L' patient alors s' plaignit tout bas
D'un' viv' douleur dans les deux bras,
L' chirurgien dit : — " Sans nulle trève,
" Au plus vite qu'on les enlève !
" C'est indispensabl' dans c' cas-ci ! "
L'opération a parfait'ment réussi.

Comme il souffrait aussi des yeux,
On les extirpe pour qu'il aille mieux ;
On ôte le nez, une omoplate,
Un' côte avec un morceau d' rate ;
Et chacun d' répéter ceci :
— " L'opération a parfait'ment réussi ! "

Quand on eut ainsi tout enl'vé,
L' chirurgien dit : — " Il est sauvé ! "
Les parents, pleins de confiance,
S'exclamaient : — " Dieu, qu' c'est beau la science !

" Il va bientôt sortir d'ici ;
" L'opération a parfait'ment réussi !..,

Mais v'là l' pauvr' diable qui, d' force à bout,
Suffoque et rend l'âm', tout d'un coup...
L' chirugien dit : — " F'sons l'autopsie,
" Pour bien connaîtr' sa maladie :
" C'est indispensabl' dans c' cas-ci ! "
L'opération a parfait'ment réussi !

LA VÉROLE.

Air : *L'Anatomie*.

L'aut' jour à la consultation,
Le type, un birbe à l'air antique,
Après m'avoir farfouillé l' con,
M'a dit qu' j'étais syphilitique.
Les méd'cins, c'est comm' les curés,
Il faut bien les croire sur parole ;
Mais, vrai, c' lui-là m'a sidérée ;
J' peux pas croir' qu' c'est ça la vérole !

Ç'a commencé par un bouton
Qu'était situé tout auprès d' l'autre ;
Il était plus dur mais moins long,
Un grain d' chapelet pour ses patenôtres.
Comme il m' chatouillait d' temps en temps,
Je m' gratouillais, ça f'sait tout drôle ;
Il m'a fait mouiller bien souvent ;
J' peux pas croire qu' c'est ça la vérole !

Puis sur le corps il m'est venu
Toute une floppée de p'tites taches roses ;
Ça contrastait sur mon corps nu
Avec la blancheur des autres choses ;

J' crois même qu' c'était plutôt joli.
Y en a bien qui s' fout' sur la fiole
Du cold cream et d'la poudre de riz.
J' peux pas croire qu' c'est ça la vérole !

Comme ça s' passait j'ai constaté
Que par en bas c'était pas d' même ;
Quand dans la glace je m' suis r'gardée,
On aurait dit un vrai diadème :
Y en avait des ronds, des pointus ;
C'est velouté quand on les frôle ;
Ça fait trent' six p'tits mamelons d' plus ;
J' peux pas croire qu' c'est ça la vérole !

Pour ceux — y en a d' si dégoûtants —
Qui désirent tout fair' par derrière,
J' crois qu' c'est encor' plus épatant,
Y a vraiment d' quoi se satisfaire :
Mon anus, c'est comm' une vraie fleur,
Une rose à triple corolle ;
On l'effeuill'rait avec bonheur ;
J' peux pas croir' qu' c'est ça la vérole !

L'aut' jour v'là qu'en batifolant
J'ai vu qu' mon typ', le môme Eugène,
Il a quéqu' chose aussi maintenant ;
Faut vraiment qu' nous n'ayons pas d' veine.
C'est comme une pastille sur son gland ;
On grille d' la sucer, ma parole ;
C'est rond, c'est rose et c'est charmant ;
J' peux pas croire qu' c'est ça la vérole !

A l'hôpital je suis rentrée ;
On m'a montrée à M'sieur l'interne,
Un gaillard à l'air déluré,
Qui m'a p'lotée d'un air paterne.

Puis, après m'avoir bien r'gardée,
Pourtant à poil je n' suis pas gnole,
Il n' s'est seul'ment pas fait branler ;
J'vois bien maint'nant qu' c'est la vérole !

————————⟫◦⟪————————

LITANIES DU VAGIN.

Eros ! chantons la gloire du Vagin !
Qu'en sons joyeux éclatent les cymbales !
Sur vos trépieds brûlez l'encens, Vestales !
Esclaves noirs, versez, versez du vin !

Vagin, berceau de notre race,
De l'Embryon sainte préface,
    Salut à toi !

Vagin, mystérieux Lotus
D'où, triomphant, naît le fœtus,
    Vagin est Roi !

Vagin, radieuse rosace
Que la chair des cuisses enchâsse,
    Salut à toi !

Vagin, ô gloire de Vénus,
Plus éclatant que ses seins nus,
    Vagin est Roi !

Vagin, soutien de la pétasse
Qui du coït n'est jamais lasse,
    Salut à toi !

Vagin, doux pendant de l'anus
Au cul des femmes, vrai Janus,
    Vagin est Roi !

Vagin, que jamais ne remplace,
Pour les Purs, le sphincter fallace,
    Salut à toi !

Vagin, temple du Dieu Phallus
Où s'entonnent les *Angelus*,
Vagin est Roi !

Vagin, voluptueuse impasse
Où le Pénis passe et repasse,
Salut à toi !

Vagin où les hommes émus
Disent de fervents *oremus*
Vagin est Roi !

Vagin dont le muscle concasse
Le gland, le retient ou le chasse,
Salut à toi !

Vagin, mer aux vivants reflux
Où sombrent les mâles vertus,
Vagin est Roi !

Vagin où la Pine mollasse
Un instant s'oublie et rêvasse,
Salut à toi !

Vagin qui gardes le virus
Des gonocoques incongrus,
Vagin est Roi !

O Vagin qu'on adore,
Délicieuse amphore
Où nous buvons encore
L'Amour,
Sur des rythmes antiques
Nos strophes érotiques
Rediront tes cantiques
Toujour !

HÉBÉ *(1890).*

UN VOYAGE ANATOMO-PATHOLOGIQUE.

Grande scie Médicale.

I

A deux heures, nous nous sommes rendus au *bal Anite*; la *grande Consoude* et la *petite Centaurée* s'y trouvaient déjà: la *Scille* nous faisait pisser de rire. Le *père Itoine* ne dansait pas, mais buvait avec le *père Inée* et le *père Icarde*. Comme le *père Itoine* s'enflamme facilement, je craignais que pour s'en retourner le soir il ne fût obliger de s'appuyer sur la *crosse de l'aorte*.

A trois heures, arrivent le *petit Pétreux*, le *fils Mosis* et les *cinq fils du Pubis*. Ils étaient venus du *canal de Wharton* avec deux *canots semi-circulaires* qu'il avaient amarrés à *l'île Iaque*, après avoir doublé le *cap Illaire*, où ils avaient trouvé la *puce Chique* et *Ostéomalacie*.

Alors, nous sautons tous dans un autre vaisseau, et nous parcourons l'aqueduc de Fallope, éclairée par le *phare Inx*. Dans le cul-de-sac-postérieur, du bruit se fit entendre. Je m'écriai : « *Est-ce Thomas ?* » Pas de réponse. On continua son chemin, puis on revint par le *canal de Sténon* au *bal Anite*.

II

Tout le monde dansa la *danse de Saint-Guy*. L'orchestre jouait un *air près*, et le *fils Tule* frappait sur la *caisse du tympan* en guise d'accompagnement. La *belle Adone* chicane le *fils Mosis* vêtu d'une *capote anglaise*, qui persiste à danser la tête couverte; mais, au milieu de la pastourelle, il fit un faux pas et tomba sur le *tube de Bellini*, qu'il aplatit complètement. Les jeunes filles veulent aller danser sur le *pré puce*, mais le *fils Mosis* nous entraîne tous sur le *mont de Vénus*; là, le *fils Tule* tomba dans la *fosse naviculaire*; après l'avoir soigné, nous déjeunâmes *à la fourchette*. On servit pour potage du *bouillon blanc*, avec du *pem phigus*, puis un *râle*, des *œufs de Naboth*, du *veau-mère* ; le cinquième plat fut un mauvais *plat centa* ; au fromage on se posa cette question : Brie ou *nom bril* ? Enfin, comme dessert, une vieille *pomme d'Adam* qu'*Eryzi pèle*. Ayant trop fréquenté la *Scammonée*, on ne put empêcher le *père Chlorure de faire*...; mais, glissons.

III

Le *père Itoine* s'enflamme complètement et se livre a des enchantements dangereux avec la *grande Consoude*. Le *père Icarde*, avec son *corps caverneux*, parvint à gagner le *cœur* de la *petite Centaurée*. A part, *Iétal* mangeait dans un coin ; à son air sombre, à ces manières embarrassées, le *petit Zygomatique* lui lança ces foudroyantes paroles : je *parie Etal*, que tu as *occis Pital*. Voyant son crime découvert, il se jeta sur la *faux du cerveau*. Cette manière de finir ses jours fut trouvée très *crâne*. Mais qu'alors y faire ? On répondit unanimement : *mets en terre*.

IV

Pendant ce temps, le *père Inée* suait à grosses gouttes, en soufflant dans la *trompe d'Eustache* et parvenait à donner, au prix d'efforts réitérés, le *re ctum*, le *mi crobe*, le *fa vus*, le *sol anum*, la *la rynx*, le *si licate* et l'*ut érus*. Le *petit Pétreux*, après avoir sonné comme un *dératé* dans les *cornes d'Ammon*, pendant ce temps, s'obstine à manger la *part à Phimosis*.

En les voyant ainsi s'essouffler, tous s'écriaient : *O les crânes !* *Saint-Ciput* exécute le fameux *duo Dénum* avec *Syncrazie* : les *trois Côlons* accompagnaient *en bassons*, et se font applaudir dans le *beau trio céphale*. Le *père Itoine* est d'une *humeur vitrée* ; furieux, il passe dans la *chambre antérieure* et jette par la *fenêtre ovale* le *bouquet de Riolan*, que celui-ci avait déposé sur une table. Tout ce tintamarre lui montait une *scie attique*.

V

Dans un groupe, on entend des pleurs et des rires. Quoi donc ! crie le *père Icarde* ; tu *pleures*, ô *Dinie*, et toi, *Héma*, *tu ries*. Cependant, la *petite Centaurée* s'inquiète, car elle a laissé l'*ami au logis*, et elle craint de rentrer trop tard, car elle a une *dure mère*, qui connait *la tante du Cerveau*. Bah ! leur crie le *p'tit Riasis*, tu leur ficheras ton *père au nez*. Le *petit Pétreux*, disparu quelque temps, de nouveau s'*extrait de sa turne*, suivi de la *grande Chélidoine*.

On boit du vin blanc et de l'*esprit de vin*. Le *père Inée* est ivre, il *pète et chie* partout, et dit qu'il ne descendra du *rocher* que quand il aura le pied à l'*étrier*. On l'entraine, mais il tombe lourdement sur l'*ergot de Morand* qu'il casse, et écrase en même temps le *pied d'Hippocampe*.

VI

Sur la proposition du *père Ioste,* on joue aux *osselets*, pour voir où la *veine porte ;* mais on refuse de jouer avec lui, car il a une *veine honteuse* et ses *bourses* ne sont pas *sérieuses*.

Enfin, on se décide d'aller au *pressoir d'Hérophile*, mais avant on jette dans le *trou de Botal* la *belle Adone*, qui débauchait des *pupilles* aux *yeux* de tout le monde.

On rencontra en chemin, sous l'*arcade pelvienne*, un peu avant d'entrer dans le *vestibule*, le *grand Sympathique*, à cheval sur une *selle turcique*, avec de *longs gants gris* et des bottes en *cuir chevelu*. Il était vêtu d'une *tunique vaginale*. Son *valet Riane*, avec beaucoup de *cachet xie* le suivait, monté sur l'*âne Us ;* le *coq Cyx* et la *pie mère* chantaient sur le chemin.

En sortant du *pressoir*, nous allâmes souper dans le restaurant " *A la fourchette du Sternum* ". Voici le menu complet de ce festin :

POTAGES

Bouillon blanc,
Potages à la *pâte de Canquoin.*

HORS-D'ŒUVRES

Pain Phigus,
Boulettes de *charpie,*
Petits pains d'*épididyme.*

RELEVÉS

Museaux de tanches à la Stolz,
Grenouillettes,
Rougeole au gratin.

ENTRÉES

Pieds bots grillés,
Râle,
Becs de lièvres arrosés de *gouttes sereines,*
Vomer au carottes.

SORBET

Œufs de Naboth au Kirschenwasser.

ROT

Gigots d'*éléphantiasis.*

ENTREMETS

Lentilles cristallines,
Tubercules miliaires,
Choux-fleurs végétants.

SALADES

Comptes-rendus de l'Académie de Médecine,
Laurier-cerise.

DESSERTS

Gâteau *placentaire,*
Noyaux de cancer,
Prunelles.

VII

Mais à la fin de la nuit, à la sortie du restaurant, il pleut à verse ; la *gouttière de l'humérus* et le *Canal inguinal* débordent.

Il fait un vent épouvantable, et c'est un *Vent Swieten*, pire encore que les *Vents Tricules* qui soufflaient hier. On craint de voir s'effondrer la *voûte à trois piliers*. On passe sur le *pont de Varole*, mais, au moment d'arriver sur l'autre rive, le pont s'écroule, tous tombent et se noient dans les *eaux de l'Amnios*.

C'est aussi dans cette catastrophe que *périt Staphylin*..

Speculum, Speculorum,

AMEN !

NOTE : Ce récit a été composé, par pièces et par morceaux, à l'ancienne Faculté française de Strasbourg, vers 1864 (Ecole du Service de santé militaire). Ces différentes parties ont été recueillies et mises en désordre en 1868 par le

Dr COMMUNO.

Pour copie conforme : Dr H. LÉCUYER,

De Beaurieux (Aisne)

De la Faculté de Strasbourg.

(Chronique Médicale, 1er Décembre 1895).

------ ※ ------

FABLE.

Elle eut son temps de vogue ; on l'appelait Titine.
Maintenant, décatie, on la soigne à Lourcine.
Qui s'en souvient encor ?

MORALITÉ :

A tout péché, misère et Ricord.

------ ✕ ------

LA GOUSSE D'AIL
& LA GOUSSE DE VANILLE.

L'une était brune et l'autre blonde,
Elles s'aimaient éperdûment,
On ne leur connut point d'amant.

MORALITÉ :

La fin du monde.

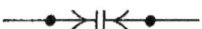

HISTOIRE D'UN PAQUET DE BOUGIES.[1]

Il était un vaisseau de guerre, *(bis)*
Venant de la Ca-Ca-Calédonie. *(bis)*
Ohé ! ohé !

Comme on manquait de petites femmes, *(bis)*
Pour occu-cu-cuper les matelots, *(bis)*
Ohé ! ohé !

On mit exprès pour leur usage *(bis)*
Une barrique-que-que percée d'un trou. *(bis)*
Ohé ! ohé !

Tout le temps de la traversée *(bis)*
Les marins vi-vi-sitèrent le tonneau. *(bis)*
Ohé ! ohé !

On prit sans doute pour de la graisse *(bis)*
Ce que mi-mi-mir'nt les matelots. *(bis)*
Ohé ! ohé !

On le vendit à l'arrivée *(bis)*
Pour en con-confectionner des bougies. *(bis)*
Ohé ! ohé !

— 311 —

Dans un couvent de jeunes filles (*bis*)
Ces bougies ser-ser-ser-servir'nt aux sœurs ; (*bis*)
Ohé ! ohé !

Je ne sais pas pour quel usage (*bis*)
Mais au bout d'neuf-neuf-neuf-de neuf longs mois (*bis*)
Ohé ! ohé !

Chacune d'elles devint mère (*bis*)
Devint mère merd' merd' mère d'un p'tit mat'lot. (*bis*)
Ohé ! ohé !

Depuis, dans les couvents de filles, (*bis*)
On met des capot' capot's aux bougies. (*bis*)
Ohé ! ohé !

(1) Sur l'air de : " *Il était un petit navire* ". — Se chantait au Quartier vers 1846.

————— ※ —————

ÇA VOUS FAIT TOUT
DE MÊME QUELQUE CHOSE

Avant d'entrer dans les boxons,
Lorsque j'avais quatorze ans d'âge,
Je rougissais en voyant deux roustons,
Car j'avais encor mon pucelage.
Quand, un matin, un beau maquereau
A mon con fit sonner ses burnes,
Et, pour gagner des monacos,
Fit de moi une gonzesse de turne.
Quand on vient d'quitter ses parents,
Quoiqu'on soit vache, je le suppose,
On a beau n'être qu'un' putain,
Ça vous fait tout d'même quelque chose.

Avant d'rentrer dans l'inaction,
A la Préfectance on m'invite
A venir montrer mon foiron
Afin d'passer à la visite.
Faut s'renverser dans un fauteuil
Et relever son jupon, sa chemise,
Et mettre son chat sous l'œil
Du médecin qui dans le coin vous vise.
Quand on sent le froid spéculum
Dans le con vous faire des ecchymoses,
On a beau n'être qu'un' putain,
Ça vous fait tout d'même quelque chose.

A la tôle, se refilant,
Quand tous les michés vous déchargent,
Y'en a qui le trouvent trop grand,
D'autres qui l'trouv'nt pas assez large.
Ah ! qu'on est fière d'être putain
Et d'baiser la nuit tout entière,
Quand un miché, plaquant le vagin,
Vous fout sa pine dans le derrière.
Quand un miché vous dit : — " Tu viens,
" Tu me feras feuille de rose. "
On a beau n'être qu'un' putain,
Ça vous fait tout d'mêm' quelque chose.

Je viens d'attraper soixante ans ;
C'est épatant comm' le temps passe,
Je ris et je pleure en même temps,
En pensant qu'je n'suis qu'une vieill' pétasse.
Faut dire adieu à son bidet ,
Et faire reposer sa matrice ;
Faut dire adieu au godmiché,
Et en barber dans un hospice.
Quand il faut quitter le turbin

Parceque la gueule se décompose,
On a beau n'être qu'un' putain,
Ça vous fait tout d'mêm' quelque chose.

✷

L'INVALIDE A LA PINE DE BOIS.

Refrain :

Il faut le voir pour le croire;
Allez donc y voir (*bis*)
Car il vous épatera, bourgeois,
L'invalide à la pine de bois.

Je viens de voir, c'est un vrai prodige,
Enfoncés les Frères Siamois,
Je viens de voir, j'en ai le vertige,
L'invalide à la pine de bois :
Un homme dont la pine se dévisse,
Qui se fout des morpions,
De la vérole, de la chaud'pisse ;
Ce qui l'emmerde, c'est les bubons.

Il faut vous dire que cet homme étrange
Est muni de plusieurs étuis,
Contenant des pines de rechange,
En bois de différents pays.
De sa campagne d'Italie,
Ce brave et vaillant guerrier,
A rapporté la plus jolie :
Sa pine en bois de laurier.

Quand il a celle en bois de chêne,
De dix coups il porte le fardeau ;
Quand il a celle en bois d'ébène,
Il baise comme un moricaud ;

Il encule comm' un Kabile
Quand il a celle en palmier,
Et il baise comme un imbécile
Quand il a celle en olivier.

Quand il a celle en bois de charme,
Aucune femme ne peut lui résister ;
On le voit bander comm' un carme,
Quand il a celle en poivrier ;
Mais voilà son plus grand vice :
Dès qu'il voit un' femme tousser,
Il met sa pine en bois d' réglisse,
Qu'il veut vite lui faire sucer.

Avec son étui fidèle,
Il peut toujours se contenter.
Veut-il enfoncer une pucelle ?
Il met sa pine en oranger.
Et, parfois, s'il est malade,
Il peut lui-même se soigner,
Car il pisse de la limonade
Avec sa pine en citronnier.

LA VASELINE. [1]

Refrain :

J' suis la vas'line,
La graisse à pine,
Par mon moyen
On entre, on lime bien.
Chez la Pucelle,
La maquerelle,
Par ma vertu
On entre dans le cul,
Dans le cul.

Ne crains rien, Pucelle à la vulve ardente ;
Ton petit vagin n'est pas trop étroit ;
Tu prendras, ma belle, ma pine bandante,
Pour te l'introduir' comm' ton petit doigt.

Et toi, vieux cochon, tu pourras en liesse,
Puisque c'est la merde qui est de ton goût,
Lorsque la tapette sortira les fesses,
Dans le trou du cul fourrer ton sal' bout.

Par moi, vieux chameau, ta vulve béante,
Qu'aucune rosée ne vient rafraîchir,
Sera lubréfiée, douceur bienfaisante,
Bénis-moi, putain, qui te fais jouir.

(1) Air : " *C'est moi Camille* ".

❀

LE MÉDECIN BOURRU
ET LA DAME ÉTRANGÈRE [1]

Air : *Auprès de ma blonde.*

Chez les Enfants-malades,
La Reine d'Italie,
Envoie en embassade
Sa Dam' d'honneur chérie,
Disant : — " Que ta ballade
" Soit pour l'Orthopédie. "

Pour les étrangères
On est gentil à Paris ;
Pour les étrangères
On est très poli.

Elle entre dans une salle,
Mais le grand maître dit :
— " Que cette femelle déball',
" J'n'veux pas la voir ici ;

« J'ai bien assez d'patt's sales,
« J'n' veux pas patt's d'talie. »

     Pour les étrangères,
   Il est très gentil, Kiki ;
     Pour les étrangères,
   Il est très poli.

Qu'en penses-tu, ô Reine ?
Pour cet accueil qu'il fit
A un' comtess' romaine,
Châtrons ce ouiskiki.
Nous vendrons, quelle aubaine !
Ses nouilles à Scapini.

     Pour les étrangères,
   Il est très gentil, Kiki ;
     Pour les étrangères,
   Il est très poli.

Donc, ton affair' est claire,
Kiki, fini d'êtr' mâle ;
Tu ne pourras plus faire,
Sous pein' que l'on n' t'empale,
Désormais œuvre de chair
Que d' chair' municipale.

     Pour les étrangères,
   Il est très gentil, Kiki ;
     Pour les étrangères,
   Il est très poli.

Majesté transalpine,
Vu ses dispositions,
Donn' lui pour la Sixtine
Un mot d'introduction ;

Puisque là-bas la pine
Est superfétation.

Pour les étrangères,
Il est très gentil, Kiki ;
Pour les étrangères,
Il est très poli.

(1) Enfants-Malades. — Internat, 16 Décembre 1907.

———————— •⚡• ————————

LE CURÉ ET SON VICAIRE

Chez nous la coiffure
Fait fort bonne figure. } *(bis)*
Moi je porte des chapeaux melons,
Ma femme des chapeaux ronds
Et le curé des calottes. *(bis)*
Mais son grand vicaire,
Toujours par derrière,
N'a jamais pu décalotter, *(bis)*
C'est çà qui l'emmerde. *(bis)*

Chez nous la rivière
Est limpide et claire. } *(bis)*
Moi je retrousse mon pantalon,
Ma femme retrousse son jupon
Et le curé la saute. *(bis)*
Mais son grand vicaire,
Toujours par derrière,
N'a jamais pu la sauter, *(bis)*
C'est çà qui l'emmerde. *(bis)*

Chez nous la musique
Est fort bonne pratique } *(bis)*
Moi je joue de l'accordéon,
Ma femme joue du piston
Et le curé la viole. *(bis)*
Mais son grand vicaire,
Toujours par derrière,
N'a jamais pu la violer, *(bis)*
C'est ça qui l'emmerde. *(bis)*

Chez nous la charrette
Devant chez nous s'arrête, } *(bis)*
Moi je détèle les mulets,
Ma femme défait les paquets
Et le curé décharge. *(bis)*
Mais son grand vicaire.
Toujours par derrière,
N'a jamais pu décharger, *(bis)*
C'est ça qui l'emmerde. *(bis)*

Chez nous la médecine
Fait fort bonne mine. } *bis*
Moi je fais de la chirurgie,
Ma femme fait de la charpie
Et le curé des bandes. *(bis)*
Mais son grand vicaire,
Toujours par derrière,
N'a jamais pu débander, *(bis)*
C'est ça qui l'emmerde. *(bis)*

Chez nous la lecture
Est fort en usure. } *(bis)*
Moi je lis Jean-Jacques Rousseau,
Ma femme lit Victor Hugo
Et le curé La Condamine. *(bis)*

Mais son grand vicaire,
Toujours par derrière,
N'a jamais pu la contaminer, *(bis)*
C'est ça qui l'emmerde. *(bis)*

VALSE DES ADIEUX

Air : *Valse, de Durieu.*

Te souviens-tu, ô ma folle maîtresse,
Du soir charmant, de printemps parfumé,
Où, de ta main passée entre mes fesses,
Tu me faisais des pattes d'araignée ?

Dans les transports d'une ivresse complète,
Tu me disais : — " Si tu veux, cher amant,
" Je vais te faire une belle minette. "
Plaisir divin dont j'étais ignorant !

Prenant ma verge entre tes mains fluettes,
Tu lui donnais de jolis noms d'oiseau ;
Sur mon ventre tu reposais ta tête,
Tes noirs cheveux me chatouillaient la peau.

Ah ! je sentais courir ta langue agile
De mon méat jusques au périnée ;
Pour terminer, en ouvrière habile,
Entre tes dents, tu me pris tout entier.....

Un long frisson parcourut tout mon être ;
Un spasme exquis m'agita tout entier,
Et je sentis, le long de mon urêtre,
Tout mon amour à longs flots remonter.

Quand je sortis de l'extase amoureuse
Je vis alors que tu sautais du lit,
Tu t'écriais de ta voix si joyeuse :
— " Oh ! mon chéri ! comme tu m'en as mis ! "

Je pense encore à ta folle caresse ;
Mais tu n'es plus, ingrate, à mon côté ;
Un autre, hélas ! éprouvant ta tendresse,
Goûte à son tour ce bonheur regretté.

Parfois aussi, dans mes nuits d'insomnie,
Ton souvenir vient soudain me hanter,
Ma main s'essaie à remplacer ma mie
Et je vide ma coupe à ta santé !

POUR UN CREUSOIS.

Allons, grenouille,
Suce mes couilles,
Suce mon cul
Jusqu'à ce qu'il n'en puisse plus.
Dans tes têtons,
Branle ma pine,
Et que le bout
Ejacule dans ton égout.

Déjà tes fesses,
Sous mes caresses,
Offr'nt à mes yeux
Un pertuis infect et baveux ;
Laisse, que j'entre
Dans ce sale antre
Un vit chancreux
Qui bande pour ton trou merdeux.

Pousse, poufiasse ;
Que ta chiasse,

Dans mon canal,
Se mêle au fluide séminal.
Quelles délices ! ! !
Le long des cuisses
Je sens juter
La merde qui vient m'infecter.

Suce, salope,
De mon cyclope
Le bout puant
Qui ressort de ton trou gluant.
Viens que je mange
Le doux mélange
Que m'ont promis
Et foutre et merde réunis.

———————◇———————

STANCES (IMITÉ DE SEVERO TORELLI).

Je te ferai chichinette
Dès ce soir, ma brune.
Tu suceras ma quéquette
Au clair de la lune.
Nous irons tous deux chier
Pour peu que tu veuilles ;
Si tu n'as pas de papier,
Tu prendras des feuilles.

Je boufferai ton chat noir
Si cher à ma bouche ;
Je t'enfilerai ce soir
Au bord de ta couche ;

Et pour me guider passant
Dans ton ouverture,
Tu mettras un ver luisant
Sous la couverture.

LES QUATRE AGES DU CŒUR

ou

LE PLAISIR DES DIEUX

Du Dieu Vulcain, quand l'épouse mignonne
Va boxonner loin de son vieux sournois,
Le noir époux, que l'amour aiguillonne,
Tranquillement se polit le Chinois :
— " Va-t-en, — dit-il à sa fichue femelle —
" Je me fous bien de ton con chassieux ;
" De mes cinq doigts je fais une pucelle :
" Masturbons-nous, c'est le plaisir des Dieux ! " (*bis*)

Bast ! laissons-lui ce plaisir ridicule ;
Chacun, d'ailleurs, s'amuse à sa façon.
Moi, je préfèr' la manière d'Hercule :
Jamais sa main ne lui servit de con.
Le plus sal' trou, la plus vieille fendasse,
Rien n'échappait à son vit glorieux.
Nous serions fiers de marcher sur ses traces ;
Baisons, baisons, c'est le plaisir des Dieux ! (*bis*)

Du Dieu Bacchus, quand, accablé d'ivresse,
Le vit mollit et sur le con s'endort,
Soixante-neuf ! et son vit se redresse ;
Soixante-neuf ferait bander un mort.
O Clitoris ! ton parfum de fromage
Fait regimber nos engins glorieux ;
A ta vertu nous rendons tous hommage ;
Gamahuchons, c'est le plaisir des Dieux ! (*bis*)

Pour Jupiter, façon vraiment divine,
Le con lui pue, il aime le goudron ;
D'un moule à merde il fait un moule à pine
Et bat le beurre au milieu d'un étron.
Cette façon est cruellement bonne
Pour terminer un gueuleton joyeux ;
Après dessert, on s'encule en couronne,
Enculons-nous, c'est le plaisir des Dieux ! (*bis*)

SYPHILIS.

Don corrompu des Dieux, présent rempli de deuil,
Piège pernicieux, fatale fleur fanée,
Du pays des désirs couronne abandonnée,
La *Syphilis* nous tient, abaissant tout orgueil !

Sous nos manteaux obscurs, comme dans un cercueil,
Il faut l'ensevelir cette hydre forcenée
Renaissant plus perfide à chaque randonnée,
Nous tenant sous son joug avec son mauvais œil.

Disséquant notre chair ou flottant dans nos veines,
Elle apporte en jouant les plus horribles peines ;
Les cœurs lui sont trophées ; et, riant du trépas,

Elle crie aux damnés : — " Tout passe, ainsi que l'ombre,
" Amants, parfums, peuples, nuits, jours, siècles sans nombre,
" *Mais, pour vous torturer, moi seule ne meurs pas !* "

Dr Henry LABONNE (*Mars 1909*)

LE CON ET LA BOUTEILLE.

Nargue des pédants et des sots.
Qui viennent chagriner notre âme,
Que fit Dieu pour guérir nos maux ?
Les vieux vins et les jolies femmes.
Il créa pour notre bonheur
Le sexe et le jus de la treille ;
Aussi je viens en son honneur
Chanter les cons et les bouteilles. } *(bis)*

Dans l'Olympe, séjour des Dieux,
On boit, on patine des fesses ;
Et le nectar délicieux
N'est que le foutre des déesses.
Si j'y vais, jamais Apollon
Ne charmera plus mon oreille ;
De Vénus je saisis le con,
De Bacchus je prends la bouteille. } *(bis)*

Dans les bassinets féminins,
Quand on a trop brûlé d'amorces,
Quelques bouteilles de vieux vin
Au vit rendent toute la force.
Amis, plus l'on boit, plus l'on fout ;
Un buveur décharge à merveille.
Aussi le vin, pour dire tout,
C'est du foutre mis en bouteille. } *(bis)*

On ne peut pas toujours bander,
Du vit le temps borne l'usage,
On se fatigue à décharger ;
Mais, amis ! on boit à tout âge.

Quant aux vieillards aux froids couillons,
Qu'ils tach'nt mieux d'employer leurs veilles ;
Quand on ne bouche plus de cons,
On débouche au moins des bouteilles. } *(bis)*

Mais, hélas ! depuis bien longtemps,
Pour punir nos fautes maudites,
Le bon Dieu fit les cons trop grands
Et les bouteilles trop petites.
Grand Dieu ! fais..... — nous t'en supplions —
Par quelque nouvelle merveille,
Toujours trouver le fond du con, } *(bis)*
Jamais celui de la bouteille.

——— ✳ ———

LE MATELOT.

Allons, la garce ! haut la quille,
Mon mât est crânement dressé,
Ouvre ta large écoutille,
Embarque-moi, je suis pressé !
J'ai dans les couill's, faut que j' te l' dise,
Plus d' six mois d' foutre à décharger,
Et, si tu veux d' ma marchandise,
Aide-moi donc à louvoyer.

Allons, fais donc pas tant ta fière !
Fais-moi voir toutes tes nudités ;
Mets-moi ton doigt dans l'derrière ;
C' matin, fais mes nécessités.
A ton cul donne du tangage,
Ne reste pas comme un ponton,
Ne laisse pas à l'arrimage
Ma pine au milieu de ton con.

Y a pas d' bon sens d'être aussi large,
Dans ta chaloupe, il vente à mort ;
Et, si tu veux que je décharge,
Vire de bord, vire de bord.
Dans l' trou du cul, faut que j' m'installe ;
Aie soin d' ravaler ton étron,
Que je ne sorte pas d' ta cale
Avec un chapeau de goudron.

Maint'nant que j' t'ai, sacrée vessie,
Galipoté le fondement,
Faut que j' te conte une avarie
Qui me fait tout le tour du gland.
De morpions, j'en ai des masses ;
La chaud'piss' veut pas détaler ;
Tu vois donc bien, sacrée carcasse,
Que t'es foutue, qu' tu vas couler.

Depuis deux heur's qu' tu vitatouilles
Le trou du cul avec la main,
Et que d'mon côté j' te chatouille
Avec le nœud derrière l'engin ;
Maintenant, comme récompense,
La vérole tu m'as foutu' ;
Heureus'ment que j' l'avais d'avance :
Depuis six mois, j'en ai plein l' cul.

GUITARE.

Le Père Frappart, grand défonceur de mottes,
Chantait ainsi :
— " Quelqu'un a-t-il, dans le con de Javotte,
" Foutu son vit ?

" Malheur à lui ! Malheur, sur ma parole !
　　" Car la putain
" A dû gober chaude-pisse et vérole,
　　" Chancre et poulain.

" Aux amateurs qui lui faisaient envie,
　　" Quand, sur le soir,
" Elle étalait sa motte rebondie
　　" Sur son foutoir,
" Fallait la voir tortiller le derrière,
　　" Lorsque soudain
" D'un vit bandant entrait la tête altière
　　" Dans son vagin.

" Le roi disait, en voyant la bougresse,
　　" A son neveu :
— " Pour lui peloter les tétons et les fesses,
　　" Cré nom de Dieu !
" Je donnerais, pour baiser cette arsouille,
　　" Pine et roustons ;
" Le nerf du cul fait gonfler mon andouille
　　" Comme un ballon.

" Or, un beau jour, cette aimable coquine,
　　" Ah ! qui l'eût cru ?
" D'un marocain s'est fait foutre la pine
　　" Au trou du cul.
" Dansez, dansez, maquereaux et grenouilles,
　　" Mangeurs de blanc,
" Car la putain a foiré sur les couilles
　　" De son amant. "

CLAMART.

Lecteur, as-tu le nerf olfactif cuirassé ?
Es-tu brave ? As-tu peur d'un mort violacé ?
Et les âpres parfums des chairs décomposées
A ton frêle estomac donnent-ils des nausées ?
Alors, ne nous suis pas : nous entrons à Clamart.

Dans un coin de Paris, non loin du boulevard
Saint-Marcel, dos à dos avec des tanneries
Qui mêlent leurs senteurs fortes de peaux pourries
Aux puantes odeurs de nos dissections,
Se dressent, isolés, quatre grands pavillons
Tout autour d'un jardin aux banales pelouses.
Entrons-y bravement. Les carabins, en blouses,
Et par groupes de cinq, assis modestement
Sur des sièges en bois, dissèquent en fumant ;
Les cadavres, tout nus, sur la table sanglante,
S'étalent, l'œil vitreux, la bouche grimaçante.
Le crâne ouvert et vide, un billot sous le cou,
Ils sont là tout pourris et verdâtres par plaques ;
La graisse qui se fond forme de larges flaques
D'un liquide jaunâtre au-dessous de la peau.
Puis, venus on ne sait d'où, dévorant troupeau,
Par centaines, les vers grouillent sur les chairs vertes.
Le sang s'est écoulé par les veines ouvertes,
Mouchetant de caillots noirs les muscles roidis.

Et les gais carabins, aux refrains dégourdis,
D'un air indifférent fouillent ces pourritures ;
Et les membres, bâillant par d'énormes coupures,
Montrent leurs ligaments nacrés, leurs tendons blancs,
Leurs périostes nus, et les tissus sanglants
Où la fibre en bouillie et les artères vides
Confondent, écœurants, leurs puanteurs liquides.

Mais déjà le soleil, de ses derniers rayons,
Eclaire obliquement le toit des pavillons ;
La cloche au son fêlé dans l'air soudain nasille ;
Et dans le vieux jardin où le pinson babille,
Les carabins s'en vont, par bandes, devisant...
Ami lecteur, faisons comme eux ; allons nous-en.

PIERRE INFERNAL.

(Journée d'un carabin).

DISPUTE DU CUL ET DU CON.

Air : *Barbari, mon ami.*

On racont' qu' autrefois,
Au Japon comme en France,
Le trou du cul avec le con
Vivaient d'intelligence.
Voulez-vous savoir la raison,
La faridondaine, la faridondon,
Qui les a rendus ennemis,
        Biribi,
A la façon de Barbari,
        Mon ami !

Le trou du cul, plein de fierté,
Disait dans son langage :
— " Foutras-tu toujours sous mon nez
" Et dans son voisinage ?
" Comme toi ne suis-je pas bon
" La faridondaine, la faridondon,
" A recevoir aussi le vit,
        " Biribi,
" A la façon de Barbari,
        " Mon ami ! "

En entendant cela, du con
Grande fut la colère ;
Il en supprima, dit-on,
Les règles ordinaires.
— " Tais-toi, dit-il, foutu cochon,
" La faridondaine, la faridondon,
" Tu n'est bon qu'à salir le vit,
    " Biribi,
" A la façon de Barbari,
    " Mon ami ! "

" C'est bien à toi, — reprend le cul, —
" De parler d'immondices ;
" Du moins, on ne m'a jamais vu
" Foutre des chaudepisses.
" Toujours couvert de morpions,
" La faridondaine, la faridondon,
" T'as souvent la vérole aussi.
    " Biribi,
" A la façon de Barbari,
    " Mon ami ! "

En ce moment survint un vit
De superbe encolure :
Il était, ma foi, fort bien mis
Et de belle tournure :
— " La paix, — dit-il —, taisez-vous donc,
" La faridondaine, la faridondon,
" Vous faites beaucoup trop de bruit,
    " Biribi,
" A la façon de Barbari,
    " Mon ami ! "

Tout d'abord, il entra au con
Qu'il trouve un peu trop large ;

Puis dans l' trou du cul sans façon,
Par trois fois il décharge.
— " Hé, hé, monsieur ! — dit-il au con —
" La faridondaine, la faridondon,
" Plus c'est étroit, plus l'on jouit,
    " Biribi,
" A la façon de Barbari,
    " Mon ami ! "

A cet arrêt, si bien pourtant,
Le con bava de rage ;
Et le trou du cul triomphant
Fit un sacré tapage.
Par trois fois, il péta sur l' con,
La faridondaine, la faridondon,
Lui disant : — " Ton règne est fini !
    " Biribi,
" A la façon de Barbari,
    " Mon ami ! "

Le bougre avait, ma foi, raison,
Je le dis sans mystère,
Pour foutre il n'est qu'un trou de bon,
C'est le trou du derrière :
Souple, nerveux, étroit, profond,
La faridondaine, la faridondon,
Dieu pour le vit exprès le fit,
    Biribi,
A la façon de Barbari,
    Mon ami !

LA DEUXIÈME CHANSON DE BICÊTRE.

Air : *Barbari, mon ami.*

Temple de la *Caducité*,
Bicêtre, en son enceinte,
Offre mainte curiosité,
Qui, dans cette complainte,
Sera décrite toute au long.
La faridondaine, la faridondon,
Si ça vous embête, tant pis,
    Biribi,
A la façon de Barbari,
    Mon ami !

Ici le *Ramollissement*,
Que ces vers vous inspire,
Sur tout cet établissement
Etend son vaste empire.
Il présente comme lésion :
La faridondaine, la faridondon,
La *Thrombose* ou bien l'*Embolie*,
    Biribi,
A la façon de Barbari,
    Mon ami !

Cardiaques, Athéromateux,
Y sont en abondance.
Par-ci, par-là, quelque *Gâteux*
Ne peut par sa présence
Déparer la collection,
La faridondaine, la faridondon,
Qui s'étale à l'*Infirmerie*,
    Biribi,
A la façon de Barbari,
    Mon ami !

La *poudre de viande* en ces lieux
Jette un éclat splendide,
Elle surpasse en merveilleux
La *poudre insecticide.*
Presqu'à coup sûr elle a raison,
La faridondaine, la faridondon,
Des *Microbes de la Phtisie,*
       Biribi,
A la façon de Barbari,
        Mon ami !

Vous pouvez voir, en plus d'un lit,
Maint *faciès dyspnéique ;*
Chez eux, l'*Emphysème* s'unit
Au *Catarrhe Bronchique ;*
Et de là ne naît rien de bon,
La faridondaine, la faridondon,
Car c'est souvent l'*Asystolie,*
       Biribi,
A la façon de Barbari,
        Mon ami !

L'*Hémiplégique,* en un moment,
Privé de connaissance,
Casse sa pipe, en la fumant,
Tandis qu'avec constance
Il regarde sa lésion,
La faridondaine, la faridondon,
L'*Orbiculaire* n'est pas pris,
       Biribi,
A la façon de Barbari,
        Mon ami !

Lançant ses jambes follement,
Dans les cours, l'*Ataxique*

Se reconnaît facilement
A sa marche typique.
Fatale est l'évolution,
La faridondaine, la faridondon,
De cette triste maladie !
   Biribi,
A la façon de Barbari,
   Mon ami!

En l'an mil huit cent cinquante-huit,
Dans des travaux classiques,
Duchenne publia le fruit
De recherches cliniques,
Montrant que cette affection,
La faridondaine, la faridondon,
Forme un type bien défini,
   Biribi,
A la façon de Barbari,
   Mon ami!

La *Paralysis agitans*
Manqu' de paralysie ;
Et c'est pourquoi certaines gens
A cette maladie
Donnent le nom de Parkinson,
La faridondaine, la faridondon,
Qui, le premier, la décrivit !
   Biribi,
A la façon de Barbari,
   Mon ami !

Au froid, qui glace plus d'un vieux,
Il n'est pas de remède ;
Faisant à Vénus ses adieux,
A la pesanteur cède,

Et s'immobilise en flexion,
La faridondaine, la faridondon,
Le flasque débris de leur vit,
   Biribi,
A la façon de Barbari,
   Mon ami !

Pour garder le parfait accord
De la géographie,
Du côté du Kremlin au Nord,
On voit la Sibérie.
Vite, on en descend chez Pluton,
La faridondaine, la faridondon,
Car c'est tout près de *Morgagni* ! (1)
   Biribi,
A la façon de Barbari,
   Mon ami !

Nerveux, Gâteux et *Cancéreux,*
En cet endroit étrange,
Avec d'autres, simplement *vieux,*
Font un heureux mélange,
Et cette population,
La faridondaine, la faridondon,
N'est pas la plus belle d'ici,
   Biribi,
A la façon de Barbari,
   Mon ami !

Par un contraste assez frappant,
Tout près, la lingerie,
Renferme dans son bâtiment,
Mainte fille jolie ; (2)
D'une, nos pères redis'nt le nom,
La faridondaine, la faridondon,

Son temps n'est pas, dit-on, fini, (3)
                Biribi,
A la façon de Barbari,
                Mon ami !

Voyez ce triste bâtiment,
Tout rempli de ferrures,
L'on y rencontre à tout moment,
Verrous, grilles, serrures.
C'est la *Cinquième division*,
La faridondaine, la faridondon,
Des *Aliénés*, c'est le logis,
                Biribi,
A la façon de Barbari,
                Mon ami !

Minus habeus, hallucinés,
Déments, alcooliques,
Incohérents, persécutés,
Stupides, mélancoliques,
Epileptiques, déments ou non,
La faridondaine, la faridondon,
Tous, pêle-mêle, sont ici !
                Biribi,
A la façon de Barbari,
                Mon ami !

Voyez cet homme à l'air joyeux,
Qui vante sa richesse ;
C'est le *délire ambitieux*
Qui masque sa faiblesse...
Il a plus d'un mi-i-llion,
La faridondaine, la faridondon,
C'est le plus fort de Tout-Paris !
                Biribi,

A la façon de Barbari,
              Mon ami !

De la *Sclérose* y en partout.
Y a de l'*Encéphalite*,
Et des *Adhérences* surtout,
De vieille méningite
L'on retrouve cette lésion :
La faridondaine, la faridondon,
Sur toute la *périphérie* (4)
              Biribi,
A la façon de Barbari,
              Mon ami !

Aux petits idiots, à vos yeux,
S'offre mainte *infirmière*,
Qui de *chier* proprement aux lieux,
Leur montre la manière ;
Ça nous coût' bien quelques millions...
La faridondaine, la faridondon,
Mais quel profit pour le pays !
              Biribi,
A la façon de Barbari,
              Mon ami !

Admirez comme aux *Cabanons*,
A dose vraiment sage,
Pour ne pas user nos poumons,
L'oxygèn' se dégage,
C'est là que l' Administration
La faridondaine, la faridondon,
Près des idiots nous a mis (5)
              Biribi,
A la façon de Barbari,
              Mon ami !

La *Sall' de Garde*, des aïeux,
A gardé la mémoire !
Elle imite de son mieux
Et soutient, non sans gloire,
Sa vieille réputation...
La faridondaine, la faridondon,
L'on y mène joyeuse vie...
Biribi,
A la façon de Barbari,
Mon ami !

NOTES ET VARIANTES :

(1) Salle d'Autopsies des Hôpitaux.

(2) A Bicêtre, il y avait déjà des infirmières laïques.

(3) Un des couplets les mieux venus.....
Sans doute parcequ'il n'est pas *pathologique* !

(4) Sur toute l'Ecorce cérébrale.....

(5) Allusion à la situation de la *Salle de Garde* des Internes en Médecine.

LE TESTAMENT DE SAINT-ANTOINE.

Les vrais enfants de Saint-Antoine
Doivent aimer les culs, les cons,
Mais ils sauront que pour être cochons
Il ne faut pas mener la vie du moine.
Ecoûtez bien ce que cela veut dire,
Ce bon conseil vous est donné sans rire.
Faut savoir baiser souvent ;
Lorsqu'on a plusieurs maîtresses,
Pour savourer leurs caresses,
Faut pouvoir bander longtemps.

Si d'une femme aimable et belle
Vous croyez être amant de cœur,
Efforcez-vous de chercher le bonheur
Entre les bras de quelqu'autre donzelle.
A Saint-Antoine on est un vrai cochon
Lorsque l'on peut patiner plus d'un con.

    Faut savoir baiser souvent ;
    Lorsqu'on a plusieurs maîtresses,
    Pour savourer leurs caresses,
    Faut pouvoir bander longtemps.

A l'hôpital, dans vos services,
Lorsque vous trouverez une putain,
Bandez bien fort en lui pressant la main.
Mais, prenez garde, elle a souvent des vices.
Si la voisine a des yeux polissons,
Souvenez-vous que pour être cochons

    Faut savoir baiser souvent
    Et avoir plusieurs maîtresses ;
    Pour savourer leurs caresses,
    Faut pouvoir bander longtemps.

Quand vient le jour de spéculum,
Que votre chef voit la fillette,
N'oubliez pas que votre mignonnette,
Ouvrant la cuisse, ouvre un ultimatum.
Une autre vient ; vous comparez les cons,
Et vous savez que pour être cochons

    Faut pouvoir baiser souvent
    Et choisir plusieurs maîtresses;
    Que, pour goûter leurs caresses,
    Faut pouvoir bander longtemps.

Si vous promenez une fille,
En vous entretenant d'amour,

Conduisez-la, vers le déclin du jour,
Sur les trottoirs autour de la Bastille.
Là, vous verrez grouiller beaucoup de cons,
Et vous direz que, pour être cochons,
    Faut savoir baiser souvent ;
    Pour avoir plusieurs maîtresses,
    Et pour goûter leurs caresses,
    Faut pouvoir bander longtemps.

O saint Antoine, ô grand Apôtre,
Fais que le vin nous rende gris ;
Que nous ayons deux putains dans nos lits,
Pour baiser l'une et gamahucher l'autre ;
Car l'hôpital ne veut que des cochons ;
Tu leur diras que tu les veux tous bons
    Pour pouvoir baiser souvent
    Le cul, le con des maîtresses,
    Pour bien goûter leurs caresses,
    Et pouvoir bander longtemps.

MA BLONDE.

J'ai bu du vin d'Argenteuil
Qui m'a foutu la foire ;
J'ai voulu tâter de la gloire,
Une balle m'a crevé l'œil.
Des catins du grand monde
J'ai voulu tâter la vertu.
Des splendeurs revenu,
Je veux tâter le cul
    De ma blonde ! *(bis)*

Y a des gens qui font la grimace
En voyant Monsieur le Curé
Promener dans une châsse
Un bon Dieu de cuivre doré.
Ce système qu'on fronde
Serait bien mieux reçu
Si, foutant là Jésus,
On promenait le cul
   De ma blonde! (*bis*)

— " Mon fils, — me dit un vieux Dervis, —
" Souffrez qu'on vous le dise,
" A baiser sans permis d'Eglise,
" Vous perdez notre saint Paradis. "
— " Vous foutez-vous du monde,
" — Dis-je à ce noir cocu, —
" Le Paradis perdu
" Vaut-il un poil de cul
   " De ma blonde ! " (*bis*)

Puisqu'ici-bas l'homme jeté
Doit crever comme une victime,
Je me fous du trépas sublime,
J'emmerde l'immortalité.
Puissé-je, en passant l'onde
Du fleuve au Dieu connu,
Bander ferme et dru
Et mourir dans le cul
   De ma blonde! (*bis*)

LE JEUNE HOMME BLOND.

Il était un jeune homme blond *(bis)*
Qu'avait les poils du cul trop longs. *(bis)*
Il s'en alla, pour se les tondre,
Dans un endroit obscur et sombre.
Comme il n'y voyait qu'à demi,
Il se coupa le bout du vit.

Mécontent de c' qu'il avait fait, *(bis)*
Il prit les ciseaux qu'il tenait *(bis)*
Et les jeta sur un' vieill' femme
Qui tout aussitôt rendit l'âme.
La justic', qui passait par là,
A êtr' pendu — le condamna.

Comme au supplice on le menait, *(bis)*
Et que le bourreau le tenait, *(bis)*
Il prit son vit par la poignée
Et le montra à l'assemblée.
Le bourreau que cela vexa
Prit son couteau — et lui coupa.

Toutes les dames de la Cour, *(bis)*
De la ville, et puis des faubourgs, *(bis)*
Prirent des pierr's en abondance
Et les jetèr'nt avec outrance
A celui qui, du jouvenceau,
Avait coupé — le gros boyau.

Mais, le plus drôl' de c't' affair' là, *(bis)*
C'est que le bougre en réchappa. *(bis)*
Il n'en perdit pas plus d'un' pâme
Et s'en coula plus d'une dame
A la barbe du Capucin
Qui l'appelait — fils de putain !

LES PRÉSENTS D'ARTAXERCÈS.

Air : *Le Grenier*, de BÉRANGER.

L'histoire dit qu'à l'illustre Hippocrate
Un roi persan fit offrir un cadeau,
S'il voulait bien, quittant une île ingrate,
Venir purger ses Etats d'un fléau.
Divin vieillard, ton refus magnanime,
A jusqu'à nous traversé bien des ans.
Nous t'admirons, par un geste sublime,
D'Artaxercès repoussant les présents.   } *(bis)*

Nous le croyons, l'anecdote est certaine,
Mais arrangée à la façon du temps.
Le roi persan, c'est un banquier d'Athènes,
Par son docteur soigné depuis longtemps ;
Pour s'acquitter, il aurait eu l'audace
De lui porter un lièvre et des faisans.
Mais Hippocrate aimait fort peu la chasse,
D'Artaxercès il rendit les présents.   } *(bis)*

A peine entré dans notre confrérie,
Tout un public vous réclame à grand bruit.
Foule exigeante et soi-disant amie
Qu'un nouveau titre en un instant séduit.
L'année, hélas ! court pleine de promesses ;
La médecine a des airs séduisants,
Mais vos clients mesurent leurs largesses ;
D'Artaxercès redoutez les présents.   } *(bis)*

L'un se ferait, dit-il, un vrai scrupule
De vous payer un service amical ;
Un autre croit qu'il serait ridicule
Pour vos conseils d'offrir un vil métal,

Un gros boyard, par une tabatière,
A reconnu vos soins depuis trois ans ;
Mais on vous offre un écu de la pierre. } *(bis)*
D'Artaxercès refusez les présents.

Bourse au crochet, tricot, tapisserie,
Fleurs en papier, œufs d'autruche, lézards,
Vases fêlés, font une galerie
Qui doit prouver votre goût pour les arts.
Pendule en zinc, cornets en pâte ferme,
Dons fastueux de cœurs reconnaissants !
Mais en bibelots reçoit-on votre terme ? } *(bis)*
D'Artaxercès refusez les présents.

Dîners en ville et théâtre et musique,
Le cher docteur est choyé, dorloté.
Pour l'obtenir on devient tyrannique,
Mais le dîner lui sera bien compté.
Si vous soignez une tête princière,
Cordons et croix sont des dons séduisants,
Mais vous laissez vos fils dans la misère. } *(bis)*
D'Artaxercès refusez les présents.

A vos bons soins une femme charmante,
Mon cher confrère, ose se confier.
Le cas est rare, aimable est la cliente.
Est-ce l'argent qui pourra vous payer ?
Un médecin s'entend mal aux affaires ;
Votre malade a des yeux ravissants...
Mais dans huit jours quels cuisants honoraires ! } *(bis)*
D'Artaxercès redoutez les présents.

Dᵣ E. TILLOT.

LE CHAT SUR LES TUILES.

(*Romance*)

Un jour, un chat sur les tuiles
Rencontre une chatt' qui était
En train de se masturber,
De sa patte frottée d'huile ;
Le chat, qu'était un paillard,
Voulut y mettre son dard. (*bis*)

Mais la chatte lui dit : — " Mon cher,
" Je ne peux pas pour le moment,
" J'ai le trou du cul tout en sang,
" Je ne pas fair' ton affaire.
" Tu retir'rais ton machin
" Coiffé d'un bonnet phrygien. " (*bis*)

La chat, qui bandait comme un Carme,
Ne l'entend pas de c't' oreill'-là.
Il lui fout son cervelas ;
Elle gueulait comme un gendarme,
Et voulut faire un' harangue ;
Mais l' chat lui passait des langues. (*bis*)

Et huit jours après cette histoire,
Le chat sentit un beau matin
Que c' qui sortait de son machin
C'était des larmes de rasoir. —
Il s'en fut rue des Lombards
Chercher la potion Chopard. (*bis*)

La morale de cette affaire,
C'est qu' quand votr' femme a l' cul en sang,
Au lieu d' lui mettre par devant,

Vaut mieux lui foutr'. par derrière.
Vaut mieux foutr' dans un étron,
Que s'donner des injections. (*bis*)

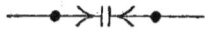

LA FEMME DU SERGENT.

A la porte d'un sergent, il y avait un moine ⎱ *(bis)*
          Tout tremblant ;
— " Ah ! — dit la femm' du sergent —
      " Qu'as-tu, moine, (*bis*)
" Ah ! — dit la femm' du sergent —
      " Qu'as-tu, moine,
      " A trembler tant ?

— " Je voudrais bien entrer, madame, ⎱ *(bis)*
      " Mais je n'ose.
— " Ah ! — dit la femm' du sergent, —
      " Entre, moine, *(bis)*
" Ah ! — dit la femm' du sergent —
      " Entre, moine,
      " Et n' trembl' pas tant. "

Quand le moine fut entré, ⎱ *(bis)*
      Il tremblait encore.
— " Ah ! — dit la femm' du sergent —
      " Qu'as-tu, moine, (*bis*)
" Ah ! — dit la femm' du sergent —
      " Qu'as-tu, moine,
      " A trembler tant ? "

— " Je voudrais bien m'asseoir, Madame, ⎱ *(bis)*
      " Mais, je n'ose.
— " Ah ! — dit la femm' du sergent —
      " Sieds-toi, moine, (*bis*)

" Ah ! — dit la femm' du sergent —
    " Sieds-toi, moine,
     " Et n' trembl' pas tant. "

Quand le moine fut assis,   *(bis)*
    " Il tremblait encore.
— " Ah ! — dit la femm' du sergent —
    " Qu'as-tu, moine, *(bis)*
" Ah! — dit la femm' du sergent —
    " Qu'as-tu, moine,
    " A trembler tant ? —

— " Je voudrais bien manger, Madame,   *(bis)*
    " Mais je n'ose.
— Ah ! — dit la femm' du sergent —
    " Mange, moine, *(bis)*
" Ah ! — dit la femme du sergent —
    " Mange, moine,
    " Et n' trembl' pas tant. "

Quand le moine eut bien mangé,   *(bis)*
    Il tremblait encore.
— " Ah ! — dit la femm' du sergent —
    " Qu'as-tu, moine, *(bis)*
" Ah ! — dit la femm' du sergent —
    " Qu'as-tu, moine,
    " A trembler tant ? "

— " Je voudrais bien pomper. madame,   *(bis)*
    " Mais je n'ose.
— Ah ! — dit la femm' du sergent —
    " Pompe, moine, *(bis)*
" Ah! — dit la femm' du sergent —
    " Pompe, moine,
    " Et n' trembl' pas tant.

Quand le moine eut bien pompé,   } (*bis*)
      Il tremblait encore.

— " Ah ! — dit la femm' du sergent —
    " Qu'as-tu, moine, (*bis*)
" Ah! — dit la femm' du sergent —
    " Qu'as-tu moine,
    " A trembler tant ! "

— " Je voudrais bien m' coucher, madame, } (*bis*)
    " Mais, je n'ose.
— " Ah! — dit la femme du sergent —
    " Couch' toi, moine, (*bis*)
" Ah ! — dit la femm' du sergent —
    " Couche' toi, moine,
    " Et n' band' pas tant. "

Quand le moine fut couché, } (*bis*)
      Il bandait encore.
— " Ah ! — dit la femm' du sergent —
    " Qu'as-tu. moine, (*bis*)
" Ah ! — dit la femm' du sergent —
    " Qu'as-tu, moine,
    " A bander tant ? "

— " Je voudrais bien baiser, madame, } (*bis*)
    " Mais je n'ose.
— " Ah ! — dit la femme du sergent —
    " Bais'-moi, moine, (*bis*)
" Ah ! — dit la femme du sergent —
    " Bais'-moi, moine,
    " Et n' band' pas tant. "

Quand le moine eut bien baisé, } (*bis*)
      Il bandait encore.
— " Ah! — dit la femme du sergent —
    " Qu'as-tu, moine, (*bis*)

" Ah ! — dit la femme du sergent —
" Qu'as-tu, moine,
" A bander tant ? "

— " Je voudrais r'commencer, Madame, ⎱ (bis)
" Mais, je n'ose. " ⎰
— " Ah ! — dit la femme du sergent —
" R'commenc', moine, (bis)
" Ah ! — dit la femme du sergent —
" R'commenc', moine,
" Et fous-moi l' camp.

———————⋈———————

LE HUSSARD DE LA GARDE.

Refrain :

Vivre sans souci,
Dans c' pays-ci,
Boire du purin, manger d' la merde,
C'est le seul moyen
Vraiment certain
De ne jamais crever de faim.

C'était un hussard de la garde,
Qui revenait de garnison,
De Briançon ;
Portant sa pine en hallebarde,
Agrémentée de deux roustons,
Pleins de morpions.

En descendant la rue Trousse-Couille,
Il rencontra la garce Manon
Qui pue du con,
Et lui dit : — " Chaste fripouille,
" Le régiment s'en va demain,
" La pine en main. "

En vain, Manon se désespère
De voir partir tous ses amis,
    Avec leurs vits.
Ell' va trouver Madam' sa mère,
Lui dit : — " Je veux partir aussi,
    " Sacrée chipie ! "

— " Ma fille, ma sacrée garce de fille,
" N' vas pas avec ce hussard-là,
    " Il te perdra ;
" Ils t'ont fendue jusqu'au nombri-ile,
" Ils te fendront jusqu'au menton
    " La peau du con. "

" Ma fille, ma sacrée garce de fille,
" Quand sera parti ce hussard-là,
    " Tu te branleras ;
" Je t'achet'rai une cheville,
" Avec laquelle tu te branleras
    " A tour de bras. "

— " Ma mère, mon vieux chameau de mère,
" Quand tu parles de me branler,
    " Tu me fais chier ;
" Un vit, ça sort de l'ordinaire,
" Ça vous laisse un doux souvenir
    " Qui vous fait jouir. "

La garce s'est tout de même laissé faire,
Par le hussard qui la pressait
    De se donner.
Il lui mit un' si longue affaire
Qu' ça lui ressortit par le nez,
    Et ça l'a tuée !

Manon, la sacrée garce, est morte,
Morte comme elle avait vécu,
    La pine au cul ;
Le corbillard est à sa porte,
Traîné par quatr' morpions en deuil,
    La larme à l'œil.

Ils l'ont conduite au cimetière,
Et sur sa tombe ils ont gravé
    Tous ces couplets,
Mais le fossoyeur, par derrière,
L'a déterrée et l'a violée.
    Cela manquait.

L'auteur de cette barcarolle
Est un hussard à trois chevrons,
    Foutu cochon ;
Il est crevé de la vérole :
Les asticots qui l'ont bouffé
    Ont dégueulé.

—— ❋ ——

L'HARENG-SAUR ET LA MORUE.

Refrain :

Vous qui nagez au sein de l'opulence,
Versez un pleur! Versez un pleur, ou deux,
Sur le sort bien digne d' condoléance
De ce pauvr' petit n'hareng-saur amoureux.
    De c' pauvr' petit (*bis*)
    Hareng-saur amoureux.

Un hareng-saur, qu'était célibataire,
S'éprit d'amour, à la foire de Saint-Cloud,
Pour un' morue qu'avait-z-été rosière
Et lui paya-z-un mirliton d' quatre sous.

D'vant ces splendeurs, la p'tit' morue timide
Voulut bien faire quelques observations,
Mais l'hareng-saur avait l'œil tant humide
Qu'elle accepta d' tirer des macarons.

Tout' la journée, ce fut un' folle orgie ;
L' marchand d'coco leur fit d's' observations ;
Ils fur'nt pincés par la gendarmerie
Qui n' tolèr' pas qu'on ait d's' indigestions.
C'était bien trist' d' voir passer par la ville
Cet hareng-saur au profil distingué
Et cett' morue qu'avait l'air d' bonn' famille
Qui pour s' cacher s' fourrait les doigts dans l' nez !

On les mena d'vant l'commissaire de police,
Homm' vénérabl' qu'avait des cors aux pieds ;
La p'tit' morue z'y tapa sur la cuisse,
Jamais il n'eut tant de félicité.
Il leur z-y dit : — " Enfants ! qu'est-ce que vous faites ?
" Je suis un sphinx auquel on n' cache rien. "
L'Hareng-saur dit : — " Moi j'vends des allumettes !"
La p'tit' morue : — "Moi, j'vends des balais d'crin ! "

On les r'lâcha ; l'histoir' fit du scandale,
La p'tit' morue voulut qu'on l'épousât ;
Mais la nuit d' noc's fut si phénoménale
Que l' lend'main soir l'hareng-saur trépassa.
Sur son tombeau, la veuve inconsolable
Se fit porter et puis se déchaussa ;
Mais c't' odeur-là lui fut peu profitable,
Elle expira, chantant : — " Aï tchiquita ! "

Pour la moral' — qu'ell' reste en votr' mémoire —
Vous y verrez cet exemple effrayant
Que, comm' les peupl's, les fill's ont leur histoire
Bien trop souvent écrite avec du sang.

Vous y verrez qu'il n'est pas toujours fête
D'avoir mari qu'est par trop amoureux,
Et qu'il est plus souvent avantageux
D'êtr' pèr' d' famill' que d'êtr' paire d' chaussettes.

LA COLONNE VENDOME.

Un vit, sur la place Vendôme,
Ayant pour gland Napoléon,
Au ciel décalotte son dôme
Gamahuché par l'Aquilon.

Veuve de son fouteur, la gloire,
Dans son con vaste et souverain,
S'enfonce, tirage illusoire,
Ce grand godemichet d'airain !

SUR UNE TOMBE.

*Epitaphe relevée sur la tombe
d'une tailleuse de plumes.*

" Passant, agenouille-toi une fois sur
" la tombe de celle qui, si souvent,
" s'agenouilla devant toi. "

LES GENDARMES.

Deux gendarmes, un beau dimanche,
S'astiquaient le long d'un sentier ;
L'un branlait une pine blanche,
Et l'autre un vit de cordonnier.

L'un disait, d'une voix sonore :
— " Je veux t'enculer, mon garçon ! "
— " Brigadier — répondit Pandore —
" Brigadier ! vous avez raison ! "   } *(bis)*

— " Lorsque dans ton cul je tripotte,
" Ce n'est pas sans difficulté !
" Je dois garantir ma culotte
" D'une foule de saletés.
" Cependant, l'épous' que j'adore
" Se branle seule à la maison. "
— " Brigadier — répondit Pandore —
" Brigadier ! vous avez raison ! "   } *(bis)*

— " Mes amours sont capricieuses :
" Un cul rosé ne me plaît pas ;
" Pour moi, tes deux fesses merdeuses
" Ont plus de charm's et plus d'appas.
" Je me fous de ce météore
" Qui de pucelage a le nom. "
— " Brigadier — répondit Pandore —
" Brigadier ! vous avez raison ! "   } *(bis)*

Puis il se fit un grand silence.
Et, fier soldat, dans son transport,
Le nez sur le cul qu'il encense,
Le brigadier tombe et s'endort.
Soudain, un vent peu inodore
Le tira de sa pâmoison :
— " Nom de Dieu ! vous pétez, Pandore ! "
— " Brigadier ! vous avez raison ! "   } *(bis)*

LA MERDE DANS L' POT.

Refrain :

Tant qu'y aura d' la merde dans l' pot,
Ça puera dans la chambre ;
Tant qu'y aura d' la merde dans l' pot,
Ça puera les goguenots !

Un vieux Taupin, qui passait chez Laguerre,
Interrogé sur les déterminants,
Lui répondit, d'une voix mâle et fière,
En lui citant c' théorème épatant :

— " Cré nom de nom, lui répondit Laguerre,
" Vous m' faites l'effet d'un Taupin épatant ;
" Car c' théorème, que je n'attendais guère,
" Ne paraît pas dépourvu de bon sens. "

LA GRACE DE DIEU.

Refrain :

Adieu, fais-toi putain,
Va-t-en gagner ton pain ;
Adieu, ma fille, adieu,
Adieu : à la grâce de Dieu !

Tu vas quitter ta bonne mère
Pour t'en aller dans un boxon.
Je ne te retiens pas, ma chère,
Si c'est là ta vocation.
Suis bien les conseils de ta mère,
Avant toi je fis le métier ;
Tu n'as jamais connu ton père,
C'était peut-êtr' tout le quartier.

Evite surtout la vérole,
Chancres, poulains et cœtera,
Et ne crois jamais sur parole
Le fouteur qui te baisera.
Regarde bien si sa culotte
Cache un vit bien entretenu ;
Découvre toujours la calotte
Avant de lui prêter ton cul.

Respecte bien la maquerelle,
N'offense pas le maquereau ;
Tâche de te conserver belle,
Et surtout n'épargne pas l'eau.
Trois fois par jour dans ta cuvette
Lave ton cul bien proprement :
Et, dans ta table de toilette,
Que l'onguent gris soit abondant.

LE ROI DU RAISIN.

Refrain :

Verse plein, verse encor,
Dans mon verre à pleins bords,
Ce nectar souverain
Du raisin, le bon vin !

Amis, l'hiver aux noirs frimas
Au doux printemps cède la place,
La vigne serpente et s'enlace
En fleurs autour des échalas.
Je veux ses grappes pour couronne,
Je veux pour trône un vieux tonneau,
Je veux pour palais une tonne
Où l'on peut boire et chanter haut.

Ma vigne revient tous les ans ;
En riant, je vois à ma tonne
La verte perle qui bourgeonne
Aux tièdes baisers du printemps,
Ce bourgeon, ce nid de richesses,
Que de maux il adoucira ;
Amour, esprit, tendres caresses,
Tout de son sein, tout sortira.

Ma vigne brunit aux autans ;
Du vieux Noé c'est le mystère.
L'été vient rajeunir la mère
Et donner la vie aux enfants.
Mon vin, rappelant la jeunesse,
Donne aux vieillards de gais retours ;
Et les doux yeux de leurs maîtresses
Eveillent encore leurs amours.

En automne, la main de Dieu
Couvre la terre de prodiges ;
Les raisins mûrs courbent les tiges
De leurs souches au cœur du feu.
Vienne l'hiver et son cortège,
Avec mon peuple au teint vermeil,
Je puis attendre sous la neige
De ma royauté le réveil.

LE PET.

Non, le vent qui boursouffle un piètre pédagogue,
Ou qui pousse en dérive une faible pirogue ;
L'air qui dore et blémit les bulles de savon,
Qui couvre de frimas tout le sol esclavon ;

La rafale qui hurle au col de la montagne
Et blanchit les galets des côtes de Bretagne ;
Le souffle printanier au murmure coquet
Qui pousse les amants au jeu du bilboquet ;
L'ouragan qui saisit et terrasse un navire ;
L'haleine qui s'exhale d'un baiser d'Elvire ;
La bise qui décolle perruques et toupet ;
Ne sont rien, mes amis, auprès d'un vaste pet...

Le pet, c'est le bonheur ! Le pet, c'est la nature
Qui des sucs végétaux arrache un doux murmure.
Prélude instrumental, harmonique factum
Qui module des airs au tube du rectum.
Ainsi que Rossini, dont le cerveau s'embrase
Quand il jette au papier sa poétique phrase,
Le grand boyau culier fait gronder en son blanc,
Pétrit, module et pond la gamme qui descend.
C'est d'abord un soupir plein d'amères tristesses
Qui s'étend de l'anus aux rives des deux fesses,
Puis s'étale, descend, s'échappe de prison,
Et sort des plis étroits d'un pudique jupon.

La vesse aux vils détours, c'est la diplomatie
Traquant un Bonaparte expulsé d'Helvétie,
Ecrasant la Pologne, étouffant ses clameurs,
Disant au Luxembourg : Prends ton linceul et meurs !
La vesse est un poison comme ces diplomates
Que les peuples devraient marquer aux omoplates.

Mais le pet ! C'est César, conquérant des Gaulois,
Qui traînait à son char les dépouilles des rois !
Le pet, contrarié dans ses élans fertiles,
C'est un Léonidas mourant aux Thermopyles.
Le pet, c'est l'Empereur et son petit chapeau
Qui faisait frissonner les princes dans leur peau ;

Qui, lorsqu'il les battait avec tant de largesse,
Pouvait se dire alors : — "Tous les rois ont la vesse ! "
Hourrah ! Vive le pet ! A bas les vents coulis !
Frictionnez-vous les reins et pétez dans vos lits.

MALHEUR !

I' sont cinq ou six amis
Qui sont tous les jours en ribotte,
Qui dégueulent sur leurs habits,
Et qui chient dans leurs bottes.

El' samedi, y touchent leur paye,
Et s' collent des bols à cent sous.
Quand leurs femm's leur z'y demand'nt monnaie,
Ils leur z'y foutent des coups.

Y en a qui baisent des gonzesses,
Leur z'y font des enfants dans l' dos.
Ils devraient les manger d' caresses,
Et ils les fout'nt dans les gogu'nots.

Y en a qu'entretienn'nt des gonzesses,
Locatair's de la " Patte de Chat ",
Ils leur fout'nt leurs vits dans les fesses
Comm' si qu' ça soye délicat.

Y se vautrent sur ces gueuses,
Y les baisent sur le bord du lit,
Et leurs femmes, les malheureuses !
Y leur z'y collent la maladie !

Y en a qui mettent leur amour-propre
A dégueuler dans les escayers,
Et quand on leur z'y dit : — " C'est pas propre."
Y vous répndent : — " J' t'emmerde! Va chier !"

Y en a qui sont de la police ;
Avec quoi qu'i s' rincent la dent ?
Y dis'nt qu'i baisent des actrices !
Ah ! malheur ! ils leur bouffent l' blanc !

Y en a qui portent d' la flanelle
Avec quoi qu'ils s' pompent la sueur ;
Y en a, c'est des aisselles
Ou bien des pieds qu'ils pleurent !

Tout ça, j' vas vous dire c' qu'i d'viennent,
Et faut pas vous en épater :
Les uns, y meurent à Cayenne ;
Les autres, y s' fout'nt curés.

———————————>◦<———————————

LE POIREAU DE M. LE CURÉ

Monsieur l' Curé de Chaud-Canal
Possédait, dit une légende,
Un légume phénoménal
Dont la renommée était grande ;
Ce n'était pourtant qu'un poireau,
Mais il était si grand, si beau,
Que le pareil en ce bas-monde
Ne s'était jamais rencontré ;
Aussi parlait-on à la ronde
Du poireau de Monsieur le Curé. (*bis*)

Il résistait à tous les temps, (1)
Dieu l'ayant comblé de sa grâce ;
Mais c'était surtout au printemps
Qu'il se montrait vert et vivace.
Il eût fallu le voir alors
S'allonger, se gonfler sans efforts ;

Et pour peu qu'un' main carressante
Dans ses jolis doigts l'eût pressé,
La sève sortait jaillissante
Du poireau de Monsieur le Curé. *(bis)*

Mainte dévote s'empressait
A le contempler dans sa gloire,
Et son aspect seul disposait (2)
A l'oraison jaculatoire.
Toutes les nonnes d'alentour
Venaient l'adorer tour à tour,
Et d'une ardeur toute divine
Se sentaient le cœur enivré,
Rien qu'en baisant sur la racine
Le poireau de Monsieur le Curé. *(bis)*

Quand les enfants faisaient défaut
Aux époux vivant en ménage,
Les femmes vers le saint poireau
S'en allaient en pélerinage ;
Car il était partout cité
Pour guérir la stérilité.
Et souvent plus d'une commère
A moi-même a raconté
Devoir le bonheur d'être mère
Au poireau de Monsieur le Curé. *(bis)*

Le saint poireau vint à languir ;
Il perdit ses vertus anciennes,
Et Monsieur le Curé vit s'enfuir
Ses plus ferventes paroissiennes.
Seule encor, fidèle au devoir,
La servante, du matin au soir,
Prodiguant ses soins et sa peine
Au végétal décoloré,

Soufflait, soufflait à perdre haleine
Dans l' poireau de Monsieur le Curé. *(bis)*

VARIANTES :

(1) Deuxième Couplet.

Il verdissait par tous les temps,
Dieu l'ayant comblé de sa grâce ;
Mais c'était surtout au printemps
Qu'on le voyait frais et vivace :
On le voyait soudain alors
S'allonger, s'enfler sans effort ;
Sitôt qu'une main caressante
Dans ses jolis doigts le pressait,
La sève sortait jaillissante
Du poireau de Monsieur le Curé. *(bis)*

(2)   Et rien que sa vue disposait

———————— ◉ ————————

BALLADE DU PETIT HYPOTROPHIQUE.

Chanson du bal de l'Internat de 1907.

Air : *A Ménilmontant.*

Son père n'était pas connu,
Sa mère l'était beaucoup plus,
L'accouchement fut difficile
     A Belleville.
Il se fit su' l' crâne une bosse
Sérosanguine en passant,
Il finit par viv', pauv' gôsse,
     A Ménilmontant. *(bis)*

Le matin, à cause de la dèche,
Sa mère l' mettait à la crèche ;
I' n' faut pas d' bouche inutile
     A Belleville.

Quand elle faisait l' truc le soir,
Pour n' pas l' traîner su' l' trottoir,
On l' confiait au débitant,
    A Ménilmontant. (*bis*)

Sa daronn', pour quarant' ronds,
Allait écouter des l'çons
L' dimanch' à l'Hôtel de Ville,
    A Belleville.
On disait, au dispensaire :
— " Le lait d' la mère est à l'enfant,
" Mais l'enfant n'est pas à la mère,
    " A Ménilmontant. " (*bis*)

A vingt mois le pauvre enfant
N'avait pas encore de dents,
Il buvait du lait stérile
    A Belleville.
Il avait des matières vertes,
D' la fièvre et des vomissements,
Et sa fontanelle ouverte
    A Ménilmontant. (*bis*)

C'est alors qu' fut consulté
Un professeur-agrégé :
L'on descendit en famille
    De Belleville.
Il lui foutit pour son rhume
Le fameux bouillon de légumes
Que l' gosse alla, sirotant,
    A Ménilmontant. (*bis*)

On prit son observation,
Son poids, ses mensurations ;
L' pédiamètre fut très utile
    A Belleville,

Variot, à la Pédiatrique,
Présenta cet être étique,
Montrant c' qu'ils sont épatants
    A Ménilmontant. (*bis*)

— " Puisque d' l'amour c'est l'enfant,
" Faut l' mettre à l'eau ", dit Marfan.
A l'alcool c'est plus facile
    A Belleville.
— " Non pas, messieurs, j'imagine,
" Lui fout' de l'eau d' mer dans l' sang :
" Du père ça marque l'origine
    " A Ménilmontant. " (*bis*)

Comme il avait des pieds plats,
D' la scoliose on consulta
L' chirurgien d' clinique infantile
    A Belleville.
— " Foutu' bête, idiot, " qu'i dit,
Et la mère ? Ah ! Qu'est-c' qu'elle prit !
— " C'est des brutes, tous les parents,
    " A Ménilmontant. " (*bis*)

A quinze ans, le jeune morveux
Ne m'surait qu'un mètre deux,
Sa verge était comme un fil,
    A Belleville.
C'est lui qui faisait la r'cette
Au cabaret du Néant.
On l'app'lait le Môm' Squelette,
    A Ménilmontant. (*bis*)

Le jour de la revision,
Pas d' point d'ossification
Et pas d'épiphyse fertile
    A Belleville,

Le major dit : — " C'te bourrique,
" J'en veux pas au régiment ;
" C't'encore un hypotrophique
    " A Ménilmontant. " (*bis*)

MORALITÉ.

Comm' l'a dit August' Broca,
C'est lolo, pipi, caca
Qu'est tout' l'hygiène infantile
    A Belleville.
C'est ce qu'au Congrès d' Pasteur
Répétaient les professeurs
Et M'sieu Dufour de Fécamp
    A Ménilmontant. (*bis*)

GONOCOCCIE.

Quand sur des seins tout palpitants,
Au milieu des embrasements,
    L'homme se pâme,
Les gonocoques à l'affût,
Sans faire le moindre raffut,
    Quittent la femme !

C'est d'abord un chatouillement,
Puis on sent un picotement
    Alors que suinte,
Au bout du conduit uréthral,
A l'extrémité du canal,
    La goutte sainte !

On s' munit d'un bon suspensoir,
On rend des larmes de rasoir
    Chaq' fois qu'on pisse ;
On bouffe cubèbe et copahu,
On s' prive de vin, on boit du jus
    De bois d' réglisse !

Puis vient le temps des injections,
L' permanganate en solution
    Au quat' millième.
Six s'main's après, si Dieu l' permet,
Le petit frère est encore prêt
    Pour la deuxième.

LES CENT LOUIS D'OR.

Un soir, étant en diligence,
Sur une route, entre deux bois,
Je branlais axec assurance
Une fillette au frais minois.
J'avais retroussé sa chemise
Et mis le doigt sur son bouton ;
Et je bandais, malgré la bise,
A déchirer mon pantalon.
Pour un quart d'heure entre ses cuisses,
Un prince eût donné son trésor ;
Et moi j'aurais, Dieu me bénisse,
J'aurais donné cent louis d'or !

Las de branler sans résistance,
La tête en feu, la pine aussi,
Je pris sa main, quelle indécence !
Et la mis en forme d'étui.

Je jouissais à perdre haleine,
Je déchargeai, quel embarras !
Sa main, sa robe en étaient pleines,
Et cela ne suffisait pas.
Sentant rallumer ma fournaise,
Je lui dis : — " Tiens, fais plus encor ;
" Sortons d'ici que je te baise,
" Je te donne cent louis d'or ! "

La belle, alors, toute confuse,
Me répondit ingénument :
— " Pardon, monsieur, si je refuse
" Ce que vous m'offrez galamment ;
" Mais j'ai juré de rester sage,
" Pour mon fiancé, mon mari,
" De conserver mon pucelage ;
" Il ne sera jamais qu'à lui. "
" — Tu n'auras pas le ridicule,
" — Dis-je — d'arrêter mon essor ;
" Permets au moins que je t'encule ;
" Je te promets cent louis d'or ! "

Au premier relai, sur la route,
Nous descendîmes promptement.
— " En cul il faut que je te foute,
" Ne pouvant te foutre autrement. "
Dans une auberge nous entrâmes ;
Tout s'y trouvait : bon feu, bon lit.
Brûlant d'amour, nous nous couchâmes :
Je l'enculai toute la nuit.
Mais, pour changer de jouissance,
Je lui dis : — " Tiens ! fais plus encor,
" Livres ton con, et, tout d'avance,
" Je te promets cent louis d'or ! "

— " Je veux bien, sans plus de harangue,
" — Dit-elle, en me suçant le gland —
" Livrer mon con à votre langue,
" Pour ne pas trahir mon serment. "
Aussitôt, placés tête-bêche,
Comme deux amants dans le lit,
Avec ardeur, moi, je la lèche,
Pendant qu'elle suce mon vit.
Mais la voyant bientôt pâmée,
Je puis lui ravir son trésor ;
Et je me dis, la pine entrée :
— " Je gagne mes cent louis d'or ! "

Huit jours après cette aventure,
J'étais de retour à Paris,
Ne prenant plus de nourriture,
Restant tout pensif au logis.
A la gorge, ainsi qu'à la pine,
J'avais — c'était inquiétant —
Chancres, poulains, on le devine,
Et chaudepisse en même temps.
Prenant le parti le plus sage,
Je me transportai chez Ricord,
Qui me dit : — " Un tel pucelage
" Vous coûtera cent louis d'or ! "

MONSIEUR COROÈS.

Donc voici le printemps aimé des étalons,
Et des souffles d'amour gonflent nos pantalons.
Brise du renouveau, sournoise, qui nous guette,
Tu viens, en murmurant, entr'ouvrir nos braguettes ;
Tu viens t'insinuer jusqu'au fond de nos os
Par le chemin fleuri des plus secrets canaux.

Les zéphyrs, caressants comme des voix de femmes,
Savent habilement ragaillardir nos âmes,
Et savent secouer les sommeils les plus lourds,
Car leurs doigts énervants font patte de velours.
Printemps, les bracquemarts te présentent les armes !
Les amoureux ardents bandent comme des carmes,
Et les doux ramollis sentent passer en eux
La sève qui découle abondamment des nœuds.
La passion en fleur rougit notre épiderme ;
Nos arsenaux secrets sont encombrés de sperme ;
Les chassepots d'amour partent tous seuls, tandis
Que vibrent sous nos doigts les clitoris raidis.
Donc, voici le printemps aimé des cœurs moroses,
Qui fait, dans les jardins, s'épanouir les roses,
Et les boutons de pourpre au front des vérolés.
Salut ! Salut ! !... Là-haut, dans les cieux étoilés,
Les comètes, au fond des immensités bleues,
Traînaient les nonchaloirs de leurs queues,
Tandis que, çà et là, sur les boulevards noirs,
Les becs de gaz ardents bandaient sur le trottoir.

Or, M. COROËS, rentier, célibataire,
Homme sage et rangé, promenait, solitaire,
La végétation de son nez indécent :
Quelques boutons montraient leur cône incandescent
Sur la rouge épaisseur de sa trogne vermeille.
Il souriait, le tube incliné sur l'oreille ;
Se promenait, faisant des effets de recul,
Précédé de son ventre et suivi de son cul.
Mais où donc allait-il dans la nuit étoilée ?
Il l'ignorait. — Là-bas, de ténèbres voilée,
La putain promenait ses charmes tarifés
Devant les bons michets assis dans les cafés ;
Elle passait, avec un sourire de goule,

24

Et cherchait à cueillir quelque amant dans la foule.
La provocation de son bas bien tiré
Parfois venait à bout d'un client altéré.
Elle entraînait sa proie au fond d'une ruelle
Et soudain retroussait sa robe peu cruelle.
Mais M. Coroès, basé sur ces plaisirs,
Ne dissimulait pas l'ardeur de ses désirs.
Il savait que la vie est pleine d'amertume
Et que l'amour errant a souvent la coutume
D'empoisonner les dards pervers de son carquois.
Cependant, il bandait. Les becs de gaz narquois
Dansaient devant ses yeux de folles sarabandes,
Et les sons de la nuit lui répétaient : — " Tu bandes. "
Il croyait voir surgir des formes de Titans
Qui saisissaient la terre en leurs bras palpitants ;
Des farfadets courbés ainsi que des virgules,
L'anus ouvert, disaient :— " Je veux que tu m'encules. "
Dans l'ombre s'esquissaient des formes de Vénus,
Et des Nymphes en rut tordaient leurs charmes nus ;
Des Satyres moqueurs, aussi blancs que des marbres,
Tendaient leurs thyrses droits comme des jeunes arbres.
Les nuages avaient des aspects de tétons,
Et les planètes d'or, ainsi que des boutons,
Rutilaient, jouissaient au fond des cieux vastes ;
La lune, paradis lointain des pédérastes,
Souriait largement et, comme un cul impur,
Déboutonnait gaiement sa culotte d'azur.
Mais M. Coroès pourtant bandait toujours ;
A ses lèvres en feu montaient des mots d'amour ;
Puis, soudain, il s'assit au banc d'un carrefour.
Il appelait ainsi des formes invisibles ;
Ses bras se tendaient vers des putains insensibles ;
Il bandait ; il bandait ; sa frénétique main,
Oubliant la pudeur et le respect humain,

Fouille son pantalon, et, tout à coup, sa pine
Apparaît dans la nuit, rubiconde et pourpine.

Cochon ! (1)

Soudain, le firmament éclate de rumeurs,
Et les anges badins, aux équivoques mœurs,
Dans le bleu paradis éclatent de rire ;
Les saints ressuscitent, oubliant leur martyre,
Et, cessant d'adorer le divin pigeon blanc,
Contemplent ce mortel se branlant sur un banc.
Tous se penchaient pour voir par le trou des étoiles ;
Les vierges sur leurs yeux laissaient tomber leurs voiles ;
Mais M. Coroès, sans s'occuper des anges,
Tenait son bracquemart serré dans ses phalanges.
Il allait, il allait, lentement, doucement,
Et, se frottant le dard très délicatement,
Il ôtait, mettait le gant de sa quéquette,
Cependant qu'il rêvait qu'il faisait la conquête
D'une très grande dame et qu'il la retroussait.
Quand il crut que l'instant suprême s'avançait,
Dans le spasme dernier d'un bonheur solitaire,
Il soupira : — " C'est pour la reine d'Angleterre ! "
Hélas ! tu n'es pas long, ô bonheur des élus,
Car M. Coroès bientôt ne bande plus.
Alors, pour saluer l'auteur de la nature
Qui comble de ses dons la pauvre créature,
Il offrit à genoux son sperme à l'Eternel.
Et cela vaut mieux que d'aller au bordel.

---

(1) *NOTE.* — Cette exclamation occupe, nous a-t-on dit, cette même place dans le manuscrit original. Nous la laissons donc exister. Elle forme un arrêt dans le monologue et lui donne une certaine saveur.

SI MA PINE FAIT TRISTE MINE.

Refrain :

Mais si ma pine
Fait triste mine,
C'est qu' Margoton
N' s'est pas bien lavé l' con :
Voilà qu'est bon !

Fêtes et dimanches,
Je m'astique le manche :
Vaut-il pas mieux s'astiquer l' nœud
Que d'attraper mal à la queue ?

Entre mes couilles,
Je sens qu' ça grouille :
C'est un régiment de morpions
Qui me dévorent les roustons.

Entre mes cuisses,
Je sens qu' ça glisse :
C'est un liquide de foutre noir
Qui m'a pourri plus d'un mouchoir.

Entre mes fesses,
Sacrée gonzesse,
Tu m'as foutu l'accent aigu
Qui me bombarde le trou du cul.

Vierge Marie,
Je t'en supplie,
Guéris-moi de ce mal affreux
Qui va bientôt me bouffer l' nœud.
Et si ma pine
Est alcaline,
Nous la traiterons au tournesol bleu,
Ça s'ra bien mieux !

————————— ➤❘◄ —————————

LE CHAMEAU.

Refrain :

Alli, allo, ah ! le joli chameau,
   Voyez comme il trotte,
Alli, allo, ah ! le joli chameau,
   Voyez comme il est beau !
L'Himalaya, Java, Calcutta,
   Singapour et Brême ;
L'Himalaya, Java, Calcutta,
   Singapour, Bréda. — Stop !

Perdu dans le désert immense,
Le pauvre Bédouin n'irait pas loin,
   N'irait pas loin,
Si la divine Providence
N'avait allégé son fardeau
   Par un cadeau,
Ce cadeau précieux, eux, eux,
De la bonté des cieux, eux, eux,
Ce précieux cadeau, eau, eau,
   C'est le chameau.

De l'arabe, c'est la bête chérie,
Car il traverse les déserts,
   Où qu'y a rien de vert,
Portant sur sa bosse arrondie
Tous les trésors de l'Univers,
   Et le moka.
Cet animal πoδας ωκυς, κυς κυς,
Ce vaillant animal, al, al
Cet animal πoδας ωκυς, κυς κυς,
   C'est le chameau,

Il sait faire la révérence,
Il sait se mettre devant vous
       A deux genoux,
Et sur son dos quand on s'élance,
Il sait, plus agile qu'un daim,
       Partir soudain.
C'est le vaisseau du désert, é, ert,
Le vivant chemin de fer, é, ert,
Le chemin de fer vivant, ant, ant,
       Du grand Soudan.

Gloire à cet animal habile,
Gloire à ce chimiste ambulant,
       Ce grand savant,
A l'arabe sans cesse utile !
Il va toujours l'enrichissant,
       Même en mangeant.
Il croque quelques fruits, its, its,
Et rend au moricaud, aud, aud,
Les plus riches produits, its, its,
       Ammoniacaux.

Y a pas besoin d'quitter la France
Pour observer cet animal
       Qu'est peu moral :
Il se rencontre en abondance
A Mabille, à Valentino,
       A l'Hippodro.
Il mange du homard, a, ard,
Du pâté de canard, a, ard,
Il ne boit jamais d'eau, eau, eau,
       Mais du Clicquot !

LE VIEUX MORPION.

Sur les débris d'une motte princière,
Dont la vérole emportait les lambeaux,
Un vieux morpion quatre fois centenaire,
A ses enfants, disait ces derniers mots :
— " Oui, sans regret, je puis quitter la vie ;
" Un cul royal est à vous, mes enfants ;
" Car Dieu rêveur, dans sa philosophie   } (bis)
" Veut réunir les petits et les grands.

" J'ai vu le jour sur le vit d'un sauvage
" Qui du soleil se disait rejeton.
" Je suis venu de ces lointains rivages
" Sur les roustons de Christophe Colomb.
" Quand il donnait un monde à sa patrie,
" Je la dotais de nouveaux habitants.
" Car Dieu rêveur, dans sa philosophie,   } (bis)
" Veut réunir les petits et les grands.

" Après bientôt plus de trois cents années,
" J'ai vu les culs de bien des potentats ;
" J'ai vu bander des pines couronnées,
" J'ai vu des cons, d'où sortent des Etats.
" Plus d'un Saint-Père, en sa couille bénie,
" Sentit grouiller mes arpions triomphants ;
" Car Dieu rêveur, dans sa philosophie,   } (bis)
" Veut réunir les petits et les grands.

" A Friedland, au Saint-Gothard, à Rome,
" Partout, enfin, où le poussa le sort,
" J'ai parcouru le membre du Grand Homme,
" Mais il n'est plus, moi seul je vis encor !

" Du haut d'un poil qu'agitait l'agonie,
" J'ai vu mourir le roi des combattants ;
" Car Dieu rêveur, dans sa philosophie,
" Veut réunir les petits et les grands. } (*bis*)

Le vieux morpion voulut parler encor ;
Il ne le put, sa langue se glaça ;
Un froid mortel envahit tout son corps
Et tout à coup le morpion trépassa.
Mais, en mourant, de sa voix affaiblie,
Il répétait encor à ses enfants :
— " Dieu réunit en sa philosophie,
" Dieu réunit les petits et les grands. } (*bis*)

————•⇥⇤•————

LES CŒURS.

Voyez, là-bas, ces enfants frais et roses
Dont les deux yeux vous font croire au bonheur.
Ces chérubins nous montrent dans leurs poses
Ce que Soufflers intitulait les cœurs.

Le jeune cœur, dans son adolescence,
Est un bijou ciselé par l'amour ;
C'est le blason de la douce innocence,
C'est un croquis, c'est un léger contour.

Mais à quinze ans, il grandit, il soupire ;
Le cœur s'ennuie et bâille à chaque instant
Comme une fleur qui, languissante, aspire
Aux soins actifs d'un jardinier galant ;

C'est un bosquet où naît un beau feuillage,
C'est un enclos où nul n'a pénétré ;
C'est un anneau, un charmant coquillage,
C'est un ruisseau qui s'échappe d'un pré.

Mais à vingt ans, c'est l'île de Cythère,
Que bien souvent jeune ou vieux pélerin
Vient traverser à l'ombre du mystère,
Front découvert et gourdon à la main ;

C'est un désert où vient tomber la manne ;
C'est un sentier frayé par Cupidon,
Un paradis où maint élu se damne
Et que l'on quitte en demandant pardon.

Mais à trente ans, le cœur est un cratère
D'où sort la lave à flots vifs et bouillants ;
C'est la tigresse insatiable et fière
Dont la fièvre énerve les amants ;

C'est le serpent dont l'étreinte nous brise,
C'est une soif qu'on ne peut étancher ;
C'est un foyer que nuit et jour attise
Une vestale avide de pêcher.

A cinquante ans, le cœur verse des larmes,
Et pleure, hélas ! un cruel abandon !
Rose fanée offrant ses derniers charmes
Pour attirer le naïf papillon ;

C'est un vieux fat qui gâte sa toilette,
Un céladon qui sent le patchouli ;
C'est un barbon qui veut conter fleurette ;
Un vieux roman qui tombe dans l'oubli.

Vingt ans plus tard, il prend ses invalides ;
C'est la pendule où manque un balancier ;
C'est un terrain sur des steppes arides
Que nul engrais ne fait fructifier.

A quatre-vingts, c'est un hiéroglyphe
Où les savants perdent tout leur latin ;

C'est une énigme, un pâle logogriphe,
Un papyrus, un ancien parchemin ;

C'est un vieux sou, privé de face et pile,
Mis à l'index par tous les épiciers ;
C'est le débris d'un animal fossile
Que Cuvier classe au rang des carnassiers.

Voyez, voyez là-bas sur la bruyère,
Ce ver luisant, lumineux diamant,
Et puis, le soir, au fond d'un cimetière,
Ces feux follets qui dansent en tremblant ;

Pour moi, qui crois à la métempsychose,
Ces feux follets sont des cœurs de cent ans
Qui, regrettant de ne plus en être en cause,
Disent, hélas ! que l'amour n'a qu'un temps.

LES PHARES.

Majestueux, droits et rigides,
Assis sur vos bases solides,
Aux bords des vastes océans,
Phares aux murailles imberbes,
Vous vous dressez longs et superbes,
Comme des pines de géants.

Vos lanternes, soleil immense,
S'allumant quand la nuit commence,
S'éteignant lorsqu'elle finit,
Sont les glands de phallus énormes,
Faisant scintiller leurs lourdes formes
Hors des prépuces de granit !

Plantés comme des obélisques,
Est-ce en pensant aux odalisques,
Phares, que vous bandez si fort ?
Ou bien votre raideur intense
Prétend-elle, par sa constance,
Narguer la vieillesse et la mort ?

Vous apparaissez dans la brume,
Parmi les tourbillons d'écume
Qui vous font des pubis d'argent,
Et malgré cette rude épreuve
De l'eau froide, vous faites preuve
D'un priapisme encourageant.

Dans les mers intertropicales,
Vous bravez les chaleurs fatales
Et les feux d'un soleil ardent.
Chez vous il n'est pas de mollesse ;
Le froid ou le chaud, tout vous laisse
Toujours en l'air, toujours bandant.

Or, devant vos raideurs oisives,
Les femmes demeurent pensives,
Muettes d'admiration,
A moins que leurs voix éperdues
Ne déplorent de voir perdues
Tant de belles érections !

Et les maris font triste mine
En songeant à leur pauvre pine
Qui pend si lamentablement ;
Et c'est en vain qu'ils se demandent
Par quel moyen les phares bandent
Nuit et jour éternellement ?

Eh bien ! s'il faut que je le dise,
O grands phares, je vous méprise.
Vous n'êtes que des vits de carton,
Car, sous l'eau froide qui vous mouille,
Vous n'avez pas même une couille,
Pas le moindre petit rouston !

LE CORSAIRE.

Refrain :

Buvons un coup, Madame ; tirons-en deux,
A la santé des amoureux,
A la santé du roi de France,
Merde !
Pour la reine d'Angleterre
Qui nous a déclaré la guerre.

Le trente-et-un du mois d'Août, *(bis)*
Nous vim's venir, sous l' vent, à nous, *(bis)*
Une frégate d'Angleterre
Qui fendait la mer et les flots :
C'était pour bombarder Breslau !

Le capitain' du bâtiment *(bis)*
Fit appeler son lieutenant *(bis)*
Et lui dit : — " Te sens-tu capable
" Ou bien te sens-tu z-assez fort
" Pour aller vaincre ou à la mort ? "

Le lieutenant, fier et hardi, *(bis)*
Lui répond : — " Capitaine, oui ! *(bis)*
" Faites monter tout l'équipage,
" Soldats, gabiers et matelots,
" Faites-les tous monter en haut. "

Vir' lof sur lof', au même instant, *(bis)*
Nous l'attaquâm's par son avant ; *(bis)*
A coups de haches d'abordage,
De sabres, piques et mousqueton,
Nous l'eûm's vit' mis' à la raison.

Or, que dira-t-on dudit bateau, *(bis)*
En Angleterre et à Breslau, *(bis)*
Qu'a laissé prendre son équipage
Par un corsair' de six canons,
Lui qu'en avait trente... et si bons.

MARGOT.

L'aut' soir, à la barrière,
Margot, Margot,
Tortillait son derrière,
Bien beau, bien beau.

Doucement, je m'approche,
Et puis, et puis,
Les deux mains dans les poches,
J' lui dis, j' lui dis :

— " O femelle divine,
" Veux-tu, veux-tu,
" Que j' te fourre ma pine
" Dans l' cul, dans l' cul ! "

— " Monsieur ", — m' répondit-elle
Tout bas, tout bas, —
" Je suis encor' pucelle,
" J' peux pas, j' peux pas !

" Puisqu'il faut que j' commence,
" Eh bien ! eh bien !
" A toi la préférence,
" Pour rien, pour rien ! "

Je la crus sur parole,
J'y fus ! j'y fus !
Elle avait la vérole,
Je l'eus, je l'eus.

Et ma pine encor vierge
Coula, coula,
Ni plus ni moins qu'un cierge,
Voilà ! voilà !

Que ceci vous apprenne,
Mes frères, mes frères,
Que la vérole, sans gêne,
Prospère, prospère.

FRAGMENT D'ÉVANGILE.

In illo tempore dixit Jesus discipulis suis : — " Eamus in
Bordelium ? " Responderunt omnes : — " Sequamur te,
Domine ! " Tunc ad portas bordelii fuerunt, Jesus ter quater
que sonavit. Sed maquarella quæ sibi morpionos quærebat
nullo modo sese derangeavit. Denique tandem, timens,
aperuit et dixit : — " Quid vultis ? Coïre aut flanellam agere ? "
— " Coïre, Coïre ! " clamaverunt omnes. — " Intrate amici "
dixit maquarella.

Quando in salono installati fuerunt magna voce alacre pede
feminas reclamaverunt. Tunc submaquarella advenit et dixit:
— " Non feminas habetis si non consommationes tourneam-
que payaveritis. Quid vultis bibere ? " — " Bockos, Bockos ! "

clamaverunt omnes. Sed Sanctus Mathæus qui caledapissa laborabat, grenadinam petitivit cum siphono.

Tunc intraverunt, matre maquarella ductæ, multæ gruæ bene maquillatæ, nudæ depoitrallatæque. — " Ubi est Maria-Magdalena ? " inquit Jesus. — " Sub pressa est " respondit maquarella. — " Et Martha? " — " Britannicos suos habet" — " Merda " dixit Jesus. Et allongavit pedem suum in culum sancti Thomas qui paululum ebrietus, gruam suam super canapeto crampabat.

Et sanctus Mathæus suam pinam fermissime bandantem, admonestrans ad Jesum : — " Lice Domine, lice mihi plumam taillatam esse ! "

Sed Jesus : — " Nolo unum meorum discipulorum bandare atque coïre ubi Dominus non gaudet, et per testiculos Papæ, cum alii non possunt ! "

Et sanctus Mathæus, vehementer vexatus recalotavit illico, sese reculotavit et omnes exirunt e bordelio.

LUC. CCLVII. 32.

VIVE GRÉVY !

CHANT NATIONAL

Refrain :

Elle est sauvée, notre saint' République,
Allons, Français, n'ayons tous qu'un seul cri,
Pour acclamer Grévy le jurassique,
Crions tertous : — " Vive Jules Grévy...
" Vive Grévy ! "

Nous avons eu, sur le trône de France,
Des maréchaux, des rois, des empereurs,
Tous ces gens-là gobelottaient nos finances,
Il n'en faut plus, Français, y a pas d'erreur.

Grévy fait r'naître not' cœur à l'espérance,
Il est intègre et joue bien au billard ;
C'est tout c' qui faut pour gouverner la France,
A ce jeu-là, l'on n' perd pas cinq milliards.

Plus de Mexique, plus de folles conquêtes,
Plus de galons, plus de ruineuses cours ;
Tout pour le peupl', à lui toutes les fêtes
Plein's de lampions, de drapeaux, de discours !
Notr' président sait fair' de beaux messages,
Son diadème est un chapeau Gibus ;
Et, méprisant les beaux équipages,
Pour ses six sous, il monte en omnibus.

Quand on nous prit l'Alsace et la Lorraine,
Des généraux commandaient nos soldats ;
A bas les sabr's, la nation souveraine
Pour chefs d'armée n' veut rien qu' des avocats.
Dans les Congrès, r'troussant sa large manche,
Grévy jouera son sort aux dominos ;
Le double-six nous donn'ra la revanche ;
Nous pouvons bien nous passer de z'héros !

Du Président le modeste ménage
Donne l'exemple de toutes les vertus.
A l'Elysée, le bœuf et le potage,
Rôti, salade, composent le menu ;
Et tous les soirs, l'usage le comporte,
Tout' la famille trôn' dans le grand salon.
C'est Duhamel qui reçoit à la porte,
Et celui-là sait tenir un' maison.

———————— ·✂· ————————

CHANSON DES INTERNES DU MIDI.

Air : *Barbari, mon ami.*

A l'heure des fins de soupers,
Quand le cœur se dilate ;
Lorsque le vaste bruit des pets
Comme un tonnerre éclate,
Le moment me semble choisi,
La faridondaine, la faridondon,
Pour dire comme on fait mimi,
    Biribi,
A la façon des Internes
    Du Midi.

Je vais conter en termes sûrs
Les diverses méthodes
D'un sport trouvé par les gens mûrs,
Qui devient à la mode,
Et procédant scientific-qu'ment,
La faridondaine, la faridondon,
Je prendrai les différents temps,
    Biribi,
A la façon des Internes
    Du Midi.

Bien que des auteurs renommés
Prônent plusieurs méthodes,
Je peux pourtant vous affirmer
Que la mienne est commode :
La manuel opératoire,
La faridondaine, la faridondon,
N'exige pas même un crachoir,
    Biribi,
A la façon des Internes
    Du Midi.

25

1er Temps :

L'aseptie, en termes certains,
Dit : — " Lavez ce qu'on touche. "
Donc, lavons-nous, sinon les mains,
Du moins, un peu la bouche ;
Faites pisser votre opérée,
La faridondaine, la faridondon,
Au travers de vos dents serrées
Biribi,
A la façon des Internes
Du Midi.

2e Temps :

Puis, vous la courbez sur les reins ;
En relevant ses jupes,
N'oubliez pas, sacré mâtin,
Le point qui vous occupe.
L'endroit est noir, mal éclairé,
La faridondaine, la faridondon,
Le toucher seul peut nous guider,
Biribi,
A la façon des Internes
Du Midi.

3e Temps :

Ecartez, d'un geste savant
De votre langue agile,
Les poils touffus qui sont devant
Le sublime ustensile ;
N'avalez pas de poils du con,
La faridondaine, la faridondon,
De peur d'une indigestion,
Biribi,
A la façon des Internes
Du Midi.

4ᵉ Temps :

Donnez, après, de bas en haut,
Deux à trois coups de langue :
C'est l'exorde par où il faut,
Commencer la harangue ;
Vous n'avez plus pour respirer,
La faridondaine, la faridondon,
Que les deux petits trous du nez,
    Biribi,
A la façon des Internes
    Du Midi.

5ᵉ Temps :

La langue sur le clitoris,
Vous commencez la fête :
D'un mouvement de tourne-vis,
Sans remuer la tête,
Vous nettoyez le capuchon,
La faridondaine, la faridondon,
Qui gonfle de satisfaction,
    Biribi,
A la façon des Internes
    Du Midi.

Pronostic :

Si vous suiviez nos bons conseils,
Bientôt vous sentiriez la dâme
Vous attirer par les oreilles
Jusqu'au bord de son âme ;
Et s'agitant pleine de fièvre,
La faridondaine, la faridondon,
Vous embrasser à pleines lèvres,
    Biribi,
A la façon des Internes
    Du Midi.

Conclusion :

Si vous êtes des gens d'esprit,
Le moment est propice :
Retournez-vous comme un cabri,
Vers son autre orifice,
Et dites-lui : — " Petit amour,
" La faridondaine, la faridondon,
" Embrasse-moi, c'est à ton tour,
          " Biribi,
" A la façon des Internes
          " Du Midi. "

———————— ❉ ————————

LA FEMME DU ROULIER.

La pauvre femme,
C'est la femme du roulier,
S'en va dans tout l' pays,
Et d'auberge en auberge,
Pour chercher son mari,
          Tireli,
Avec une lanterne.

— " Madame l'hôtesse
" Avez-vous vu mon mari ? "
— " Vot' mari n'est pas ici ;
" Il est dans la soupente,
" En train d' prend' ses ébats,
          " Tirela,
" Avec notre servante. "

— " Ah ! Chien d'ivrogne !
" Pilier de cabaret !
" Pilier de cabaret !
" Tu t' saoûles et fais ripaille,

" Pendant que tes enfants,
    " Tirelant,
" Sont couchés la paille. "

" Et toi, la belle,
" Avec tes yeux d' merlan frit ;
" Toi, qui m'as pris mon mari,
" Je vais te prendre mesure
" D'un' bell' culott' de peau,
     " Tirelo,
" Qui ne craint pas l'usure. "

— " Tais-toi, ma femme,
" Tais-toi, tu m' fais tarter.
" Dans la bonn' société
" Est-ce ainsi qu'on s' comporte ?
" J' te fous mon pied dans l' cul,
     " Tirelu,
" Si tu n' prends pas la porte. "

— " Ah ! mes enfants,
" Mes chers petits enfants,
" Plaignez vot' pauvre mère ;
" Vous n'avez plus de père,
" Je l'ai trouvé couché,
     " Tirelé,
" Avec une autre mère. "

— " Il a raison, "
Dirent les enfants,
" De s'en aller bâcher
" Avec la celle qu'il aime ;
" Et quand nous serons grands,
     " Tirelan,
" Nous ferons tous de même, "

— " Charognes d'enfants,
" Sacrés cochons d'enfants. "
S'écrie la mère furieuse,
Et pleine de colère,
" Vous êtes des salauds,
" Tirelo,
" Ainsi que votre père. "

———o———

LE CURÉ DE NOTRE VILLAGE.

Le curé de notre village } (bis)
Est un vigilant pasteur.
Est un vi... tra la la la la (bis)
Est un vigilant pasteur.

Il habite près de la rivière, } (bis)
Au bord d'elle, il se plait bien.
Au bord d'elle... tra la la la la (bis)
Au bord d'elle il se plait bien.

Il pratique la botanique, } (bis)
Il en connait les douceurs.
Il en conn... tra la la la la (bis)
Il en connait les douceurs.

Il plante des pommes de terre, } (bis)
Il en cultive les fleurs.
Il en cul... tra la la la la (bis)
Il en cultive les fleurs.

Lorsqu'il monte dans sa voiture, } (bis)
Ses roues pêtent sur le pavé.
Ses roues pêtent... tra la la la la (bis)
Ses roues pêtent sur le pavé.

———o———

DANS UN BORDEL DE PANTIN.

Dans un bordel de Pantin,
Y avait une putain
Et qui bouffait du Copahu. *(bis)*
    Ohu ohu ! ohu ohu ! *(ter)*
Parc' qu'elle avait mal au cul. *(bis)*

Je n' sais qu'elle idée me vint,
D'aller voir cette putain,
Et sitôt que je l'eus vue, *(bis)*
    Ohu ohu ! ohu ohu ! *(ter)*
J' lui foutis ma pine au cul. *(bis)*

Huit jours après il m'advint
Un beau chancre, un gros poulain,
Et des plaques au trou du cul. *(bis)*
    Ohu ohu ! ohu ohu ! *(ter)*
De c' coup là, je n' bandais plus. *(bis)*

Alors, au Quartier latin,
J'allais voir un carabin
Qui me dit : — " Vous êtes foutu. *(bis)*
    " Ohu ohu ! ohu ohu ! *(ter)*
" J'm'en vas vous alléger l' cul ! " *(bis)*

Puis, il saisit dans sa main
Un instrument inhumain,
Et de suite, au ras du cul, *(bis)*
    Ohu ohu ! ohu ohu ! *(ter)*
Il m' coupa mon superflu. *(bis)*

Mesdames, vous riez en vain
De mon malheureux destin :
Car si je ne bande plus, *(bis)*
    Ohu ohu ! ohu ohu ! *(ter)*
J' peux encor' vous bouffer l' cul ! *(bis)*

LA CUVETTE.

Refrain :

C'est ta cuvette
Que je regrette,
Combien de fois ma pine s'est lavée !
Ah ! que de choses,
Ah ! que de poses
Elle dirait, si ell' v'nait à parler.

Les Marseillais t'on fait sucer la pine,
Les artillleurs t'ont déchiré le cul,
Chancr's et poulains t'ont mis dans la débine
En attendant que tu n'existes plus.

Le soir, au gaz, tu parais quelquechose,
Dans le salon tu te sais maquiller ;
Mais le matin, tes yeux, couleur de rose,
Deviennent blêm's à me faire chier.

Vas loin de moi, car tu pues de la bouche,
Ma chère amie, je ne puis approcher ;
A quinze pas tu fais tomber les mouches
Que ton haleine vient d'empoisonner.

Voici ta fin, je te le dis : peut-être,
Sans savoir ce qui peut arriver,
A la voirie l'on jettera tes restes,
Si les corbeaux ne t'ont pas dévorée.

MARIE-MADELEINE.

Refrain :

Tiens donc bon, Marie-Madeleine,
Tiens donc bon, Marie-Madelon,

Madelein' s'en fut à Rome,
Pour implorer son pardon, on-on, on-on.
Le pape était bien à Rome,
Mais il était au boxon, on-on, on-on.

Le pape était bien à Rome,
Mais il était au boxon, on-on, on-on,
Il n'y avait que son grand vicaire,
Qui se chauffait les roustons, on-on, on-on.

Il n'y avait qu' son grand vicaire,
Qui se chauffait les roustons, on-on, on-on,
— " Ah ! mon père, j'ai bien pêché ;
" Aux homm's j'ai prêté mon con, on-on, on-on.

" Ah ! mon père, j'ai bien pêché ;
" Aux homm's j'ai prêté mon con, on-on, on-on.
— " Puisqu'à d'autres tu l'as prêté,
" A moi l'prêteras-tu donc ? on-on, on-on.

" Puisqu'à d'autres tu l'as prêté,
" A moi l'prêteras-tu donc ? on-on, on-on. "
Madeleine se couche par terre,
Fout son cul à l'abandon, on-on, on-on.

Madeleine se couche par terre,
Fout son cul à l'abandon, on-on, on-on.
L' grand vicair' se couch' dessus,
Lui en fout six pouces de long, on-on, on-on.

L' grand vicair' se couch' dessus,
Lui en fout six pouces de long, on-on, on-on.
— " Nom de Dieu — qu' dit la gonzesse —
" T'as le vit comme un cochon, on-on, on-on.

" Nom de Dieu — dit la gonzesse —
" T'as le vit comme un cochon, on-on, on-on. "

— " C'est toi, vénérable garce,
" Qui as le con trop profond, on-on, on-on.

" C'est toi, vénérable garce,
" Qui as le con trop profond, on-on, on-on.
" On y fout'rait la Madeleine,
" La Bastill' et l' Panthéon, on-on, on-on.

" On y fout'rait la Madeleine,
" La Bastill' et l' Panthéon, on-on, on-on.
" Un régiment d'infanterie,
" La baïonnette au canon, on-on, on-on.

" Un régiment d'infanterie,
" La baïonnette au canon, on-on, on-on.
" Deux régiments d' caval'rie
" Avec leurs cinq escadrons, on-on, on-on.

" Deux régiments d' caval'rie,
" Avec leurs cinq escadrons, on-on, on-on.
" Trois régiments d'artillerie,
" Avec leurs pièces de canon, on-on, on-on.

" Trois régiments d'artillerie,
" Avec leurs pièces de canon, on-on, on-on.
" Tous les pontonniers de France,
" Et leurs équipages de ponts, on-on, on-on.

" Tous les pontonniers de France,
" Et leurs équipages de ponts, on-on, on-on,
" Le caporal d'ordinaire,
" Ses légumes et ses oignons, on-on, on-on.

" Le caporal d'ordinaire,
" Ses légumes et ses oignons, on-on, on.
" Et le sergent de semaine,
" Ses carnets et ses crayons, on-on, on-on,

" Et le sergent de semaine,

" Ses carnets et ses crayons, on-on, on-on.

" Il y aurait encor d' la place,

" Pour y foutr' mes deux roustons, on-on, on-on.

(1) " Il y aurait encor' d' la place,

" Pour y foutr' mes deux roustons, on-on, on-on.

" En ajoutant, sacrée pétasse,

" Du *Rictus* tout' la rédaction, on-on, on-on. "

(1) Couplet ajouté le 24 Mai 1910 par *Rictus* en personne.

———————⊙———————

LE PUCELAGE.

(Rengaine)

Ce que c'est qu'un pucelage,
    Poil, demi-poil,
      Quart de poil,
        Poil, poil !
Ce que c'est qu'un pucelage,
C'est un oiseau languissant. *(bis)*

On le met dans une cage,
    Poil, etc...
On le met dans une cage,
Jusqu'à l'âge de quinze ans. *(bis)*

Mais ma sœur, qui n'en a qu' treize,
    Poil, etc...
Mais ma sœur, qui n'en a qu' treize,
L'a perdu depuis longtemps. *(bis)*

Avec un chasseur d'Afrique,
    Poil, etc...
Avec un chasseur d'Afrique,
Derrière le mur d'un couvent. *(bis)*

Et neuf mois après cette histoire,
Poil, etc...
Et neuf mois après cette histoire,
Elle accoucha d'un enfant. (*bis*)

Cet enfant fut une fille,
Poil, etc...
Cet enfant fut une fille,
Qui disait à sa maman : (*bis*)

— " Ce que c'est qu'un pucelage,
" Poil, etc...

(Ici, reprendre au commencement de la chanson).

CAROLINE.

Air : *Tonton, tontaine, tonton.*

Ah ! mes amis, versez à boire,
Versez à boire du bon vin,
Tin tin, tin tin, tin taine, tin tin ;
Je m'en vais vous conter l'histoire
De Caroline, la putain,
Tin tin, tin tin, tin taine, tin tin.

Son père était un machiniste
Au théâtre de l'Odéon,
Ton ton, ton ton, ton taine, ton ton ;
Sa mère était une fleuriste
Qui vendait des roses en boutons,
Ton ton, ton ton, ton taine, ton ton.

A quatorze ans, suçant les pines,
Elle fit son éducation,
Ton ton, ton ton, ton taine, ton ton ;
A dix-huit ans, dans la débine,

Elle s'engagea dans un boxon,
Ton ton, ton ton, tontaine, tonton.

A vingt-quatre ans, sur ma parole,
C'était une fière putain,
Tin tin, tin tin, tin taine, tin tin ;
Elle avait foutu la vérole
Aux trois-quarts du Quartier-latin,
Tin tin, tin tin, tin taine, tin tin.

Le marquis de la Couille-molle
Lui fit construire une maison,
Ton ton, ton ton, ton taine, ton ton ;
A l'enseigne du " Morpion qui vole ",
Une belle enseigne pour un boxon,
Ton ton, ton ton, ton taine, ton ton.

Elle voulut aller à Rome,
Pour recevoir l'absolution,
Ton ton, ton ton, ton taine, ton ton.
Le pape était fort bien à Rome,
Mais il était dans un boxon,
Ton ton, ton ton, ton taine, ton ton.

Et s'adressant au Grand-Vicaire,
Elle dit : — " J'ai trop prêté mon con ! "
Ton ton, ton ton, ton taine, ton ton.
— " Si tu l'as tant prêté, ma chère,
" Eh bien, alors, prête-le moi donc ! "
Ton ton, ton ton, ton taine, ton ton.

El la serrant entre ses cuisses,
Il lui donna l'absolution,
Ton ton, ton ton, ton taine, ton ton.
Il attrapa la chaude-pisse
Et trente-six douzaines de morpions,
Ton ton, ton ton, ton taine, ton ton.

Elle finit cette tourmente
Entre les bras d'un marmiton,
Ton ton, ton ton, ton taine, ton ton ;
Elle mourut la pine au ventre,
Le con fendu jusqu'au menton,
Ton ton, ton ton, ton taine, ton ton.

Et quant on la mit en bière,
On vit pleurer tous ses morpions,
Ton ton, ton ton, ton taine, ton ton ;
Puis quand on la mit en terre,
Ils s'arrachèrent les poils du con,
Ton ton, ton ton, ton taine, ton ton.

A LA GRANDE CHAUMIÈRE.

Messieurs les Etudiants
S'en vont à la barrière,
Pour danser le cancan
A la grand Chaumière.
    Pour faire l'amour
    La nuit comme le jour.
Et youp youp youp tra la la la la. (*bis*)

En montant l'escalier
Julie montre sa jarretière
Au-dessus est marqué :
" Appartement pour faire
    " L'amour, toujours, etc. "

Quand on n'a plus d'argent
On écrit à son père
Qui vous répond : — " Ch'napan
" Il n'fallait pas tant faire,
    " L'amour, toujour, etc. "

Les femmes des Etudiants
Sont chaudes comme de la braise :
Quand elles n'ont plus d'amants
Ell's prenn' des bâtons d' chaises.
   Pour faire l'amour, etc.

Les yeux de ma Lucie
Sont des portes cochères.
Au-dessus y a d'écrit :
" C'est ici qu'on vient faire,
   " L'amour, toujours, etc. "

———————————— ı✕ı ————————————

CHANSON DES GRISETTES.

Nous sommes cinq ou six grisettes,
Dont les plaisirs, assez bruyants,
Font le chagrin des pipelettes
Et la joie des étudiants.
Quand nous soupons chez un bon drille
Qui vit gaîment dans un grenier,
Nous y pinçons le fin quadrille,
Comme à Mabille ou chez Bullier.

   Plus nous dansons,
   Plus nous faisons
   Enrager la portière
   Qui monte à chaque instant
   Nous dire en bégayant,
Que le propro, que le pripri, que le propriétaire
   Va se voir obligé
   De nous donner congé.

Tantôt c'est l'un qui nous invite,
Tantôt c'est l'autre, et les banquets
Ont souvent lieu vingt nuits de suite
Sans qu'on s'en fatigue jamais.
A l'heure où la troupe en délire
Acclame son amphytrion,
On entend nos éclats de rire
Du Luxembourg à l'Odéon.
     Plus nous rions,
       Plus nous faisons, etc.

Quand la jeunesse des Ecoles,
Dont la gaîté n'a plus de frein,
Chante, en buvant, des gaudrioles,
Nous faisons chorus au refrain.
Aux cris perçants que chacun pousse,
Tous les voisins sont aux abois,
Et plus l'Aÿ pétille et mousse
Plus nous chantons tous à la fois.
     Plus nous chantons,
       Plus nous faisons, etc.

Autant que la troupe exotique
D'Estudiana Espanolo,
Les nôtres n'ont pas pour musique
Mandolinas y guitaros.
Mais, partisans des rigolades
Comme les veut l'esprit français,
Quand nous donnons des sérénades,
La vaisselle en fait tous les frais.
     Plus nous cassons,
       Plus nous faisons, etc.

Puis quand l'ivresse commence,
Qu'ils soient français, grecs ou latins,

A la flamme d'un punch immense,
Ces Messieurs brûlent leurs bouquins.
Et, jusqu'au bout, faisant tapage,
Quand la portière enfin s'endort,
Sur le carré de chaque étage
On se met à sonner du cor.
    Plus nous sonnons,
    Plus nous faisons, etc.

RITOURNELLE

Angélina, Angélina, ma belle,
Va-t-en m'ach'ter deux sous d'morue
Pour que j'te gratte la raie du cul ;
Angélina, Angélina, ma belle,
Va-t-en m'ach'ter deux sous d'jambon
Pour que j'te gratte la raie du con.

Zut ! merde ! je n'baise plus,
Toutes les femm's ont la vérole.
Zut ! merde ! je n'baise plus,
Toutes les femm's ont mal au cul.

LES CIRCONSCRIPTIONS HOSPITALIÈRES

Air : *Le Pendu*, de MAC NAB

C'est une belle chose que l'Assistance ;
Tout s'y fait suivant le règlement.
On en meurt, mais on a conscience
De mourir très régulièrement :

Pour entrer, quand on est malade,
A l'hôpital, faites attention,
Suffit pas d'être dans la panade, ⎫
Faut-être de la circonscription. ⎬ (*bis*)

L'autre jour, un malade s'amène,
Disant : — " Je peux pas aller plus loin,
" Y a déjà quelques jours que ça traîne,
" Tâchez de me loger dans un coin. »
Le brancardier, qu'avait une pistache,
Lui répondit : — " Je suis pas le patron ;
" Je vas le trouver, car i'faut qu'on sache ⎫
" Si vous êtes de la circonscription. " ⎬ (*bis*)

Le rond de cuir, quittant sa paperasse,
De loin s'écrie : — " Espèce d'animal,
" Qu'est-ce que vous voulez que çà nous fasse
" Que vous vous portiez bien ou mal.
" Commencez par dire votre adresse,
" Votre nom, votre âge, votre profession.
" Moi, y a qu'une chose qui m'intéresse: ⎫
" Êtes-vous de la circonscription ? " ⎬ (*bis*)

— " Ah ! dit l'autre, en fait de domicile,
" J'suis marinier, je n'ai que mon bateau,
" Et je passe de ville en ville,
" Où m'emporte le fil de l'eau. "
Rond-de-cuir répond : — " La circulaire
" N'a pas prévu votre condition.
" Couchez-vous dans le lit de la rivière, ⎫
" Ce n'est pas de notre circonscription. " ⎬ (*bis*)

Là-dessus, entre l'interne de garde
Qui, voyant le malade abattu,
Dit : — " Ma fois, plus je le regarde
" Et plus je crois qu'il est foutu.

" Qu'on le couche, sans plus attendre. "
— " Jamais ! fit l'administration,
" Qu'il aille donc ailleurs se faire pendre, ⎫
" Il n'est pas de la circonscription. " ⎬ *(bis)*

On fait venir une voiture,
Le malade est fourré dedans.
Le cocher part à petite allure,
En grommelant entre ses dents :
— " Malheur ! on n'a pas le temps de prendre
" Une malheureuse consommation.
" Ces muffles-là, çà peut pas pas comprendre ⎫
" Quand c'est pas de la circonscription. " ⎬ *(bis)*

Cahin-caha, de Lariboisière,
On arrive à la Charité ;
Mais le vieux ne respirait plus guère,
Tout le monde en fut épaté.
On l'enveloppe dans une chaude alèze ;
Rien n'y fit : éther ni friction.
On le conduisit au Père-Lachaise, ⎫
Il était de la circonscription. ⎬ *(bis)*

❈

LA CONSCIENCE

Chassé du Paradis et de la Terre-Sainte,
Caïn, le fils d'Adam, se croyant hors d'atteinte,
Un soir d'été, vola, chez sa sœur Hanoudja,
Deux livres de pruneaux que sur l'heure il mangea.
Mais, à peine avait-il fini qu'au ciel livide
Il aperçut un œil grand ouvert dans le vide,
Et cet œil effrayant semblait au ravisseur
Demander : — " Qu'as-tu fait des pruneaux de ta sœur ? "
Alors Caïn sentit soudain en ses entrailles

Gronder un bruit pareil à celui des batailles
Et s'en alla chercher un endroit écarté,
Où de rêver en paix on ait la liberté.
Enfin il s'arrêta dans le fond d'une grotte
Et défit, tout tremblant, un bouton de culotte.
Mais l'œil qui le suivait cria d'un air vengeur :
— " Caïn, qu'as-tu fait des pruneaux de ta sœur ? "
Et le voleur, chargé du fardeau de ses crimes,
Pâle, s'enfuit dans un châlet à cinq centimes ;
Et, croyant être seul sous ce toit protecteur,
Il ôta sa bretelle en criant : — " O bonheur ! "
Mais le châlet s'emplit de lueur de phosphore
Et l'œil qui le suivait lui cria : — " Pas encore ! "
Alors Caïn s'enfuit sous le ciel noir,
Oubliant de payer la dame du comptoir
Et, voyant que partout au milieu de cette ombre
L'œil était toujours là, le voleur, d'un air sombre,
Fit l'emplette d'un vase au village voisin ;
Puis, cachant sous son bras ce meuble clandestin,
Rentra dans sa maison. Puis se sentant plus brave
Quand il se fut blotti dans le fond de sa cave,
Il s'assit sur le vase en s'écriant : — " Enfin ! "
Mais pendant deux longs jours ce fut un effort vain.
Alors Caïn se tourna, furieux, par derrière,
Afin de contempler ce vase réfractaire.
Mais il pâlit d'horreur et recula soudain :
L'œil était dans le vase et regardait Caïn !

DÉCISION CONFRATERNELLE

MAISON MUNICIPALE DE SANTÉ
200, rue du Faubourg Saint-Denis

English Spoken   I parla Italiano
Se Habla Espanola   Man Spricht Deutsch

Ad. télég. : BORDUBOIS   Téléphone : 416-07

Messieurs,

Les Internes en Pharmacie de la Maison de Santé, émus de compassion par les privations imposées à leurs malheureux camarades, par la récente circulaire de M. Mesureur, prennent la liberté de leur faire la proposition suivante :

Le régime tolérant de la Maison est tel que l'Administration ne peut interdire aux Dames l'accès de la Salle de garde.

En conséquence, les Internes, que leur tempérament empêcherait de supporter le jeûne à eux imposé par une décision aussi abusive que vexatoire, pourront se présenter à la dite Salle de Garde, avec leurs petites amies pour y prendre en toute sûreté et liberté leurs ébats.

Nos distingués Collègues trouveront cependant juste une rémunération modeste, sans nous soupçonner de vouloir exploiter leur infortune.

Aperçu de quelques prix :

Déjeûners. . . .	2 fr. 50
Dîners.	3 fr.
Une passe simple.	12 fr. 50
Une passe double	20 fr. »
Fantaisies diverses, l'une . . .	1 fr. 10
Location du bidet	0 fr. 30 l'heure.

La Maison, espérant s'assurer un légitime succès, mettra, gratis, à la disposition de ses clients : éclairage, linge, savons parfumés au choix, vaseline, solutions antiseptiques, etc.

Les sommes perçues seront réparties comme suit :

50 0/0 à la Caisse de l'A. P. ;

30 0/0 à la Caisse de la Salle de garde ;

20 0/0 la soubrette.

N.-B. — *Le nombre des places étant limité, on est prie de s'inscrire à l'avance.*

(1) Décision prise à la MAISON DUBOIS, à la suite de la circulaire administrative du 16 novembre 1907, relativement à des désordres survenus pour non-observation de l'art. 172 du règlement général sur le service de santé.

STANCES A SOPHIE
CHANSON D'AMOUR

Tu m'demandes tes cheveux, ta photographie,
Ton éponge à cul, ton bidet de métal ;
J'en suis très heureux, ingrate Sophie,
Et te renvoie le tout par colis-postal.
Tu veux faire la peau, un métier de grenouille,
Et me remplacer par d'autres amants.
Mais, vois-tu, j'm'en fous comme d'la peau de mes couilles,
Car tu pues de la gueule et t'as le con trop grand.

Quand je t'ai rencontrée, un jour dans la rue,
Où tu dégueulais tripes et boyaux,
Si je m'étais douté que tu fusses une grue,
Je t'aurais fait passer par le trou des goguenots.
Mais je t'ai recueillie ; ah ! ce que j'étais bête !
Car le lendemain je me suis aperçu
Que j'avais des morpions des pieds à la tête,
Des poils du nombril jusqu'au trou du cul.

Puis le lendemain, t'avais tes affaires,
Le sang inondait la chambre à coucher ;
Et j'ai consenti, pour te satisfaire,
A te sucer le con pour le mieux sécher,

J'ai même aspiré de tes pertes blanches ;
Mais, quand je voulais tirer un bon coup,
Tu ne gigotais pas plus qu'une planche,
Et je m'esquintais pour rien faire du tout.

Et puis, tu avais des passions honteuses,
J'en rougis encore rien que d'y songer !
Et pour apaiser ta chair luxurieuse,
A tous tes caprices il fallait céder.
N'as-tu pas voulu que ma langue se perde
Dans les plis profonds de ton trou du cul ;
Je l'ai retirée toute pleine de merde,
J'en ai dégueulé : tu n'en as rien su.

Adieu pour toujours, va, tu me dégoûtes ;
De toi je me fous, je sais me branler ;
Je ferai gicler mon sperme goutte à goutte
Plutôt que de revenir te caramboler.
Tout est bien fini, je te le dis, sans clause ;
N'ayant plus de putain, je ne serai pas cocu.
Et si, par hasard, je te remets quelque chose,
Ce ne sera jamais que mon pied dans le cul.

TA-PÉ-TÉ (1907).

SIMPLE FAIRE-PART

M

Nous avons le regret de vous informer de la mort subite et pleine de mystère de la CARPE qui faisait l'ornement principal du Bassin Central de l'Hôpital Lariboisière.

Bien qu'elle fût entourée de toutes les sommités médicales et pharmaceutiques, personne n'a pu la rappeler à la vie et nombreuses furent les personnes qui assistèrent, impuissantes, à sa triste agonie. Ajoutons qu'une main criminelle est soupçonnée et que la pauvre Carpe fut coupée en morceaux, tel un jeune Télégraphiste, et que ces morceaux ont disparus à l'heure actuelle dans de perfides mais anonymes intestins.

Les obsèques ont eu lieu à une date et en un lieu que l'enquête directoriale a été impuissante à trouver.

Les Autorités de l'Hôpital sont conviées à se réunir à la Maison mortuaire, Salle du Grand Bassin, au Centre de l'Hôpital.

De la part de:

Monsieur René FAURE, Directeur de Lariboisière, son protecteur naturel.

Des Familles CARPE, MÉTACARPE, ENDOCARPE et PÉRICARPE; des Goujons, Carpillons et Poissons rouges, ses amis parents et connaissances.

DE PROFUNDIS !

L'Enquête Directoriale va continuer.

Imprimerie de la Pompe. — MOY-LENEUJUS, Cadeume (Ain)

AU MUSÉE D'ATHÈNES.

Air : *Le Petit Navire.*

Vous verrez au Musée d'Athènes
Un bout d' la bite de Demosthènes,
Et les roustons, ton, ton, du vieux Caton. *(bis)*
Ohé ! ohé !

Vous y verrez, dans une vitrine,
Trois poils du cul de Proserpine,
Et les roustons, ton, ton, du vieux Caton. *(bis)*
Ohé ! ohé !

Vous y verrez le père Hercule,
Photographié quand il encule,
Et les roustons, ton, ton, du vieux Caton. *(bis)*
Ohé ! ohé !

Vous y verrez la chaste Diane,
Le cul dans l'eau comme une vieille cane,
Et les roustons, ton, ton, du vieux Caton. *(bis)*
Ohé ! ohé !

Vous y verrez le vieil Homère
En train d'enculer sa belle-mère,
Et les roustons, ton, ton, du vieux Caton. *(bis)*
Ohé ! ohé !

Vous y verrez le père Ulysse
En train d' faire soigner sa chaud'pisse,
Et les roustons, ton, ton du vieux Caton. *(bis)*
Ohé ! ohé !

LES ARTILLEURS DE FLANDRE.

Refrain :

Y'a pas d' camoufle, y'a pas d' pétard,
Le mère Chagrin, servez nous bien,
Ah !!!
Quant à d'l'argent, ma vieille,
Je t'en fout'rai quand j'en aurai,
Ta ta ra ta ta ra ta ta.

Trois artilleurs de Flandre
Revenant du Piémont,
V'là qu'est bon !
Entrèrent dans une auberge
Et d'mandèrent à manger,
Et à pisser,
Et à chier,
Et du papier pour se torcher.

Souvent dans les villages
Il s'avancent gaiement,
La pine au vent,
La fille la plus sage,
En les voyant se dit :
— " Qu'ils sont gentils,
" Et que leur vit,
" Quand il raidit,
" Doit être joli !
" J'en voudrais bien dans mon conneau. "

— " Madame, — dit la servante, —
" Faut pas les faire payer,
" Ces cavaliers !
" C'est pas des troupes de ligne,
" Ça c'est des canonniers

" Qui va-t-à cheval,
" Qui va-t-à pied,
" Qu'a des sous-pieds,
" Des étriers,
" Et de jolis canons d'acier. "

Le soir, dans les familles,
On parle souvent d'eux,
Au coin du feu,
La mère dit à sa fille :
— " J' te souhaite un gars comm'eux,
" Qui t'en foutra
" Bout-ci, bout-là ;
" Et qui n' f'ra pas
" Comm' ton papa
" Qui n' me baise pas sans faire queue d'rat."

———————※———————

QUELQUES COMBLES MÉDICAUX.

Le comble de la constipation :
Empêcher le perchlorure..... de fer.

Le comble de la thérapeutique :
Bourrer la Seine de copahu pour l'empêcher de couler.

Le comble du radicalisme :
Se couper la couille droite pour ne faire ses enfants
que de la gauche,

Le comble de l'étonnement d'une sage-femme aux élections :
Voir sortir Janvier de la Motte.

Le comble de l'étonnement pour un oculiste :
Voir sa femme accoucher de deux jumelles.

Un autre comble de la thérapeutique :
Panser ce qu'on dit,

Celui de la veine :
L'avarice.

Celui de la prudence :
Un diabétique refusant le saint-viatique, l'usage des féculents lui étant interdit.

Celui de l'habileté chirurgicale :
Rendre l'ouïe à une lanterne sourde.

Celui de la distraction pour un spécialiste des voies urinaires :
Vouloir soigner un tuyau d'arrosage pour incontinence d'urine.

Celui de l'épatement chez un ingénieur :
Voir deux ponts sans culées.

Pour un menuisier :
Raboter des nœuds de noyés à la Morgue.

Celui de la persuasion pour un homme saoul :
Enculer un homme qui bande et se figurer l'avoir traversé en voyant son membre par devant.

Celui du sadisme pour un pharmacien :
En enculant un jeune télégraphiste, atteindre la barrière des apothicaires.

Celui de la coquetterie pour une Auvergnate :
Avoir les ovaires peints.

Celui de l'art pour un oculiste tuteur d'une jeune fille :
Dilater sa pupille en l'atropinant.

———— ※ ————

IMPRESSIONS CHIRURGICALES.

Hernieare humanum est...

Au Professeur MONPROFIT.

Le patient chloroformisé,
D'un coup de scalpel, on incise

Le canal inguinal, côté droit ;
Et du bistouri, d'un coup adroit,
En une seconde reprise,
Fermement, du canal inguinal
On ouvre l'orifice externe.
Puis, on incise du dit canal
La paroi antéro-externe.
Lors, on recherche la hernie,
Ou plutôt le sac herniaire,
Et, sans plus de cérémonie,
Le pince et lui fait son affaire.
Parfait ! voici notre sac ouvert :
Soigneusement on le dissèque ;
Grande habileté il requiert
Pour que la vie point n'hypothèque.
Il urge qu'on le coupe bien haut,
Très, très-haut, le plus haut possible ;
Et, victorieux de cet assaut,
On continue, très impassible.
Comme le sac bien trop adhère
A la partie profonde, avec
Le bistouri on le libère,
D'une main sûre, sans coup sec.
Puis, on transfixe le sac, d'un fil,
Maudit sac que l'on sectionne ;
Et, comme suprême aumône,
On ligature ce sac très vil.
L'hémostase, alors, devance
La suture profonde au crin ;
Il vient peut-être de Turin ;
Mais on veut qu'il soit de Florence.
Ainsi s'opère la hernie
Complètement irréductible.
Le patient, dans la Sparterie,

Aurait été fort ostracible :
Songez donc qu'elle lui descendait
Jusques aux racines des bourses !
Mais, notre siècle, bien qu'imparfait,
Présente encor cette ressource :
Dame Chirurgie sauvegarde
Tous nos patients de la Camarde
Et ce, *sans bourse délier.*

M. R. GASTALDI.

IL FAUT DIRE... ET NON PAS...

IL FAUT DIRE :

J'ai rencontré des laboureurs qui s'en allaient en *bandes au champs* et en caressant le *cou de leurs bœufs.*

Ces enfants sont imprudents de jouer ainsi sur la *berge du ravin.*

Cette dame a un beau collier *d'émeraudes au cou.*

J'ai acheté une belle *fourrure de loutre.*

Ces charcutiers ont *débité des cochons.*

Nous avons *glissé dans les piscines.*

SURTOUT NE DITES PAS :

J'ai rencontré des laboureurs qui s'en allaient en *bandochant* et en caressant *le bout de leurs queues.*

Ces enfants sont imprudents de jouer ainsi sur la *verge du rabbin.*

Cette dame a un beau collier *d'hémorroïdes au cul.*

J'ai acheté une belle *roulure de foutre.*

Ces charcutiers ont *des bites de cochon.*

Nous avons *pissé dans les glycines.*

J'ai dégusté hier un *fût* de *kummel*.

J'aime l'*escalope* avec une *salade*.

Une vieille fille *folle* de la *messe*.

Le curé devint *fou* entre deux *messes*.

Jeanne d'Arc avait une *cotte de mailles*.

A *Beaumont-le-Vicomte*.

M. le Dr *Rochon-Duvignaud*.

Les *fouilles* de cet archéologue sont *curieuses*.

Nous savons trop ce que vos *fouilles* nous *coûtent*.

Cette jeune fille prend les *choses en riant*.

Le *vent souffle* dans la *rue du quai*.

Ce jeune homme a dans sa main une *pierre fine*.

J'ai sucé le *jong* de ma *canne*.

J'ai tellement marché *pedestrement* que je suis dans un état de *prostration* complète.

J'ai dégusté hier un *cul* de *fumelle*.

J'aime l'*escalade* avec une *salope*.

Une vieille fille *molle* de la *fesse*.

Le curé devint *mou* entre deux *fesses*.

Jeanne d'Arc avait une *motte* de *caille*.

A *beau con le vit monte*.

M. le Dr *Rognon du vit chaud*.

Les *couilles* de cet archéologue sont *furieuses*.

Nous savons trop ce que vos *couilles* nous *foutent*.

Cette jeune fille prend les *roses en chiant*.

Le *vit s'enfle* dans la *raie du cul*.

Ce jeune homme a dans sa main une *fière pine*.

J'ai sucé le *con* de ma *Jeanne*.

J'ai tellement marché *pedérastement* que je suis dans un état de *prostitution* complète.

Je me suis réveillé ce matin avec *une puce dans le cou.*

Ma femme, pour ma fête, me donna *une chaude pelisse.*

Ce marchand *empile son vieux fer* au fond du magasin.

Ce sont les laborieuses *populations du Cap.*

Cette femme se chauffe avec un *feu de poutre.*

Ce marin *empile des culottes.*

Ce marchand *vend de la serge.*

Madame *Vigée-Lebrun.*

Ce monsieur *braque sa lorgnette.*

Tirez la bobinette et la *chevillette cherra.*

Cette femme a *un chaud boa autour du cou.*

Un crayon *mine de plomb.*

Il y a un *coteau* près du pont.

Des petits *pieds au lard.*

Un *caleçon* de satin.

Je me suis réveillé ce matin avec un *pouce dans le cul.*

Ma femme, pour ma fête, me donna une *chaude-pisse.*

Ce marchand *enfile son vieux père* au fond du magasin.

Ce sont les laborieuses *copulations du Pape.*

Cette femme se chauffe avec un *peu de foutre.*

Ce marin *encule des pilotes.*

Ce marchand *sent de la verge.*

Madame *j'ai le vit brun.*

Ce monsieur *lorgne sa braguette.*

Tirez la bobinette et la *chevrière chiera.*

Cette femme a *du chocolat au trou du cul.*

Un crayon *pine de melon.*

Il y a un *poteau* près du con.

Des petits *polards.*

Un *sale con de catin.*

Le *fer de l'berminette.*   L'*air de faire minette.*

Que complotez-vous là ?   *Quel con pelotez*-vous là ?

Les soldats *dressaient* les   Les soldats *graissaient les*
    faisceaux *d'armes.*   fesses aux dames.

———————※———————

ACCOUCHEMENT D'UNE COCHÈRE

Comme autrefois les deux pigeons
Dont parle le bon La Fontaine,
Hippolyte, gros colignon
De la Compagnie l'Urbaine,
Et sa moitié, cochère d'un taxi,
S'aimaient tendrement, sans souci.

Mais la femme, d'humeur folâtre,
S'éprit, lors d'une course au Bois,
D'un de ses clients, un bellâtre...
La cochère ne fut pas de bois...
Et quelques mois après, que diantre,
Amplement vit grossir son ventre.

Hippolyte l'automédon,
N'admettant pas qu'il eut le don
De créér cette Mongolfière,
Voulut éclaircir ce mystère.
Dans le mystère il pénétra,
Et, tel son cheval, s'emporta.

La femme avala le calice.
Puis, un beau jour, dans un service,
Accoucha d'un charmant poupon.

— " C'est bien à moi — dit colignon —
" Sa mère est blanche comme neige,
" Puisqu'il est venu par le siège ! "

M. R. G.
(En l'an de grâce 1908, le 27 juin)

Ejaculé après 3 catastrophes de chemin de fer, à Gougnotopolis, Troupetit
et Clitoris fleuris. Il était minuit ! ! !

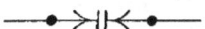

ROSA MYSTICA.

Goutte à goutte, de ta matrice,
Comme d'un alambic fêlé,
Ton urine suinte et glisse
Le long de ton cul tout pelé.
Ton con est une casserole
Où fermentent en écumant
La chaude-pisse et la vérole
En leur fétide accouplement.

Ta cuisse a des reflets jaunâtres,
Où, maussades, flétris, fanés,
Grouillent des morpions verdâtres
Sur le fumier de leurs aînés.
Les sens-tu baiser ta chair grasse ?
Bataillon fétide et sacré,
Où chaque couple dans ta crasse
Se pâme et meurt enamouré.

Ta bouche est un cloaque immonde
Toujours bavant, toujours gluant.
Ta bouche est un cloaque immonde
Toujours bavant, toujours gluant
Où tous les vits de ce bas monde
Ont craché leur foutre gluant.

Tu n'es que lèpre et pourriture
Et les chiens qui, dans le ruisseau,
Prendraient ta viande en pâture
S'empoisonneraient jusqu'aux os.

Et pourtant, je t'aime, ô ma Rose !
Vénus, ce sont là de tes traits ;
Peu m'importe que l'on en glose,
Pour toi, volontiers, je mourrais.
Oui, charogne et putride amante,
Je veux sucer jusqu'à demain
De ton cul, la merdeuse fente
Et les glaires de ton vagin !

VARIANTE des quatres derniers vers :

Oui, je t'aime, ô putride amante ;
Je t'aime et veux jusqu'à demain
Lécher de ma langue brûlante
Les glaires de ton vieux vagin !

—:o:—

LA VIEILLE PUTAIN.

Ainsi qu'une capote anglaise
Dans laquelle on a déchargé ;
Comme le gland d'un vieux qui baise,
Flotte son téton ravagé.

Vingt couches, autant de véroles
Ont couturé son ventre affreux,
Hideux amas de tripes molles,
Où d'ennui bâille un trou glaireux.

Comme la merde à la moustache
D'un rat qui dîne à Montfaucon,

Le foutre en verts grumeaux s'attache
Aux poils gris qui bordent son con.

Pourtant, on fout cette latrine...
Ne vaudrait-il pas mieux cent fois
Moucher la morve de sa pine
Dans le mouchoir de ses cinq doigts ?

LA VACHE.

Parodie du *Cygne* d'Alfred de VIGNY.

A moins d'avoir passé sans vivre sur la terre,
Farouche misanthrope et toujours solitaire,
Qui n'a, dans un lit tiède et défait à demi,
D'une garce admiré le beau corps endormi ?
Sur le coussin moelleux sa tête est appuyée,
Sa lèvre goûte encor la caresse essuyée ;
Son sein, blanc, ferme et droit, d'un voile transparent
S'échappe et mollement s'agite en respirant.
Sur sa bouche amoureuse une légère écume
Trahit les spasmes fous et la divine plume
Qui signa ces baisers. Ainsi qu'un éventail
Sa main retient encor le mâle gouvernail,
Et d'une impulsion inconsciente et douce
Y fait soudre et paraître une opaline mousse,
Tandis que des frissons, voluptueux courants,
Impriment à son corps de longs spasmes errants.

Dr G. D. *(19 Mars 1890).*

LES MACCHABÉES.

PREMIÈRES IMPRESSIONS D'AMPHITHÉATRE.

Air : *Au Bois d'Boulogne*, de BRUANT

Couchés sur leurs tables ils sont nus,
Lamentables, l'air éperdu
Et tourn'nt au ciel leur fac' navrée,
    Les Macchabées ;
Leurs yeux grands ouverts sont éteints,
Sont vides, et ne disent plus rien...
On voit qu' leur pauvr' âme est glacée
    Aux Macchabées !

Ils étal'nt leurs membres raidis,
Leurs ventres flasques et verdis,
Leurs chairs rougeâtres ou violacées,
    Les Macchabées ;
D'affreuses entaill's, dans leurs flancs,
Font voir leurs nerfs, leurs tendons blancs,
Leur estomac, et leur trachée
    Aux Macchabées !

Tout l' jour, sans r'lâche on les découd,
On les charcut', par tous les bouts,
On les fouill' de la tête aux pieds,
    Les Macchabées ;
On leur arrache une jambe, un bras,
On leur scie l' péroné, l' tibia,
On leur charcute l' périnée
    Aux Macchabées !

En v'là, pour sûr, qu'auront du mal
A r'connaître, au jug'ment final
Leurs pauvres personn's délabrées
    Qu' les Macchabées !

Et c'est ben rar' si y'en a pas
A qui un copain chipe un bras,
Une main, un' patte ou même un... nez
    Des Macchabées !

La nuit, dans l'Amphithéâtr' noir,
Oh ! Combien froid ils doiv'nt avoir,
Sous leurs vieilles toiles percées,
    Les Macchabées ;
Le dos sur leurs tables de fer
Ils doiv'nt geler, sous l' vent d'hiver
Qu'entre par les vitr's défoncées,
    Les Macchabées !

Quand leur pauv' bidoche est pourrie
On la met, sans cérémonie
Dans un' boîte, aussitôt enl'vée
    Les Macchabées
C'est fini d' saigner et d' souffrir !
Pour toujours ils s'en vont dormir :
Leur carrière est terminée
    Aux Macchabées !

Et dir' qu'un jour on y pass'ra !
Dir' que notre chair pourrira
Comm' la viande si méprisée
    Des Macchabées !
Riche ou pauvre, noble ou manant
Faudra peut-être, avant un an,
Rejoindre en la terre creusée
    Les Macchabées.

                Dr L. P.

RAFFINEMENT. (1)

> " *Pour les jeunes gens naïfs, mais*
> *de bonne volonté.* "

Quand ils eurent goûté les suprêmes ivresses,
Ils cachèrent leurs corps, meurtris par les caresses,
Sous les draps qui fleuraient la lavande et la peau,
Et, les yeux mi-fermés, les bras formant étau,
Leurs êtres lentement, sous l'ardeur des étreintes,
Sentirent se rallumer les voluptés éteintes.
— "Recommençons, " dit-il; et, le sourrire aux dents,
La femme murmura tout bas des mots ardents.
Puis, doux comme un soupir, de sa bouchette rose
S'exhalèrent ces mots : — " Non ! cherchons autre chose."
Et, comme lui, naïf, la regardait, béat...
— " Tu ne devines pas ?... Donne ta langue au chat. "

(1) Cette pièce gagne à être dite de préférence quand les vieillards et les
enfants sont couchés et que, finalement, il ne reste plus dans le Salon que deux
personnes d'âges assez rapprochés — mais de sexe suffisamment différent, — pour
pouvoir en dégager la morale utilitaire.

———o———

LA VENTRILOQUE.

O ! Me faire sucer par une ventriloque,
Et, tandis qu'elle aurait ma pine entre les dents,
Entendre de son corps sortir en soliloque
Une chanson d'amour en distiques ardents ;
Et tandis que sa langue humerait mon prépuce,
Que ses lèvres agiraient sur mon gland avec art,
Entendre tout à coup retentir l'hymne russe
Et croire que je suis, pour un instant, le tzar !
Combien il serait doux pour une âme française,
Au lieu de se pâmer dans un coït banal,

D'entendre un estomac chanter la Marseillaise
Et de jouir aux sons du chant national !
Ainsi les raffinés, dans Rome et dans Athènes,
Plus délicats que nous dans leurs amusements,
Tiraient leur coup au son de musiques lointaines
Et scandaient leur rythme au son des instruments.
Trop pauvre pour me payer un orchestre de tziganes,
Ou même pour m'offrir un simple accordéon,
Je cherche obstinément parmi les courtisanes
Celles dont l'estomac renferme un orphéon,
Mais je n'ai pu trouver, dans ce monde équivoque,
Que des brutes faisant l'amour bourgeoisement,
Et n'ai pu rencontrer la ventriloque
Qui saurait me sucer harmonieusement.
Aussi, pour assouvir le désir qui m'affole,
Pour me donner au moins quelque illusion,
Au risque d'attraper une bonne vérole
Ou d'en sortir couvert d'un tas de morpions,
Depuis le jour de l'an jusqu'à la St-Sylvestre,
Obstinément, je cours les spectacles forains
Où, triomphalement, j'encule l'homme-orchestre,
En scandant la mesure avec de grands coups de reins.

LA FÊTE A GOBERGEAU.

Mon vit, dressez la tête,
Soyez long, raide et chaud ;
Car ce soir c'est la fête,
La fête à Gobergeau !

Je vous paierai ce soir un con,
Un joli con timide et rose,
Un petit vagin rubicond

Dont vous jouirez en virtuose.
Le préférez-vous noir ou blond ;
Aimez-vous que le poil soit long ;
Le voulez-vous étroit ou large ;
Vous le faut-il humide ou sec ;
Pâle, ou rouge comme un bifteck ?

Le vit : — " Que m'importe le con, pourvu que je décharge ! "

Mon vit, mon andouillette,
Levez le nez bien haut ;
Car ce soir c'est la fête,
La fête à Gobergeau !

Pour vous fêter royalement,
Je décorerai mes roupettes
Qui se gonflent superbement
De multicolores houpettes ;
Et mes poils seront parfumés
Du cher parfum que vous aimez,
Sperme mêlé d'héliotrope.
Vous pourrez bander hardiment,
Mon vit, dans cet accoutrement.

Le vit : — " Je sens que je m'allonge ainsi qu'un télescope ! "

Mon vit, je le répète,
Bandez raide, il le faut ;
Car c'est aujourd'hui la fête,
La fête à Gobergeau !

Je vous choisirai des nichons
Au bouton rose, à la peau ferme ;
De ces petits tétons cochons
Qu'on aime à baigner dans son sperme ;
Vous pourrez, dans leur entre-deux,
Glisser comme un bâton merdeux

Ou ramper comme une limace :
Ce sont de ces jeux innocents
Qui réveillent le mieux les sens.

Le vit : — " Le gland rouge et luisant sort de sa carapace. "

Mon vit, de ma braguette
Vous sortirez bientôt ;
Car ce soir c'est la fête,
La fête à Gobergeau !

Vous aurez une bouche aussi,
Si vous voulez que l'on vous suce :
Ça fait un con plus rétréci
Et ça serre mieux le prépuce.
Un coup de langue bien donné
Sur le pénis ratatiné
Est un bon aphrodisiaque ;
Et l'on est sûr, par la succion,
D'avoir l'éjaculation.

Le vit : — " Oh! je bande si fort que mon prépuce en craque."

Ma pine, soyez prête
A sortir du cachot ;
Car ce soir c'est la fête,
La fête à Gobergeau !

Ah ! coquin ! vous préférez,
J'en suis sûr, le trou du derrière ;
Et ce n'est pas vous qui ferez
Jamais l'amour à l'épicière.
C'est si joli, ce trou discret,
Caché, comme un trésor secret,
Au milieu de fesses de neige.
Vous narguerez le Mont de Vénus.
Dites, voulez-vous d'un anus ?

Le vit :—"Nom de Dieu!... Je jouis!... ce soir comment ferai-je?"

QUI DINE CE SOIR
A LA SALLE DE GARDE ?

Le Directeur. — Parce que le Directeur est un con, que le Condor et que... qui dort dîne.

Le feu Schab de Perse, Mouzaffer-ed-dine.

Le Sâr Péladan. — Parce que Sâr dîne.

L'éternel invité, M. Lascan. — Parce que Lascan dîne à vie.

Le Microbe de l'Avarie. — Parce que le spirochète de Schau... dinn.

Le rat dîne, pardine ; les *sourds* dînent (en effet, ventre affamé n'a pas d'oreilles).

Les Montagnes de l'Enga... dine.

————————>⊷<————————

LES AFFAIRES.

La blonde, aussi bien que la brune,
Lorsque vient certain jour du mois,
De l'influence de la lune
Subit les rigoureuses lois.

Un amoureux pressait sa belle ;
Il est arrêté tout à coup :
— " J'aime le plaisir, dit-elle,
" Mais... les affaires avant tout ! "

FABLE.

Dédaignant le classique, quand elle fait la fête,
Lison suce les nœuds d'un petit bec goulu.

MORALITÉ :

Ce qu'une femme a dans la tête,
Elle ne l'a pas au cul.

HISTOIRE VÉRIDIQUE
DU SPECTRE D'IVRY

Reconstituée à l'aide des documents de l'époque
confiés à la garde du Directeur.

Il y avait, en quatorze-cent,
A la place de cet hospice,
La chapelle et un couvent (1)
Pour nonnettes et pour novices.
Mais, par Lucifer ! il advint
Qu'une d'elles, la plus jolie,
S'éprit d'amour d'un capucin,
Beau gars à la barbe fleurie.
Hélas ! l'amour porta des fruits :
La nonnette, un jour, accoucha
Et, se saisissant du petit,
Dans un bénitier, le noya !
Lors, le Seigneur, du haut du ciel,
Déchaîna, comme châtiment,
Un déluge exceptionnel
Qui détruisit tout le couvent.
Près d'un arbre, la nonne fit,
Marmottant force oraisons,

Une tombe pour le petit,
Puis mourut de prostitution.
Et par la nuit la plus noire,
Mes chers amis, vous la verrez
Sur la tombe venir prier
Et pleurer son crime notoire.

M. R. G.

(1) Montrer la chapelle d'un geste large, onctueux, miséricordieux hélicoïdal et péremptoire.

L'EAU DE BIDET

SON HISTOIRE. — SON AVENIR

Notice publiée par les soins de la Compagnie Fermière des Bains et Établissement thermo-minéral de Bidet

Le bon accueil que notre eau a trouvé auprès du public médical, dès les débuts de son exploitation toute récente, nous autorise, Monsieur le Docteur, à vous la faire connaître en attirant sur elle votre bienveillante attention.

⁎⁎⁎

C'est dans un coin de l'Aisne, déjà bien connu des éleveurs pour la belle venue de ses poulains, qu'est situé, au milieu d'un véritable nid d'épais ombrages, le coquet établissement où jaillit la source principale.

On croit qu'elle était connue des anciens habitants de la région, les " Morpiones " de Jules César (Comm. de Bell. Gall. ch. IV) où d'autres ont voulu voir les " Phtiriasi " d'Aulu-Gelle. Il est peu probable cependant que ces hordes envahissantes, peu policées et toujours en guerre, aient pu trouver le loisir de tirer parti de ces eaux bienfaisantes.

Sous le règne de Louis XI, les religieux de l'abbaye de Saint-Vit, captèrent les sources et recueillirent les eaux dans d'immenses viviers pour s'y livrer à la pisciculture : Commines remarque que les Tanches y prospéraient particulièrement : " Ce estait merveille, dit-il dans ses Chroniques, et " esbaudissement magnifique, de les voir sortant les musiaux " au coucher du soleil emmi les lentilles d'eau et les fleu-" rettes blanches espandues sur l'cnde. "

La règle de Saint-Vit ayant perdu son antique rigidité, les religieux se dispersèrent, et les viviers furent abandonnés. Les eaux de Bidet coulèrent pendant six siècles sans qu'on songeât à les utiliser.

Il faut arriver jusqu'à nos jours pour voir leurs étonnantes vertus mises en lumière. Chose curieuse ! c'est à une circonsconstance toute fortuite qu'elles durent d'être tirées de l'oubli; il était réservé à un petit pâtre, Nicolas Couillu, du village de Montpesnil, d'être le principal instrument de cette découverte.

Ici nous laissons la parole à M. X..., maire de Bidet :

" Le jeune berger paissait ses moutons à l'orée du bois, et " s'occupait à astiquer ses pipeaux à l'eau de cuivre, quand " surgit du taillis, devant lui, une brebis galeuse. L'ayant " considérée, il reconnut qu'elle ne faisait pas partie de son " troupeau. Elle avait un aspect repoussant : couverte d'ul-" cères de la tête aux pieds, son corps n'était qu'une plaie " hideuse, répandant une odeur infecte. Couillu se dressa " pour la chasser. Mais, loin de fuir, la bête, nullement " effrayée, fit quelques pas en avant pour se plonger dans une " nappe d'eau à-demi cachée sous les ronces, et ignorée " jusque-là du pâtre..... O merveille ! à peine le liquide a-t-il " effleuré le corps du malheureux animal, les ulcères ont " disparu, les plaies sont fermées, le mal a fui, et la brebis, " éclatante de blancheur dans sa toison renouvelée, une " faveur rose au cou, s'approche avec des bêlements de joie

" pour offrir sa jolie tête aux caresses de Couillu à qui
" l'émotion coupe les membres.... "

L'évènement fit grand bruit. Le Dr Bottentuit, qui se trouvait en villégiature dans la région, se transporta sur les lieux
et reconnut bientôt qu'il y avait là une eau douée de propriétés éminentes. Les chercheurs se mirent à l'œuvre et des
sondages habilement pratiqués permirent de reconnaître plusieurs nappes. Elles sont aujourd'hui canalisées et bien
connues, tant dans leur constitution chimique que dans leurs
propriétés curatives et leurs indications thérapeutiques.

Nous nous permettons, M. le Docteur, de vous les rappeler succinctement.

* *
*

L'*eau de Bidet*, considérée dans un mélange à parties égales
des différentes sources, est une eau thermo-minérale. Sa
température, un peu inférieure à celle du corps humain, varie
avec les saisons : en hiver, on apprécie sa douce tiédeur ;
dans la saison chaude, elle est agréable par sa fraîcheur
modérée.

Les autres qualités physiques ont été bien étudiées par
M. le professeur Landouzy : le plus souvent limpide, elle
devient parfois opaline, ou même plus ou moins trouble. —
Disons ici qu'une source particulière, — d'ailleurs non
exploitée, et captée au griffon dit " des Anglais ", présente
périodiquement un changement de couleur singulier, que les
gens du pays attribuent à une influence lunaire.

L'odeur en est assez franche : M. Berthelot la compare à
celle des crevettes.

A peu près insipide, elle constitue, mêlée au vin qu'elle
ne trouble pas, une boisson qui se digère bien et peut être
bue à table ; néanmoins plusieurs personnes aiment mieux la
prendre pure et dans l'intervalle des repas.

Voici sa composition chimique, d'après les récentes ana-
lyses de M. Gautier, membre de l'Académie de Médecine.

EAU DU BOCAGE

EAU

Matières minérales	Chlorure de Sodium.	5 gr.
	Bicarbonates de fer, chaux et magnésie — alcalins.	2 gr.
	Phosphates { de chaux.	1,33
	de magnésie (variable)	traces
	Sulfure de sodium . .	0,002

CORPS DIVERS (acide silicique, ammoniaque, fer.., indosable).

Matières organiques	urée, acide urique, créatinine, créatine, matières colorantes, mucine	traces (variables)

En résumé, cette eau, d'une richesse indiscutable, peut être considérée comme un type d'eau alcaline chlorurée sulfatée, sodique, et surtout phosphatée.

D'une manière générale, on doit éviter de la prescrire aux *cachectiques* (cancéreux, tuberculeux, etc.). Son usage inconsidéré a parfois précipité la marche de la *phtisie* pulmonaire. Elle est nuisible dans les affections nerveuses comme le *tabes* (ou *ataxie locomotrice*) et dans les autres maladies de la moelle épinière.

Elle ne convient pas aux vieillards.

Les syphilitiques, aux différentes périodes, n'ont rien à craindre de son emploi (bien que certains détracteurs aient prétendu lui attribuer une influence syphiligène ??)

M. Neiser y a signalé la présence du diplococcus auquel il a attaché son nom : d'autres observateurs ne l'y ont pas retrouvé ; en tout cas cet agent, s'il existe, y perd singulièrement sa virulence. Peut être se trouvera-t-on bien néanmoins d'en user avec prudence dans les cas d'*uréthrite* (surtout aigüe), *cystite* et autres affections des voies urinaires.

Il faut la recommander *aux jeunes gens* à ce moment de leur développement où, soumis à la vie artificielle du collège, ils risquent de tomber dans une consomption précoce et un épuisement prématuré, suite du surmenage auquel ils se livrent.

Elle réussit également *aux jeunes filles* dont elle affermit la constitution et qu'elle prépare à une maternité féconde.

Pour les commandes, s'adresser au Dépôt général : Salle de Garde de l'Hôpital Bicêtre.

EXTRAIT DU LIVRE D'OR DES ATTESTATIONS
SUR L'EAU DE BIDET

" *Si ma tour a pu s'ériger, c'est bien grâce à l'énergie dans l'effort et à la résistance au travail que j'ai puisé dans l'Excellente Eau de Bidet, etc...* "

EIFFEL.

" *Votre eau fera le tour du monde.* "

JULES VERNE.

" *C'est d'une bouteille d'Eau de Bidet qu'est sorti le Maître de Forges.* "

GEORGES OHNET.

" *Jamais mes légumes n'ont autant profité que depuis que je les arrose à l'Eau de Bidet et j'en profite moi-même pour en boire un petit coup, chaque fois.* "

FRANCISQUE SARCEY.
(Grains de bons sens, 17 octobre).

" *C'est l'Eau de Bidet qui m'a conduit à la* " *bonne souffrance* " *en tuant la mauvaise.* "

FRANÇOIS COPPÉE.

" *La* Source de Bidet *en nous versant la joie avec son eau limpide est un refuge dans ces défaillances hélas trop connues du poète où il est porté à tourner sa main contre lui-même, etc., etc.* "

CATULLE MENDÈS.

" *Votre eau a inspiré et inspire toute mon œuvre.* "

ARMAND SYLVESTRE.

" *Thank to Bidet, for his good services.* "

PRINCE DE GALLES.

" Eau de Bidet, *comme un* Léthé.
" *Fleuve d'oubli, où, plus que vague,*
" *Flotte un soupçon d'humanité*
" *Qui s'efface devant la vague.* "

MAUR. BOUCHOR.

" *Ma voix d'or ! Mais je l'ai trouvée dans vos sources.* "

SARAH BERNARDT.

EMMA ! (Elégie)

— Ecoutez la triste aventure
De deux amants infortunés,
Par l'impérieuse nature
A d'autres plaisirs condamnés ;
Et vous, parents au cœur austère,
Pourquoi — pour ne rien empêcher —
Forcez-vous les cœurs à se taire,
Et les amants à se cacher ? —

Il est, au fond d'un bois propice,
Un temple modeste et secret
Que le parfum du sacrifice
Révèle au pélerin discret.
Là, dépliant avec mystère
Un papier qu'elle ne lit pas,
La beauté chaste et solitaire
Dévoile un moment ses appas,
Elle en sort confuse et légère,
Elle en sort pour y revenir ;
Mais, jamais, princesse ou bergère,
Sans y laisser un souvenir.
C'est là, par un beau soir d'automne,
Que la jeune et sensible EMMA
Conduit son amant qui s'étonne
Que l'amour les attendît là.
— " O mon Emma — dit l'heureux Jules —
" Il est donc arrivé le jour,
" Ce jour que la pudeur recule
" Sans jamais fatiguer l'amour ?... "
Il dit, et, d'une main agile
Défaisant jupons et corsets,

Sur la planche étroite et fragile
Renverse Emma qui rougissait.
Quelque temps la vierge troublée
Se débat sous l'heureux vainqueur,
Lorsqu'enfin la planche ébranlée
Craque, et cède avec sa pudeur.
Ils tombent. — L'amour idolâtre
Agitait encor son flambeau
Pareil à la flamme bleuâtre
Qui luit jusqu'au tréfonds de l'eau.
Déjà, fier d'une triple attaque,
Jules oubliait l'affreux séjour,
Lorsque soudain un corps opaque
Vient obstruer l'air et le jour.
— " O, qui que vous soyez, — s'écrie
" Emma, qui pressent le danger —
" N'achevez pas, je vous en prie,
" N'achevez pas, noble étranger ! "
L'étranger faiblement risposte,
Et, saisi d'un effroi mortel,
S'enfuit, emportant l'holocauste
Qui se balançait sous l'autel. —
Cependant, on accourt, on entre,
On apporte un câble pliant
Qui descend jusqu'au fond de l'antre,
Se tord, et remonte en criant. —
Jules paraît. — La foule entière
Laisse échapper un cri d'horreur !
Emma reparaît la dernière :
On ne voyait plus sa rougeur !

ÉLOGE DU CON.

O con gentil, con mignon, con joly,
Con rondelet, con net, con bien poly,
Con ombragé d'un petit poil follet,
Con où n'y a rien de difforme ou de laid ;
Con, petit con, dont la bouche vermeille
A fait dresser à maint grand vit l'oreille ;
Con que l'on doit, plus qu'un saint, tenir cher,
Quand ainsi faict réssusciter la chair.
O con, qui peult à ta louange tendre ?
Où est l'engin qui te puisse comprendre ?
Con est d'amour le trésor et domaine,
Con, la forge de quoi nature humaine
Faict ses divins et excellents ouvrages,
Con est de mort réparant les dommages ;
Con est la fin dont amour se couronne,
Con est le prix dont amour se guerdonne.
Somme, le con, quand tout est bien compris,
Sur le surplus doit emporter le prix.
Il est bien vray que l'œil l'amour attire,
Mais le con est l'amour qui se désire.
Or de la bouche elle a bien bonne grâce
Et croy pour vray que la première place
Doibt obtenir au service du con,
Car trop mieux qu'autre elle sçait sa leçon.
Pour refuser ou accorder l'entrée
De l'amoureuse et plaisante contrée ;
Touchant la main elle est propre et aduicte.
Pour con servir de loyale conduite,
Estre près luy, et prompt à ses affaires
Les plus secrets et les plus nécessaires.
De ce tetin il n'en faut point mentir,

Je ne sçai quoy à qui le cœur sentir,
Prochain parent et de nature mesme
De ce con cy, qui est cher comme cresme,
Quand au regard de sa cuisse, bien faicte,
Blanche, eslevée, ronde, dure et refaicte,
C'est le beau lit où le con se repose,
Ce con plaisant, ce con tant digne chose,
Que je puis dire, et sans imputer vice
Au résidu, tout faict pour son service :
— " Doncques de corps entier au départy,
" Je prends le con pour le meilleur party. "

UN MOT QUI OFFENSE L'OUIE.

Hier la langue me fourcha ;
Devisant avecq'Antoinette,
Je dis : — " Foutre ! " et cette finette
Me fit la mine et se fâcha.
Je deschus de tout mon crédit
Et vis, à sa couleur vermeille,
Qu'elle aymait ce que j'avais dit,...
Mais en autre part qu'en l'oreille.

Mathurin RÉGNIER.

ODE INODORE.

Qu'un autre, dans ses vers, célèbre les orages,
Encense l'opulent aux brillants équipages,
Chante d'une beauté les appâts arrondis,
Ou les cantiques purs des Saints du Paradis.
Moi, je veux célébrer, dans mes justes louanges,
La délicate odeur qu'exhale la vidange
Et présenter la merde à vos yeux étonnés.
Or, prêtez tous l'oreille, et bouchez-vous le nez.

Lorsqu'après un dîner le ventre vous tiraille
Et qu'alors vous sentez que la merde travaille,
Quel bonheur de penser que bientôt, un peu loin,
Vous irez vitement, pour chier dans un coin,
Et bientôt accroupis, le coude sur la cuisse,
Vous voyez, en riant, la fontaine qui pisse.

Si vous savez chier dans les règles de l'art,
Gardez-vous qu'un papier ne vienne par hasard
A torcher votre cul tout barbouillé de foire.
Non, non, point de papier! Si vous voulez me croire,
Jetez avec dédain ce papier dangereux ;
Mieux vaudrait mille fois rester le cul merdeux ;
Mais que le bout du doigt fasse seul cet office.
Quand vous avez trois fois essuyé l'orifice
Qui vient de s'entr'ouvrir comme une tendre fleur,
Quand votre doigt s'est teint d'une sombre couleur,
Si vous voulez, chieur, goûter encore des charmes,
Sur la blanche muraille imitez quelques larmes.
Ainsi lorsqu'un chieur met au jour un étron
Ni trop mou, ni trop dur, beau, bien fait, large, rond,
D'un air tout paternel il détourne la tête ;
Il lui lance un regard orgueilleux, fier et vain,

Se culotte à regret, et poursuit son chemin.
Aussi, comme on respecte une merde si belle !
De peur de l'écraser, chacun s'éloigne d'elle ;
On frémit d'y toucher ; on saute par côté,
Et on s'estime heureux de n'être pas crotté,
Tant on craint d'effleurer sa couleur verte et brune,
Jaune comme un citron, noire comme une prune,
Ou rouge quelquefois; on en rencontre aussi
D'autres dont la couleur n'a pas bien réussi ;
Mais, on l'a vu souvent par sa teinte dorée,
Une merde avec l'or peut être comparée.
Tantôt, c'est un étron au front pyramidal,
Si gros qu'on le croirait fils du cul d'un cheval ;
Tantôt, il semble voir un paquet de ficelles,
Chef d'œuvre ingénieux du cul de quelque belle;
Tantôt, c'est un boudin qu'un cul capricieux
Imite en se jouant et jette sous vos yeux.

Que si vous rencontrez, dans vos courses lointaines,
Soit au pied d'un vieux mur, soit au milieu des plaines,
Un bel étron qui fume à l'instar d'un volcan,
Large, ferme au toucher, d'un volume pesant,
D'un parfum délicat, bien arrosé d'urine,
Qui, loin de révolter, flatte votre narine,
Arrière ! respectez l'œuvre d'un grand chieur,
Et dans la créature, aimez le créateur !
Je ne parlerai pas de ces petites crottes
Qu'à peine l'on ressent sous le talon des bottes ;
Ni des foires de chats, à l'infecte vapeur ;
Ni des merdes de chien, pâles et sans odeur ;
Ni des crottes de rats, ni des bouses de vache ;
Ni des fientes d'oiseau que plus d'un gourmet mâche ;
Non, je ne veux chanter que les étrons chrétiens,
Et non ceux des chevaux, des vaches et des chiens.

J'ai vu, pardonnez-leur, grands Dieux ! un tel outrage,
J'ai vu des hommes vils, dignes du Moyen Age,
Vandales qu'on devrait pendre à chaque poteau,
Je les ai vus souvent, avec un long rateau,
Une pelle de bois dans leurs mains diaboliques,
Enlever sans pitié des étrons magnifiques :
Des étrons près desquels on doit être à genoux,
De superbes étrons. Je les ai vus, ces fous,
Ces tyrans, ces cruels. Ah ! malgré mes alarmes,
Mes malédictions, mes regrets et mes larmes.
Je n'ai pu que gémir sur leur funeste sort
Et dans mon désespoir, seul, j'invoquai la mort.

Oh ! qu'il est beau de voir, le long d'une muraille,
Un régiment d'étrons en ligne de bataille.
Les plus gros à nos yeux semblent des généraux ;
On y voit des sergents, soldats et caporaux ;
Les uns, en vieux troupiers, fument d'un air capable ;
D'autres, se plaisant mieux aux plaisirs de la table,
Sont plongés jusqu'au cou dans un liquide impur ;
Celui-ci, déjà saoûl, s'étend contre le mur ;
Celui-là, tout couvert d'une barbe velue,
Ainsi qu'un vieux sapeur se montre à notre vue ;
Et ce jeune conscrit, timide étron gelé,
Tremble d'être un beau jour par un chien avalé ;
Et ce beau grenadier dont s'honore l'armée ;
Et ce tambour-major entouré de fumée...
Mais je m'arrête enfin et j'adresse aux chieurs
Des avis importants, doux fruits de mes labeurs :
Oui, désormais, il faut, pour que rien ne se perde,
Ne plus vider aux lieux vos vases pleins de merde.
Chiez, chiez plutôt au milieu des chemins ;
Ou, pour mieux admirer, chiez plutôt dans vos mains ;
Chiez dans vos jupons ; chiez dans vos culottes ;

Chiez dans vos chapeaux ; chiez aussi dans vos bottes.
Vous pouvez, au besoin, chier dans un mouchoir ;
Chiez bien ; chiez dur, du matin jusqu'au soir ;
Puis, quand vous cesserez ce passe-temps aimable,
Vous direz : — " J'ai bien vu des choses admirables :
" Des brillants, des parfums, des fleurs, etc...
" Mais une belle merde est le nec plus ultra ! "

CONCOURS D'AGRÉGATION DE 1910.

IMPRESSIONS D'UN GARDE MUNICIPAL.

Air : *Régiment moderne.*

Depuis quéque temps, en vérité,
On nous flanque un drôle de service :
Faut suiv' les cours d' la Faculté
Maint'nant quand on est d'la police ;
Comme y a dans cett' boît' là des gens
Qui s' disput', s'engueul' et s'chamaillent,
Pour pas qu'ils cass' tout et qu'ils braillent.

Pour lorss' j' vous dirai qu'en entrant,
On nous plac' tous dans eune grand' turne
Oùsqu'on s' met sagement sur son banc
Pendant qu'ils tir' la question d' l'urne.
D'vant nous y a des vieux bonzes barbus,
Qu'ont des lunettes et des crânes chauves,
Vêtus d'espèces de peaux d'... zébus,
Avec des manches rouges ou bien mauves.

Ça, c'est comme qui dirait l' jury
D'vant qui qu' l'accusé va paraître ;

C'est tous des princes du bistouri,
Des gros bonnets et des grands maîtres.
Mais, sauf qu' l'accusé port' l'habit
Et qu'il s'a mis une bath chemise,
En somm', c'est presque l' même fourbi
Qu' j'ai d'jà vu à la Cour d'Assises.

Puis voilà que ce bougre-là
S' met à laïuser, ma parole,
Sur l'cor au pied, l'influenza
Ou la vaccin' d' la p'tit' vérole;
Mais c' qu'y a d' coccass', c'est qu' dans l'public
A qui qu'il parl' de sa vaccine,
Y a bien deux ou trois cents flics
Mais pas d'étudiants en médecine.

C'est comme l'aut' jour, y a un grand blond
Qu'est v'nu (sans blague, c'est excentrique !)
Faire tout un discours assez long;
Y paraît qu' c'était d' l' " ostétrique ".
L'ostétrique, eh ben ! mon colon,
C'est un truc qu'est pas ordinaire ;
J'trouve même que c'est un peu cochon
D' parler d'ça devant des militaires.

Mais d'aut' fois, c'est plus rigolo :
Y a des manifestants hostiles
Qui gueul' : — " A mort ! Conspuez ! A l'eau ! "
Et qui lanc' des tas d' projectiles.
Pourtant, du mal, ils en font peu :
Ils ont l'attention délicate
D' lancer sur les crânes chauves les œufs,
Et sur les manches rouges les tomates.

Ils crient qu' c'est ignoble et honteux
Et qu' l'agrégation les dégoûte.

Moi, j' croyais c'pendant, c'est curieux,
Toutes les agrégations dissoutes.
On expulse alors sans façons
Tout l' monde à coups de pied dans l' derrière,
En dépit des protestations
Des candidats protestataires.

N'empêche que malgré tout c' chahut,
On s'instruit quand même à c't école.
Après la boxe et l' jiu-jitsu,
J'apprends à soigner la pécole ;
Et j' pourrai, profitant sans r'tard
D' mes connaissances anatomiques,
Pratiquer dans les règles de l'art
L' passage à tabac scientifique.

Mais où ce s'rait utile vraiment,
C'est si les médecins s' mettaient en grève ;
Les grèves, ça nous connaît, bon sang !
Et les remplacer s'rait chose brève ;
Pour faire suite aux agents plongeurs,
Aux flics polyglottes ou cyclistes,
On aurait les sergots docteurs,
Les cipaux chirurgiens-dentistes.

En somme, l' métier m' va comme un gant,
Bien qu' la chose soit un peu nouvelle,
J' peux pas dire qu' ça soye fatiguant,
Ça n' fait turbiner qu' la cervelle.
Mais, pourtant, leur agrégation
Ça manque un peu d' femmes et j' préfère
Tout d' même encore être de faction
Au promenoir des Folies-Bergères.

A. B. (*1910*)

ADIEUX A MA CALOTTE. [1]

Air : *Le Vieux Sergent.*

Après six ans passés à mon service,
O ma calotte, accepte mes adieux !
Il est grand temps de cesser ton office,
Car aussi bien nous vieillissons tous deux.
Pour te lustrer vainement je te frotte ;
Le teint pisseux de ton velours terni
Me dit assez, ô ma vieille calotte,
Que désormais pour nous tout est fini. } (*bis*)

Dans tout le cours d'une longue carrière,
Tu m'as suivi, du début à la fin,
Des sombres murs de la Salpêtrière,
Aux bords fangeux du canal Saint-Martin.
Quand chez Lélut une foule idiote,
Sur ton passage, écarquillait les yeux,
T'attendais-tu, déplorable calotte,
A faire un jour pitié même aux galeux ? } (*bis*)

Rappelle-toi le jour où sur ma tête
Tu te posas pour la première fois.
Du gland soyeux qui décorait ton faîte,
J'étais plus fier que du bandeau des rois !
Le temps a fui, t'emportant dans sa hotte,
Où sont tombés, hélas ! mes vingts-cinq ans.
Qu'ils étaient beaux, ô ma pauvre calotte,
Ces jours enfuis de ton premier printemps ! } (*bis*)

Humble roupiou, timide bénévole,
Je te voyais dans un lointain brumeux ;
Tu me semblais la splendide auréole
Dont se paraient quelques fronts radieux !

J'ai depuis lors un peu changé de note,
Et tempéré mon admiration.
Mais des Bédouins, ô magique calotte, ⎞
Tu fais toujours la vénération.   ⎠ *(bis)*

Ne blaguons pas le culte des ancêtres !
L'un de mes chefs s'est appelé Vernois ;
Grisolle, Hardy, Bouvier furent mes maîtres,
Et Nélaton m'a vu suivre ses lois.
Dans la pratique où désormais je flotte,
Vaste océan perfide aux matelots,
Leur souvenir et le tien, ma calotte, ⎞
Me sauveront de la fureur des flots.   ⎠ *(bis)*

Couverts d'étain, assiettes de faïence,
De nos festins tel était l'ornement :
Maigres festins... dont réglait l'ordonnance
Notre économe... économiquement.
De loin en loin, quelque honnête ribote,
Comme Hippocrate en ordonne à ses fils...
Lorsqu'au régal préside la calotte,   ⎞
Non, il n'est pas de princes mieux servis. ⎠ *(bis)*

Joyeux propos de nos salles de garde !
Chers compagnons de mes plaisirs perdus,
Dans le passé déjà je vous regarde ;
A vos côtés vous ne me verrez plus.
Qu'il serait doux de pouvoir, côte à côte,
De l'avenir affronter le combat !
Mais l'amitié qui naît sous la calotte, ⎞
Quand tout vieillit, seule ne vieillit pas ! ⎠ *(bis)*

De l'internat vénérable symbole,
Drapeau sacré que rien ne peut flétrir,
A toi les vœux, la dernière parole
Du vétéran qui s'apprête à mourir...

Mais, pour un mort, bien longtemps je radote :
Encore adieu. Dussions-nous en pleurer,
Embrassons-nous, ô ma chère calotte,
Pour tout jamais il faut nous séparer ! } *(bis)*

Dr Maurice RAYNAUD.

(1) Chanson faite à l'hôpital Saint-Louis et chantée au banquet de l'Internat du 6 février 1864.

LE DERNIER JOUR DE GARDE

Air : *Aristippe.*

C'est aujourd'hui ma dernière corvée,
L'oiseau captif s'enfuit de l'hôpital ;
Après quatre ans ma consigne est levée,
Et je retourne en mon pays natal.
En vous quittant je saute d'allégresse,
Sombre prison, vrai séjour de bannis,
Murs ennuyeux, d'où suinte la tristesse,
Ah ! quel bonheur ! mes quatre ans sont finis !

Adieux, vieux lit, dont jamais un doux songe
Ne visita le sommier montueux.
Table, où des plats la savoureuse axonge
A dessiné des méandres crasseux :
Antique salle aux parfums de cuisine
Et de tabac si tendrement unis.....
L'air pur des champs va remplir ma poitrine,
Car, Dieu merci, mes quatre ans sont finis !

Adieu, Bédouin, pieuvre nosocomiale,
Qui sur les lits se jette avec fureur,
Adieu, visite, où le soir on signale,
Avec le pouls, du rectum la chaleur ;

Cloche infernale aux ordres de Lucine ;
Voix d'infirmier interrompant mes nuits;
Je vais dormir, maintenant, j'imagine :
Car, Dieu merci, mes quatre ans sont finis !

Prêt à quitter ma modeste chambrette,
Son poêle blanc et son sol carrelé,
J'hésite encore et sens que je regrette
A l'hôpital plus d'un jour écoulé.
N'entends-je pas (c'est aujourd'hui dimanche),
Dans le couloir, des pas, des chants, des cris ?
Il va falloir porter cravate blanche.....
Adieu, gaîté ! mes quatre ans sont finis !

Qui me rendra la table fraternelle
Où l'on est fier de se voir convié.
Ces gais repas où, déployant son aile,
Sur nous planait la joyeuse amitié.
Comme on s'amuse à la salle de garde !
L'ennui, la gêne en sont toujours bannis
Allons, fumons ma dernière bouffarde...
Ma pipe, adieu ! mes quatre ans sont finis !

O vieux pal'tot blanchi dans la clinique,
Par la dextrine et le plâtre empesé,
Pelote en cœur, avec chiffre gothique,
Pauvre calotte au velours tout usé :
Chers souvenirs, insignes d'un doux règne,
Dans mon bahut je vous veux réunis ;
De l'hôpital la senteur vous imprègne.
Que de regrets ! mes quatre ans sont finis !

De l'internat, que chacun nous envie,
Ma muse a dit le charme et les tourments.
Si je pouvais, de cette heureuse vie,
Recommencer un seul jour les moments !

Aussi, je veux retrouver ma jeunesse,
Et, chaque année, à ce banquet d'amis,
Dire avec vous, et répéter sans cesse :
— " Que de regrets, mes quatre ans sont finis ! "

Dᵣ TILLOT.

POINT FINAL

Et maintenant, si vous le voulez bien, amis lecteurs, nous terminerons ici l'édifice.

Nul besoin d'y ajouter, ainsi qu'il en est d'usage pour un monument, un drapeau sur le faîte ; ni, comme cela se pratique au théâtre, une demande d'applaudissements pour le ou les auteurs de la pièce jouée.

En l'espèce, les auteurs furent vous-mêmes (quelques-uns, du moins) et vos Anciens ; les bravos seraient donc immodestes. Quant au drapeau, vous l'avez tous porté glorieusement, mais sur le ventre : c'est le *Tablier*.

Pour ma part, je vous remercie sincèrement d'avoir bien voulu, avec une patience angélique qui n'a d'égale que celle des malades qui " poireautent " dans vos salons, attendre tranquillement la venue de l'enfant si long à engendrer.

Mais " mieux vaut tard que jamais ", et l'*Anthologie*, mise sous presse en Février 1911, en sortit en Janvier de l'année suivante. Vous ne mettrez pas, j'en suis sûr, autant de temps à la parcourir !!

Puisse-t-elle vous rappeler les bons moments de folle jeunesse et de bonne, belle et franche camaraderie ! ! !

C'est mon vœu le plus cher en attendant que................ vous me demandiez bientôt un second volume, aussi copieux et aussi intéressant que celui-ci.

COURTEPAILLE.

Paris, Janvier 1912.

TABLE DES MATIÈRES

TABLE DES MATIÈRES

———•o•———

— 458 —

www.ingramcontent.com/pod-product-compliance
Lightning Source LLC
Chambersburg PA
CBHW070749030726
47504CB00003B/488